Giorgio Bassani
Ferrareser Geschichten

Serie Piper
Band 430

Zu diesem Buch

Wie in seinem Roman »Die Gärten der Finzi-Contini« beschwört Bassani auch in diesen Geschichten das Bild seiner Heimatstadt Ferrara, demonstriert er die Tragik der politischen Ereignisse der dreißiger und vierziger Jahre am Beispiel von Einzelschicksalen. Da ist Lida Mantovani, die, nach der Geburt ihres Kindes von ihrem Geliebten verlassen, nach langen Jahren einen älteren Freund heiratet und ein bescheidenes Glück findet. Da wirbt der kluge und begabte Arzt Elia Corcos (in »Der Spaziergang vor dem Abendessen«) um die junge Krankenschwester Gemma Brondi, die aus einem sehr einfachen Hause stammt, und seine Lebensgeschichte wird die Geschichte einer Liebe und Ehe über unüberbrückbare soziale Gegensätze hinweg. Geo Josz kehrt als einziger überlebender jüdischer Bürger Ferraras aus Deutschland zurück und findet seinen Namen auf einer Gedenktafel für die Opfer des Nationalsozialismus. Verborgen und zurückgezogen lebt die leidenschaftliche Sozialistin Clelia Trotti in den Jahren des Faschismus bei ihrer Schwester, und es entwickelt sich eine tiefe menschliche Beziehung zwischen ihr und dem Erzähler. Vom Versagen des Bürgertums handelt die Erzählung »In einer Nacht des Jahres 1943«. Einziger Augenzeuge einer Geiselerschießung ist der gelähmte Apotheker Barilari, der in dieser Nacht die Gewißheit erhält, daß seine Frau ihn betrügt.

Giorgio Bassani, am 4. März 1916 in Bologna geboren, lebte bis 1943 in seiner Vaterstadt Ferrara. Studierte in Bologna Literatur und Kunstgeschichte. Gymnasiallehrer in Neapel; 1943 als Antifaschist verhaftet. Seit Kriegsende in Rom ansässig. Mitarbeit bei verschiedenen Verlagen und beim Rundfunk; Herausgeber mehrerer Zeitschriften, unter anderem 1948–60 der »Botteghe Oscure«. Ab 1957 Professor an der Schauspielakademie in Rom. Erhielt 1956 den Premio Strega für die »Ferrareser Geschichten«, 1962 den Premio Viareggio für »Die Gärten der Finzi-Contini«, 1969 den Premio Campiello für den Roman »Der Reiher« sowie im gleichen Jahr für sein Gesamtwerk, das er später unter dem Titel »Il romanzo di Ferrara« zusammenfaßte, den Nelly-Sachs-Preis der Stadt Dortmund.

Giorgio Bassani

Ferrareser Geschichten

Aus dem Italienischen von
Herbert Schlüter

Piper
München Zürich

Die Originalausgabe erschien 1956 unter dem Titel »Cinque storie ferraresi« im Verlag Giulio Einaudi, Turin; in der einbändigen Werkausgabe (»Il romanzo di Ferrara«, Arnoldo Mondadori, Mailand 1980) enthalten als erstes Buch unter dem Titel »Dentro le mura«.

Von Giorgio Bassani liegen in der Serie Piper außerdem vor:

Die Gärten der Finzi-Contini (314)
Hinter der Tür (386)
Die Brille mit dem Goldrand (417)
Der Reiher (630)
Der Geruch von Heu (693)

ISBN 3-492-10430-4
Neuausgabe 1985
3. Auflage, 12.–15. Tausend März 1987
(2. Auflage, 8.–11. Tausend dieser Ausgabe)

Umschlag: Federico Luci,
unter Verwendung des Gemäldes
»Via delle Torricelle a Firenze« (1874) von Telemaco Signorini
Satz: C. Brügel & Sohn, Ansbach
Druck und Bindung: Clausen & Bosse, Leck
Printed in Germany

Inhalt

Lida Mantovani

Enfin des années entières s'étant passées, le temps et l'absence ralentirent sa douleur et éteignirent sa passion.

La Princesse de Clèves

1

Zeit ihres Lebens erinnerte sich Lida Mantovani an die Tage vor ihrer Niederkunft. Immer wenn sie daran dachte, überkam sie Rührung. Dabei waren jene Tage keineswegs reich an Ereignissen und Eindrücken gewesen. Einen Monat lang hatte sie in einem Saal des Entbindungsheims gelegen, ganz hinten, am Ende des langen Raums. Durch das Fenster, das auf den Garten ging, sah sie die blanken Blätter einer großen Magnolie. Es war April, doch es war schon warm, und das Fenster stand den ganzen Tag offen. Aber am Ende dieser Zeit hatte sie sogar das Interesse an den schwarzen, wie geölten Blättern des Magnolienbaums verloren. Die Schmerzen setzten erst sehr spät ein; sie begriff und empfand überhaupt nichts mehr wie sonst. Sie war zu einem aufgedunsenen, unempfindlichen Wesen geworden (die Ruhe, die sie umgab, entsprach ihrer inneren Ruhe), das verlassen in einem Krankenhaussaal lag. Sie aß fast nichts mehr. Aber Professor Bargellesi, der in jenen Jahren der Chefarzt des Entbindungsheims war, versicherte ihr, daß es so besser sei.

Am Fußende ihres Bettes stehend, musterte er sie aufmerksam. »Es ist heiß. Wenn du Luft kriegen willst, ist es besser, den Magen nicht zu belasten«, erklärte er, während er sich mit seinen zarten, geröteten Händen über den langen weißen Bart strich, der um den Mund herum voller Nikotinflecken war. »Dick genug bist du ja, wie mir scheint«, fügte er mit einem Lächeln hinzu.

2

Nach ihrer Niederkunft nahm das Leben wieder seinen gewohnten Gang.

Anfänglich hatte Lida im Gedanken an David versucht (die Erinnerung an sein gelangweiltes, unzufriedenes Gesicht verletzte sie: fast nie hatte er das Wort an sie gerichtet und den ganzen Tag auf dem Bett gelegen, Romane gelesen oder geschlafen), sich allein wieder in dem möblierten Zimmer in der Via Mortara einzurichten, in dem sie während des letzten halben Jahres mit David gelebt hatte. Doch als sie nach ein paar Wochen zu der Überzeugung kam, daß sich David nicht mehr blicken lassen würde, und die paar hundert Lire, die er ihr gegeben hatte, so gut wie verbraucht waren, ihr zudem die Milch für das Kind zu fehlen begann, fand sie sich damit ab, zu ihrer Mutter zurückzukehren. So erschien also Lida Mantovani noch im Sommer des gleichen Jahres wieder in der Via Salinguerra. Sie sah die ihr so vertraute kleine Straße wieder, mit den niederen, mit Glasscherben bewehrten Mauern, den armseligen Häuschen und dem Steinpflaster, aus dem allenthalben das Gras herauswuchs. Und dann sah sie das Zimmer wieder, in dem sie ihre Jugendjahre verbracht hatte, den staubigen Holzfußboden und die beiden eisernen Bettstellen. Eigentlich war es ein Kellerraum. (Vielleicht hatte er früher einmal als Kohlenkeller gedient; das Haus war das einzige etwas größere Gebäude in der Via Salinguerra.) Jedenfalls war der Zugang zu diesem Raum komplizierter als nötig. Von dem wie eine Scheune weiten und dunklen Hausflur aus stieg man eine Treppe bis zum ersten Absatz hinauf und machte vor einer kleinen Tür halt. Hatte man ihre Schwelle überschritten, stieß man mit dem Kopf beinahe an die Balkendecke, die sich unversehens über einer Art von Abgrund wölbte. Als Lida dort oben stand, sah sie unten ihre Mutter, die das Gesicht von der Näharbeit hob. In ihrem Blick lag keine Überraschung, nur eine drängende Frage. Das Kind im Arm, stieg Lida langsam die Stufen der

Treppe hinab. Sie ging auf ihre Mutter zu und beugte sich nieder, um ihr einen Kuß auf die Wange zu geben. So ruhig, als wäre sie nur ein paar Stunden fortgewesen, erwiderte ihre Mutter den Kuß.

Sehr bald stellte sich die Frage der Taufe.

Als ihre Mutter erfuhr, daß das Kind noch nicht getauft war, bekreuzigte sie sich. »Bist du wahnsinnig?« rief sie.

Während sie aufgeregt erklärte, es sei keine Minute mehr zu verlieren, fühlte Lida, wie die Kraft zum Widerstand in ihr nachließ. Als man ihr im Entbindungsheim das Kind ans Bett gebracht und sie feierlich gefragt hatte, auf welchen Namen es getauft werden solle, da gab ihr ein plötzlicher Entschluß, nichts gegen den Willen Davids zu unternehmen, die Weigerung ein: »Fürs erste auf gar keinen.« Aber warum sollte sie jetzt noch immer Skrupel haben, fragte sie sich. Worauf sollte sie warten? Noch am Abend dieses Tages gingen sie mit dem Kleinen in die Kirche *Santa Maria in Vado*. Die Mutter ordnete alles an, sie war es auch, die darauf bestand, daß der Knabe den Namen Ireneo erhielt, zum Andenken an einen verstorbenen Bruder, von dessen Existenz Lida noch nie gehört hatte ... Die beiden Frauen legten den Weg zur Kirche so eilig zurück, als ob sie sich verfolgt fühlten. Zurück dagegen gingen sie langsam, durch die Via Borgo di Sotto, wo der Laternenanzünder gerade dabei war, eine Gaslaterne nach der anderen anzuzünden, und es war ihnen zumute, als hätte sie auf einmal alle Energie verlassen. Sie sprachen kein Wort miteinander. Am nächsten Morgen begannen sie wieder mit ihrer Arbeit. Sie setzten sich ans Fenster, wie sie es gewohnt waren, seit Lida die Grundschule verlassen hatte. Den Kopf über die Näharbeit gebeugt, saßen sie nebeneinander und unterhielten sich über gleichgültige Dinge, wobei die eine der andern dankbar war für ihre Zurückhaltung, die sie davon abhielt, von einer Zeit zu sprechen, die für beide, wenn auch aus verschiedenen Gründen, so schmerzlich gewesen war. Sie fühlten sich jetzt viel enger miteinander verbunden, viel befreundeter als früher. Doch wußten sie genau, daß ihre Harmonie nur unter der Bedingung von Dauer war, daß sie beide von dem einzigen Umstand nicht sprachen, auf dem sie beruhte.

Aber die stärkere von ihnen war stets Lida. Zuweilen konnte ihre Mutter nicht der Versuchung widerstehen, einen Scherz zu machen, eine verhüllte Anspielung zu wagen.

»Ach ja«, seufzte sie etwa, »die Männer sind alle gleich!« Und sie fügte sogar noch hinzu: »Hast du nicht gewußt, daß die Männer Schürzenjäger sind?«

Sie hob den Kopf von der Arbeit und musterte selbstvergessen Lida. Mager, profiliert, von Angst, Sorge und Entbehrungen verzehrt, wie Lida von ihrem Abenteuer heimgekehrt war, erschien sie ihrer Mutter wie das Spiegelbild ihrer eigenen Jugend. Sie dachte wieder an den Schmied von Massa Fiscaglia, dem Dorf, in dem sie geboren war, – an den Schmied, von dem sie vor zwanzig Jahren Lida gehabt hatte. Sie dachte an die Menschen ihres Dorfes, die sie, als sie ihr Kind erwartete, von sich gestoßen und gezwungen hatten, in die Stadt überzusiedeln. Im Grunde waren sie nicht anders gewesen als die Gesellschaft der Stadt, die, nachdem sie sich ihrer Tochter bedient hatte, sie wie einen alten Schuh fortwarf. Und nun stand das Bild des einzigen Mannes in ihrem Leben, mit dem fettigen zerzausten Haar, dem aufgeworfenen, sinnlichen Mund und den trägen Bewegungen (wie bitter hatte sie es stets empfunden, wenn sie etwas davon bei Lida wiederfand!) auch für das von David, dem jungen Mann aus guter Familie, der so lange ein Liebesverhältnis mit ihrer Tochter gehabt hatte, ohne je die Verpflichtung zu fühlen, zu ihr ins Haus zu kommen und sich mit Lida zu verloben. Sie hatte ihn nie kennengelernt und nicht ein einziges Mal zu Gesicht bekommen. Ach, die Männer waren alle gleich, da gab es keinen Unterschied! Aber auch sie und ihre Tochter, die die gleichen Schmerzen erlitten, sich in dem gleichen Kummer verzehrt und die gleiche Ungerechtigkeit erfahren hatten, waren gleich.

Aus diesen einsamen Träumereien erwuchs der alten Frau eine merkwürdige Fröhlichkeit. Eine Art Fieber ergriff sie. Eines Abends nahm sie Lida an der Hand und führte sie vor den in der Schranktür eingelassenen Spiegel.

»Siehst du es?« fragte sie mit erstickter Stimme. Im Zimmer war nichts als das Schnaufen der Karbidlampe zu hören. Lange standen sie so und betrachteten ihre beiden Gesichter dicht nebeneinander in dem trüben Spiegel.

Natürlich spielten sich die Dinge nicht immer so reibungslos ab, nicht immer blieb Lida ruhig und bereit zuzuhören, ohne etwas zu erwidern.

An einem anderen Abend zum Beispiel begann die Mutter, ihre eigene Geschichte zu erzählen. (Es war das erste Mal, und noch vor einem Jahr wäre es unvorstellbar gewesen!) Da bewirkte der Satz, mit dem sie schloß, daß Lida aufsprang.

»Wenn seine Eltern nichts dagegen gehabt hätten«, sagte sie, »hätte er mich geheiratet.«

Ausgestreckt auf ihrem Bett, das Gesicht in den Händen verborgen, wiederholte sich Lida immer wieder diese Worte, hörte wieder den Seufzer des Bedauerns, mit dem sie gesprochen worden waren. Nein, sie weinte nicht, und sie zeigte ihrer Mutter, die ihr nachgeeilt war und sich nun keuchend über sie beugte, ein tränenloses Gesicht und einen Blick, in dem nur Verachtung und Überdruß lagen, als sie sich vom Bett erhob.

Im übrigen waren ihre Anfälle von Unduldsamkeit selten. Wenn sie einmal über sie kamen, geschah es stets so unvermittelt, wie wenn an einem Tag der Windstille plötzlich ein Sturm aufkommt.

Einmal, als ihre Mutter sie mit ihrem Namen rief, wandte sie sich ihr mit einem bösen Lachen zu:

»Lida! Vielmehr Lyda! Und wie wichtig es dir war, daß

ich in der Schule meinen Namen mit einem Ypsilon auf die Schulhefte schrieb! Was hattest du dir gedacht, was ich einmal werden sollte, Varietékünstlerin?«

Aber die Mutter antwortete nicht. Sie lächelte. Der Wutausbruch ihrer Tochter führte sie weit zurück in die Vergangenheit, zu Dingen, deren Bedeutung nur sie allein abzuschätzen vermochte. »Lyda!« sprach sie ein paarmal vor sich hin. Sie erinnerte sich an die eigene Jugend. Sie dachte an Andrea, Tardozzi Andrea, den Schmied von Massa Fiscaglia, der ihr Liebhaber gewesen war und der ihr Mann hätte werden können. Sie war in die Stadt übergesiedelt, und jeden Sonntag machte er auf dem Fahrrad den sechzig Kilometer langen Weg, dreißig zu ihr hin und dreißig zurück. Dort pflegte er zu sitzen, wo jetzt Lida saß. Sie meinte ihn noch zu sehen – mit seiner Lederjacke, seinen Flanellhosen und seinem zerzausten Haar! Bis er eines Nachts auf dem Heimweg vom Regen überrascht wurde und sich eine Rippenfellentzündung zuzog. Danach hatte sie ihn nie wieder gesehen. Er war nach Feltre in Venetien gezogen; es war eine kleine Stadt, halbwegs im Gebirge gelegen, und dort heiratete er und wurde Familienvater. Wenn seine Eltern einverstanden gewesen wären und er später nicht erkrankt wäre, hätte er sie bestimmt geheiratet. Was wußte Lida davon, was konnte sie wissen! Nur sie, die Mutter, konnte sich in der Tochter wiederfinden und für beide verstehen, was ihnen geschehen war.

Das war's: Mitgefühl und Verständnis für Lida haben, ihr verzeihen . . . Zuweilen hielt Lida mitten in der Arbeit inne, hob die Augen zum Fenster und starrte hinaus. Da gab ihre Mutter die Zurückhaltung auf. Man dürfe nicht gleich verzweifeln, erklärte sie fast fröhlich. Was vergangen war, war vergangen. Sinnlos, sich darüber Gedanken zu machen, und da es nun einmal da war, mußte man sich um das Kind kümmern. Übrigens, war es nicht das Kind eines feinen Herrn?

Diese letzte, beiläufig gemachte Bemerkung ihrer Mutter rief Lida deutlich wieder David ins Gedächtnis. (Nein, sie würde nicht auf ihn zugehen, wenn sie auf der Straße von weitem einen dicken blauen Stoffmantel mit einem Kragen aus Murmeltierpelz oder einen in der Taille engen Regenmantel erkannte; selbst wenn David plötzlich neben ihr ginge und sie vielleicht mit dem Ellbogen berührte, würde sie mit gesenktem Kopf weitergehen, entschlossen, sich ihm durch nichts bemerkbar zu machen.) Diese kleine Bemerkung ihrer Mutter bewirkte, daß Lida Davids langes, trauriges Pferdegesicht wieder vor sich sah. Sie wollte keinen Pfennig von ihm verlangen, nie ihm zur Last fallen. Was hätte sie ihm auch sagen oder schreiben können? Sie dachte plötzlich daran, was für einen Bart er hatte, als er sich einmal acht Tage lang nicht rasiert hatte. Und diese Hitze in dem Zimmer in der Via Mortara! Er hatte immer nur auf dem Bett gelegen, geschlafen, geschwitzt und Romane gelesen.

Nach dem Abendessen ging für gewöhnlich Lida als erste zu Bett. Während sie und das Kind längst schliefen, blieb das Bett daneben oft bis tief in die Nacht unberührt. Die Karbidlampe, die mitten auf dem noch unabgedeckten Tisch stand, verbreitete rundherum ihr bläulich schimmerndes Licht.

3

Die Via Salinguerra ist eine enge, gewundene Straße. Sie geht von einem ungepflasterten Platz aus, der einst durch den Abbruch einiger Häuser entstanden ist, und sie endet am alten Stadtwall. Man gehe einmal durch diese Straße, und man wird auch heute noch diesen Geruch von Mist, umpflügter Erde und Stall atmen, wird sich von Stille umgeben fühlen (die Kirchenglocken von Ferrara klingen hier anders, wie von ferne), und das alles zusammen ruft einen Eindruck hervor, als ob man sich weit draußen, außerhalb der Stadtmauern, mitten auf dem Lande befände. Und in einem gewissen Sinne

ist es auch wirklich so. Denn obwohl die Via Salinguerra in ihrer ganzen Länge innerhalb der Stadtmauern liegt, kann man sagen, daß das Land mit den großen Nutzgärten beginnt, die hinter den niedrigen roten Mauern liegen, die die Straße auf beiden Seiten einfassen und von deren tatsächlicher Ausdehnung die wenigsten in der Stadt eine Vorstellung haben.
Da ist das Brüllen der Rinder, das Gequake der Frösche, Geruch von Gras und Heu und am Abend aus der Ferne das Angelusläuten. Diese Laute und Gerüche drangen auch bis in die Kellerwohnung, in der Lida Mantovani mit ihrer Mutter für eine Schneiderei arbeitete. Sie hatten den Kopf über den Stoff gebeugt und erhoben ihn nur, wenn sie ein paar Worte miteinander wechselten oder einen Blick auf die seltenen Passanten warfen – flüchtige Schatten, die sie von unten her sahen, Tritte auf den Kieselsteinen, gleichgültige Mienen, Augen, vom Mittagslicht geblendet.
Und hinter ihnen der Tisch, die Betten, der Schrank und dieses trübselig stimmende Dunkel, das um so dichter wurde, je mehr sich der Blick der Decke näherte; dann die Treppe, die bis zu der kleinen ungestrichenen Holztür führte, und über der Türnische, an einem aus der Wand ragenden Arm aus dünnem Blech, die Glocke. Diese Glocke, mit der Außenwelt durch eine lange Schnur verbunden, deren Ende durch eine Öffnung in der Haustür führte, kündete den beiden Frauen mit einem unvermittelten, schrillen Geläut ihre seltenen Besucher an. Erschrocken fuhren sie dann auf ihren ausgedienten Strohsesseln vor dem Fenster zusammen und wandten sich jäh zur Tür.
Einige Jahre vergingen, und es war anzunehmen, daß noch viele Jahre so vergangen wären, ohne daß es irgendeine nennenswerte Neuigkeit oder Veränderung für sie gegeben hätte, wenn nicht plötzlich das Leben, das die beiden bereits vergessen zu haben schien, sich in der Gestalt eines gewissen Benetti ihrer erinnert hätte. Gemeint ist Oreste Benetti, der in der Via Salinguerra eine Buchbinderwerkstatt besaß und der den bei-

den Frauen von jeher, wenn auch mehr aus der Entfernung, bekannt gewesen war. Die plötzliche Insistenz, mit der er sie nach dem Abendessen zu besuchen begann, sprach eine zu klare Sprache, zumindest für die Mutter, als daß sie davon nicht sofort wie elektrisiert gewesen wäre. Ja, Oreste Benetti kam wegen Lida ... Schließlich war Lida noch jung, sehr jung ... Mit einemmal war Lidas Mutter wieder lebhaft, energisch und wie verjüngt. Sie ging im Zimmer umher, fast ohne je an der Unterhaltung zwischen Benetti und Lida teilzunehmen, zufrieden, dabei zu sein und die beiden beobachten zu können, die sich, einander am Tisch gegenübersitzend, unterhielten. Zufrieden, beiseite zu stehen und darauf zu warten, daß ein Wunder Wirklichkeit würde.

Lida führte die Unterhaltung mit dem Gast in einer Art stiller Unterwürfigkeit. Sie musterte seine Erscheinung und fand, daß der große Kopf wohl seinem kräftigen Oberkörper entsprach, aber schlecht zu seiner kleinen Statur paßte. Schließlich fiel ihr Blick auf seine langen Hände mit den knotigen Gelenken, die ineinanderverschränkt auf dem Tischtuch ruhten. Der Buchbinder aber beschwor in seinem Gespräch gern die Vergangenheit. Er sprach Lida davon, daß er sie als Kind gekannt habe, als sie noch »so klein« gewesen sei. Einmal war sie in seinen Laden gekommen und hatte sich auf die Zehenspitzen stellen müssen, um über den Ladentisch sehen zu können.

»Signor Benetti«, hatte sie mit zartem Stimmchen gebeten, »schenkst du mir ein bißchen Ölpapier?«

»Gern mein Kind. Aber kann ich wenigstens wissen, wofür du es brauchst?«

»Um mein Schulbuch einzuschlagen.«

Er erzählte und lachte. Und wenn er sich auch nicht an eine der beiden Frauen im besonderen wandte, suchten seine Augen doch stets den Blick Lidas. Auf ihre Aufmerksamkeit und ihren Beifall kam es ihm an, und sie antwortete ihm mit einer so zurückhaltenden Liebenswürdigkeit und so ruhigem Anstand, daß er dabei ein ganz neues, noch nie erlebtes Vergnügen empfand. Ohne es zu wissen, traf Lida einen Ton, wie er Benetti nicht willkommener sein konnte.

Der Buchbinder war sehr von sich eingenommen und von seiner Bedeutung durchdrungen, und doch warb er stets von neuem um Anerkennung.

Als er einmal, was selten genug geschah, Lidas Mutter unmittelbar ansprach und sie bei ihrem Taufnamen Maria nannte, tat er es, um ihr das Jahr, in dem sie in die Stadt gezogen war, in Erinnerung zu rufen. Im Winter jenes Jahres hatte eine ungewöhnliche Kälte geherrscht. Die schmutzigen Schneehaufen zu beiden Seiten der Straßen waren noch bis in den April hinein zu sehen gewesen. Das Thermometer war so tief gefallen, daß selbst der Po zugefroren war. »Man denke sich, der Po. Ich sage Ihnen, es herrschte eine sibirische Kälte!«

Er meinte, die weite Eisfläche noch vor sich zu sehen. Zwischen den Uferdämmen war das Wasser vollkommen zum Stillstand gekommen. Er erinnerte an den ungewöhnlichen Anblick, den der Fluß damals bot, mit den beschneiten Dämmen und den vom Schnee halb begrabenen Häusern davor. Gegen Abend kehrten die Fuhrleute, die am andern Ufer des Po wohnten – in Occhiobello, Stienta, Fiesso Umbertiano Garofolo, Polesella und so fort –, mit ihren leeren Wagen aus Ferrara heim. Sie hatten Zentner um Zentner von Brennholz aus den Sägewerken, die sich inmitten der Pappelwälder zu beiden Seiten des Flusses befanden, in die Stadt gebracht. Mancher führte – vielleicht weil er gewettet hatte – seinen Wagen statt über die eiserne Brücke von Pontelagoscuro über die weite Eisfläche des Flusses. Er bewegte sich langsam vorwärts, immer ein paar Meter von den Pferden, und er hielt dabei die Zügel in der einen Hand auf dem Rücken, während er mit der freien Hand Sägespäne auf die Eisfläche streute, damit die Pferde nicht mit ihren Hufen ausglitten. Dabei pfiff er vor sich hin oder stieß kehlige Schreie aus. Ein Mittel wie ein anderes, meinte Oreste, um warm zu werden und sich und den Tieren Mut zu machen.

»Ich erinnere mich noch«, begann er eines Abends in dem ehrfürchtigen Ton, den er stets annahm, wenn er von Priestern und religiösen Einrichtungen sprach (er war als Waise in einer Priesterschule erzogen worden und hatte sich für Geistliche ganz allgemein eine fast kindliche Verehrung bewahrt), »ich erinnere mich noch, wie uns in diesem berühmten Winter der arme Don Castelli jeden Sonnabendnachmittag nach Pontelagoscuro führte, damit wir den zugefrorenen Po sehen konnten. Sobald wir durch die Porta San Benedetto gekommen waren, gingen wir nicht länger in Reih und Glied, sondern jeder für sich, wie der liebe Gott es ihm eingab. Vierzehn Kilometer zu Fuß – das war keine Kleinigkeit! Don Castelli, der Ärmste, war immer allen voraus, so sehr er auch schnaufen mußte. Er wollte nie, daß wir die Straßenbahn benutzten, nicht einmal für unseren Heimweg. Er erklärte, daß Zufußgehen gesund sei, Appetit mache, und so weiter. Tausend Gründe wußte er anzuführen. Mich hielt er immer in seiner Nähe« – und Benetti blickte Lida, halb scherzhaft, halb väterlich ihr zublinzelnd, mit einem Lächeln an – »er hatte mich gern wie ein Vater.«

»Ich erwartete damals das Kind«, erklärte plötzlich Maria. »Ich fühlte mich in der Stadt wie verloren. Ich konnte weder lesen noch schreiben, und wäre es nicht ihretwegen gewesen« – sie deutete mit dem Kinn auf Lida –, »wäre ich sofort wieder nach Massa Fiscaglia zurückgekehrt. Aber wie konnte ich das tun? Sie wissen, Oreste, wie die Leute auf dem Land sind.«

»Eine solche Kälte wie damals hat es danach nur noch 1917 gegeben«, versicherte, seinen Gedanken nachhängend, Oreste. Doch dann, mit einem plötzlichen Aufleuchten seiner Augen erklärte er:

»Aber nein! Im Gegenteil! Nach meinen Erfahrungen war die Kälte 1917 bei weitem nicht so stark. Bei uns im Karst konnte es einem ordentlich heiß werden! Aber nach gewissen Dingen erkundigt man sich besser bei Leuten, die sich im Kriege krank meldeten, bei den Drückebergern, die jeder kennt,

und die« – er betonte ironisch die folgenden Worte – »die Front nur von Ansichtskarten kennengelernt haben.«
Die alte Frau, die die Anspielung verstand, setzte eine starre Miene auf. Doch bald darauf gab sie sich wieder ihren träumerischen Erinnerungen an Andrea Tardozzi, den Schmied von Massa Fiscaglia, hin, der wegen seiner Rippenfellentzündung für dienstuntauglich erklärt worden war und am Krieg nicht teilgenommen hatte. Sie dachte an ihn und an sich und an so vieles, was hätte sein können und nicht war. Wenn seine Eltern nicht dagegen gewesen wären und er nicht brustkrank geworden wäre, hätte er sie gewiß geheiratet. 1910 war er nach Feltre im oberen Veneto übergesiedelt und hatte sich dort eine Frau genommen. Er hatte Frau und Kinder – wer weiß, ob er sich überhaupt noch an sie erinnerte.
»Der Schuft, der Schuft . . .« Ihre Lippen hörten nicht auf, sich zu bewegen, während ihr Gesicht wieder einen weicheren, zärtlicheren Ausdruck annahm.
»Schuft, Schuft, Schuft . . .«, wiederholte sie ohne Ende. Das einstige Schimpfwort war nach so vielen Jahren zum Stoßgebet einer alten Betschwester geworden, zu einem Geflüster, das nichts mehr bedeutete.
Nachdem er den Abstand, auf den er Wert legte, hergestellt hatte, konnte sich Oreste wieder von seiner ritterlichen Seite zeigen und so höflich sein, wie es seinem wahren Wesen entsprach. Er war aus eigener Kraft geworden, was er war, und er war stolz darauf. Er hatte eine traurige Jugend gehabt, zu deren Lichtpunkten neben wenigen anderen eben die Erinnerungen an die winterlichen Ausflüge gehörten, die er mit seinen Kameraden aus der Priesterschule unternommen hatte. Dann war die Arbeit gekommen, das Handwerk, *sein* Handwerk. »Wir Handwerker«, sagte er in einem Ton, als wäre es ein Adelstitel. Lida hörte ihm aufmerksam zu. Und er war ihr dankbar, daß sie ihm gegenüber saß, schweigsam, ruhig und darauf bedacht, seinem geheimen Idealbild von einer Frau zu entsprechen.

Oft wurde es Mitternacht über Orestes Reden. Er sprach über alles mögliche, über Religion, Geschichte und Wirtschaft. Häufig ließ er sich zu bitteren Anspielungen auf die antikatholische Politik der Regierung hinreißen. In der ersten Zeit bewegte Lida, ohne deswegen weniger aufmerksam zuzuhören, mit der Fußspitze die Wiege, in der Ireneo bis zum Alter von vier Jahren schlief. Später, als er größer geworden war und sein eigenes Bett hatte (er war ein schwächliches Kind; mit fünf Jahren wurde er von einer langdauernden Infektionskrankheit befallen, die für immer seine Gesundheit schwächte und vielleicht auch seinen Charakter ungünstig beeinflußte), später stand Lida von Zeit zu Zeit auf, trat an das schlafende Kind heran und beugte sich nieder, um ihm die Hand auf die Stirn zu legen.

4

Im Sommer 1928 wurde Lida fünfundzwanzig Jahre alt. Eines Abends, als sie und Benetti an ihren gewohnten Plätzen saßen, wie stets durch den Tisch und die Lampe getrennt, fragte sie der Buchbinder unvermittelt und in allem Freimut, ob sie bereit sei, ihn zu heiraten.

Vor Überraschung zusammenfahrend, sah ihn Lida an. Sie meinte, ihn zum erstenmal richtig zu sehen. Erst jetzt bemerkte sie seine tiefschwarzen, feucht schimmernden Augen, sah sie seine hohe weiße Stirn, über der ein Bogen eisengrauen Haars stand, das er kurzgeschoren trug, nach dem Bürstenschnitt der Soldaten und mancher Priester.

»Wie alt er wohl ist«, fragte sie sich unwillkürlich. »Vielleicht fünfundvierzig, vielleicht fünfzig, vielleicht noch älter . . .«

Plötzlich überfiel sie ein Gefühl der Angst. Sie wollte ihm antworten, aber sie wußte nicht was. Ratsuchend wandte sie sich ihrer Mutter zu, die bereits zu ihnen getreten war. Aber die pathetische Grimasse Maria Mantovanis konnte ihre Verwirrung nur noch steigern.

»Was hast du denn?« fragte sie wütend, im Dialekt. Der Magen drehte sich ihr um vor Ekel, und sie fühlte, wie der Zorn sie übermannte.

Sie sprang plötzlich auf, stürzte die Innentreppe hinauf, schlug die Tür hinter sich zu und lief auf der anderen Seite die Treppe wieder hinab zum Hausflur.

Endlich auf der Straße angekommen, blickte sie zum Himmel auf. Es war ein prachtvoller Sternenhimmel. Von weitem hörte man die Musik einer Tanzkapelle. Durch die Fensterläden vor dem kleinen Haus gegenüber sickerte ein schwacher Lichtschein. Sie lehnte sich mit dem Rücken an die Hauswand. Sie schmiegte sich ganz an und blickte dabei nach oben, in den Sternenhimmel. Durch die Mauer hörte sie die Stimme Orestes. Er sprach ruhig mit ihrer Mutter. Auch ohne daß sie die einzelnen Worte verstand, genügte der Klang seiner Stimme, sie zu beruhigen und sie sanft zur Rückkehr zu überreden.

Als sie wieder oben auf dem Treppenabsatz erschien, war sie nur noch ein wenig bleich. Während sie die Treppe hinabstieg, wandten ihr Benetti und ihre Mutter, die sich in ihrer Abwesenheit nicht von ihren Plätzen gerührt hatten, die Gesichter zu in Erwartung einer Antwort. Lida zuckte nur leicht die Achseln. Sie ging wieder an ihren Platz, und weder an diesem Abend noch an den folgenden kam einer von ihnen auf das Thema zurück.

Tatsächlich zeigte Benetti von Anfang an, daß er über die Antwort, die er früher oder später von Lida erhalten würde, nicht den geringsten Zweifel nährte. Für ihn war es so, als ob Lida ihre Zustimmung bereits gegeben hätte und sie beide bereits Brautleute wären.

»Man muß vernünftig sein«, erklärte er seufzend, »und ruhig seine Arbeit weitermachen.«

Er wußte sehr wohl, schien er sagen zu wollen, *von wem* ihr Kind war. Er wußte alles. Er glaubte an die Aufrichtigkeit ihrer jugendlichen Leidenschaft, die sie zur Hingabe, zur Selbstaufgabe getrieben hatte, und er wußte, wie schwer ihr Leben dadurch geworden war. Er hatte Mitleid mit ihr. Auch darum liebte er sie. Doch war seine Leidenschaft nicht so blind, ihn vergessen zu machen (und ihn zu hindern, sie daran zu erinnern), daß sie eine große Sünde, eine Todsünde, begangen habe, von der sie erst an dem Tage, an dem er sie heiratete, losgesprochen würde. Und was hatte sich Lida von ihm gedacht? Hatte sie sich vielleicht vorgestellt, daß es für einen Mann wie ihn, der zu allem andern – er war sich dessen durchaus bewußt! – zwanzig Jahre älter war als sie, eine Liebe außerhalb der Ehe geben konnte? Und eine Ehe außerhalb der katholischen Religion? Als die Erfüllung einer Pflicht, als eine Mission – nur so und nicht anders konnte ein guter Katholik das Leben und folglich auch die Liebe zwischen Mann und Frau auffassen.

In seinen Äußerungen allerdings deutete er die Idee von ihrer Erlösung durch die katholische Ehe immer nur auf Umwegen an, ohne sie je mit klaren Worten deutlich auszusprechen. Um ihr diesen Gedanken nahezubringen – und Lida folgte, ohne je darauf einzugehen, wie hypnotisiert dem hartnäckigen und verwickelten Spiel seiner Andeutungen –, genügte es, von Zeit zu Zeit auf die Unruhe und Irrtümer ihrer Jugend anzuspielen und auf die Notwendigkeit, sie in den reiferen Jahren durch eine würdige, heiter-ausgeglichene Lebensführung wiedergutzumachen. Wenn er mit den beiden Frauen am Tisch saß, lenkte er ihre Gedanken immer wieder auf Lidas »Geschichte«, eine Geschichte, die ihnen mit der Zeit immer unwirklicher und skandalöser erschien, die sie jedoch, auch wenn man besser nicht davon sprach, keinen Augenblick vergessen durften. Und darin bestand seine Stärke. Eine Anspielung, ein leiser Wink, nichts weiter. Um Lida davon zu überzeugen, daß fortan nur er noch ihr Leben zu ordnen verstand, sah er kein wirksameres und deshalb erlaubteres Mittel als eben dieses.

Ihre Empfindlichkeit war so wach, ihre Nerven derartig gespannt, daß ein Nichts genügte, um das Gleichgewicht in ihren Beziehungen zu stören. Die Verstimmung, die darauf folgte, hielt lange an.

Eines Tages, um ein Beispiel zu geben, erklärte Oreste, daß er sich tatsächlich als Vater Ireneos fühle. Er hatte sich ein wenig zu sehr von seinem Gefühl hinreißen lassen.

»Wieso? Bist du denn nicht *Onkel* Oreste?« fragte darauf Ireneo, der nun schon sieben Jahre alt war und sich allabendlich vor dem Schlafengehen die Schulaufgaben von ihm nachsehen ließ.

»Gewiß doch, ich hab's nur so gesagt. Was denkst du wohl . . .?« Seine Verwirrung gab Lida ein deutliches und sehr willkommenes Gefühl von ihrer eigenen Bedeutung. Während Oreste weiterhin voller Eifer auf das Kind einsprach, blickten sich Lida und ihre Mutter mit einem Lächeln an.

Orestes Geschenke trugen allerdings viel dazu bei, lieblose und böse Stimmungen zu überbrücken.

Von Anfang an war Oreste sehr freigebig gewesen. Wenn er auch den Frauen zu verstehen gab, daß sie alle drei nach seiner Hochzeit mit Lida in ein neues Haus umziehen würden, in eine kleine Villa vor der Porta San Benedetto, über deren Bau und Erwerb er gerade mit einem Bauunternehmen verhandle, so hatte er desungeachtet in Lidas Wohnung elektrisches Licht legen und die Wände streichen lassen; er hatte Möbel, einen eisernen Ofen, ein Bild und mancherlei Küchengerät angeschafft, nicht zu vergessen zwei Blumenvasen, ganz als ob er es mit der Heirat nicht gar so eilig habe, wenn er auch weiterhin um Lidas Jawort warb. Er war verliebt – das drückte er in Wahrheit mit diesen, zugegeben, häufig sehr praktischen, zuweilen aber auch völlig sinnlosen Geschenken aus. Wenn er sie heiratete, dann, weil er sie liebte. Er hatte noch nie eine Braut gehabt. Weder als junger Mann noch in späteren Jahren hatte er die berauschende Freude gekannt, die eigene Braut zu beschenken. Jetzt, da ihm diese Freude gewährt wurde, hatte er gewiß recht, wenn er nichts übereilen wollte und statt dessen verlangte, daß sich alles langsam und allmählich entwickelte, wie es die gute Sitte vorschrieb.

Er erschien jeden Abend um die gleiche Stunde, pünktlich um halb zehn.

Lida hörte ihn schon von weitem, wenn er noch auf der Straße war. Dann kündigte ihn ein kräftiges Läuten der Türglocke an, und alsbald waren seine gleichmäßigen Tritte auf der Treppe draußen zu hören. Oben angelangt, grüßte er fröhlich von der Höhe des Treppenabsatzes herab:

»Guten Abend, meine Damen!«

Er stieg zu ihnen hinab und trällerte dabei die Arie des Figaro aus dem »Barbier«, bis er auf der Mitte der Treppe abbrach, um ein artiges Hüsteln hören zu lassen. Von diesem Augenblick an war das Zimmer von der Gegenwart dieses kleinen grauhaarigen Mannes erfüllt, der etwas von einem Soldaten und etwas von einem Priester hatte, erfüllt von seiner lebhaften, herzlichen und gebieterischen Gegenwart.

Die Szene seiner Ankunft spielte sich stets in der gleichen Weise ab. Seit Jahren hatte sich nichts daran geändert. Und obwohl Lida sie bis in jede Einzelheit voraussehen konnte, überkam sie jedesmal wieder ein Gefühl stillen Staunens.

Sie erhob sich nicht einmal, um ihm entgegenzugehen. Ach, als einst ein ebenso heftiges Läuten der Türglocke bedeutete, daß draußen vor der Haustür David auf sie wartete, im blauen Mantel mit Pelzkragen, vor Kälte und Ungeduld mit den Füßen auf dem Kies stampfend (niemals hatte er hereinkommen und ihre Mutter kennenlernen wollen!), da nahm sie sich kaum die Zeit, in ihren Mantel zu schlüpfen, ein bißchen Puder aufzulegen und ihre Frisur vor dem Schrankspiegel zu ordnen. Nur einen Augenblick hatte sie dafür übrig, doch genügte er, daß sie im Spiegel hinter sich das graue Haupt ihrer Mutter, klein und blank durch das straff nach hinten gekämmte Haar – das Licht von hinten ließ es fast kahl erscheinen –, auftauchen und gleich wieder verschwinden sah.

»Was willst du? Was suchst du hier?« fuhr sie sie dann laut an, sich jäh umwendend. »Soll ich dir etwas sagen? Ich habe genug von dir und von diesem Leben.«

Sie ging hinaus und warf die Tür hinter sich zu. David wartete nicht gern.

5

Noch zitternd vor Erregung klammerte sie sich an seinen Arm und ließ sich von ihm führen.

Für gewöhnlich gingen sie die Via Salinguerra bis zum Ende und kletterten dann auf den Stadtwall (auf der einen Seite sahen sie die Lichter der Stadt, während auf der anderen die Felder in Dunkel getaucht waren), um den Weg einzuschlagen, der sich dort oben, zwischen einer Doppelreihe dickstämmiger Bäume, dahinschlängelte. Sie gingen rasch und ohne ein Wort miteinander zu sprechen. David hatte zu jener Zeit die Absicht, so bald wie möglich seinen Doktor zu machen. Er hatte sich mit seiner Familie ausgesöhnt, um sich, wie er erklärte, später unter günstigeren Bedingungen wieder von ihr trennen zu können. Deswegen und aus keinem anderen Grunde mußten sie beide wieder »ein bißchen vorsichtig sein« und es, wie am Anfang, vermeiden, zusammen gesehen zu werden. Er fand sich damit in ihrer beider Interesse ab. Es war eine Notwendigkeit. Auch sie mußte das begreifen. Auf diesem Wege ebenso wie in dem kleinen Kino, das ihr Ziel war, würde sie keiner seiner Freunde, kein Bekannter der Familie sehen. Übrigens, war es nicht schöner so? Im Grunde wächst doch die Liebe gerade am Widerstand und am Zwang zur Heimlichkeit . . .

Wieder vorsichtig sein. Denn davor hatte es eine Zeit gegeben, im Sommer des vorigen Jahres, in der David durchaus keine Angst davor hatte, sich mit ihr zusammen zu zeigen. Damals, in jener wahrhaft märchenhaften, wahrhaft unglaublichen Zeit, sah es wirklich so aus, als ob er mit allem und mit allen brechen wollte. Mit seinem Studium, mit seinen Freunden, mit seiner Familie – mit diesem ganzen langweiligen und heuchlerischen Leben, das er bisher geführt hatte, *mußte* er einfach Schluß machen! Damals ging er mit ihr in die besten Kinos, und sie saßen am hellichten Tag in den Cafés im Zentrum der Stadt. »Nur du bist mir geblieben«, seufzte er. Den Nachmittag verbrachten sie häufig auf dem Stadtwall, wo sie sich wie die Zigeuner im Gras ausstreckten. Noch im Schlaf hielten sie sich in den Armen und schämten sich nicht. Zuweilen erhob sich David und trat zu einer Gruppe von Müßiggängern, die im Kreise beim Glücksspiel saß. Und während er bei ihnen saß und mechanisch die Karten ausspielte, stand sie hinter ihm und beugte sich nur hin und wieder zu ihm hinab, um ihm einen Rat zu geben. Sie stand hinter ihm, als ob sie ihn beschützen wollte, als müßte sie über ihn wachen . . . Nur ein paar hundert Meter weit von ihnen lag die Stadt und schlief in der Sonne unter ihren roten Dächern, hinter den angelehnten Fensterläden.

Damals gingen sie nur selten ins Kino. Oft kehrten sie noch einmal in die Anlagen auf dem Stadtwall zurück. Es war warm, verliebte Paare kamen flüsternd vorbei, und auch sie begannen in Erwartung der abendlichen Kühle langsam mit ihrem Spaziergang. Von Zeit zu Zeit buchtete sich der Weg auf einer Seite zu einem weiten, grasbewachsenen Paltz aus. Im Mondschein leuchteten die wenigen noch freien Steinbänke, die, am äußeren Rande des Rasens und Walls zugleich stehend, den Umriß des Platzes erkennen ließen, als ob das Licht aus ihnen selber käme. Der Mond verwandelte alles. Die Luft war mild und balsamisch. Selbst von dem weggeworfenen Papier, das ekle Brutstätten von Fliegen bedeckte, wie sich herausstellte, wenn man am Tage mit dem Fuß daran stieß, ging jetzt, wie es im Grase verstreut lag, ein intensives Leuchten aus.

Warum aber wirkte heute alles so ganz anders? Der Weg, den sie jetzt entlangeilten, war der gleiche wie damals, und doch hatten wenige Monate genügt – nur die Zeit, bis es Winter geworden war –, um ihn in einen so unheimlichen Steg zu verwandeln, daß es zum Fürchten war. Der Nebel, der aus den Kanälen aufstieg, die die Felder durchzogen, hatte bereits die freien Plätze neben dem Weg erreicht und sie in Buchten der Finsternis verwandelt, in denen der bloße Anblick der vor Nässe klebrigen Bänke schaudern machte. Und hatte David sie im Sommer nicht einmal gestreift, wenn sie langsam nebeneinander gingen, und hatte er sich ihr, sobald er ihren Blick auf sich ruhen spürte, mit einem traurigen Lächeln zugewandt, so preßte er jetzt (so wenige Monate hatten genügt, daß er sie nicht mehr liebte!) fest ihren Arm an sich, warf keinen Blick auf sie und stieß sie vorwärts, wohin sie nicht gehen wollte. Alles hatte sich verändert, in ihnen und draußen. Alles war erloschen. Sollte sie sich auflehnen, ihm davonlaufen? Unversehens, wie eine Antwort auf ihre Fragen, flammten die Lichter der Piazza Travaglio und der Porta Reno auf, grell, ganz nahe, gleichsam vor ihren Augen. Es war zu spät, um noch Widerstand zu leisten. Da war schon das Kino »Diana« mit den Plakaten neben dem Eingang und der schweren Milchglastür, die David nun mühsam öffnete. Als sich die Türflügel hinter ihnen schlossen, durchschnitten sie die Luft des kleinen Vorraums mit einem erstickten, klagenden Laut. Und dann schob sich Lida, an den Schultern gestoßen, in eine warme, raucherfüllte Höhle.

Es war ein langer, niedriger Saal, beinahe so eng wie ein Korridor. Stumm saßen die Besucher dort zusammengepfercht, und ihre brennenden Zigaretten bildeten leuchtende Punkte im Dunkel. Sobald Lida den Saal betreten hatte, entspannten sich ihre Nerven. Das Summen des Projektionsapparates und

das lange blaue Strahlenbündel, das von ihm ausging, hatten für sie, sie wußte nicht warum, etwas Beruhigendes. Sie ging gern ins Kino, und besonders gefielen ihr die Liebesfilme. Manchmal kam in solchen Filmen ein armes Mädchen vor, das keine besondere Schönheit war (sie waren nicht schön, aber oft genügten ein leidenschaftliches, uneigennütziges Herz und ein sympathisches Äußere, um einen Mangel der Gestalt oder des Gesichts wettzumachen!), ein armes Mädchen, das gerade, als es am wenigsten darauf gefaßt war, von dem reichen, blasierten Herrn geheiratet wurde, dem berühmten Konzertvirtuosen, der sich als Student verkleidet hatte, oder dem inkognito reisenden Fürsten. Von Zeit zu Zeit warf sie einen Blick auf David. Er hatte den Hut abgenommen und seinen Mantel ausgezogen. Im Dunkel erkannte sie den langen dünnen Hals, das mürrische, wie schlaftrunkene Profil und das wellige, von Brillantine glänzende Haar. Sie suchte seine Hand, und David ließ sie gewähren. Zuweilen wandte er ihr das Gesicht zu, um ihren Blick zu erwidern. Er schien jetzt ruhig und gut gelaunt zu sein. Aber plötzlich stieß er ihre Hand zurück und rückte von ihr ab. »Diese Hitze!« stöhnte er. »Man erstickt ja förmlich.«
Eingeschüchtert ließ sie ihn in Ruhe und richtete die Augen wieder auf die Leinwand, und nun fand sie David da unten, mitten auf dem großen, grauen Quadrat im Hintergrund des Saales; er hatte zärtliche und leidenschaftliche Augen, er zündete sich eine Zigarette mit behandschuhten Händen an, er tanzte und küßte im Smoking. Und ihr, verloren in der Menge, genügte es, ihm zuzusehen, ihn zu bewundern und aus der Ferne anzubeten. Sie lebte derart in dem Film, daß sie, als sie nach der Vorstellung mit den anderen das Kino verließen und David, ihren Arm pressend, ihr mit unvermittelt zärtlicher Stimme den Vorschlag machte, sie über den Stadtwall nach Hause zu bringen, erschrocken zusammenfuhr. Es war immer wieder ein bitteres Erwachen.
»Es dauert ja kaum länger«, drängte David sie.
»Es ist schon spät. Mama erwartet mich bis zwölf Uhr zu-

rück«, versuchte sie, ihm zu widersprechen. »Außerdem ist es kalt. Der Weg wird naß sein.«

Sie wollte ihm nicht sofort nachgeben und suchte Zeit zu gewinnen.

Vor dem Eingang zum Kino fehlte nie das alte Frauchen im langen grauen Rock, mit dem schwarzen Umhängetuch und den Handschuhen mit halben Fingern, das in die Glut eines kleinen Ofens blies, auf dem Kastanien rösteten. Ob er nicht ein paar geröstete Maronen essen wolle, fragte Lida. Wenigstens würden sich inzwischen die Leute verlaufen haben.

Wieviel schöner wäre es, überlegte sie, wenn sie durch die Stadt nach Hause gingen! Der Nebel war inzwischen so dicht geworden, daß die gelben Lampen der Straßenlaternen kaum noch zu sehen waren. Bei diesem Nebel hätte niemand sie erkannt, selbst wenn sie durch das Stadtzentrum, ja, sogar über den Corso Giovecca geschlendert wären. Weil das Straßenpflaster so glitschig war, wären sie langsam, dicht nebeneinander gegangen, wie richtige Brautleute, und auf den Lippen und Augenwimpern hätten sie den Nebel als laue kleine Tropfen gespürt. David hätte ihr von sich erzählt, von seinem Studium und seinen Zukunftsplänen. Oder er hätte mit ihr über den Film gesprochen, vielleicht, um an ihm Kritik zu üben oder um sich über das Spiel der Hauptdarsteller lustig zu machen, aber was tat's? Sie würden in ein Café gehen, wo er für sich einen Grappa und für sie einen Anis bestellte: Wohlig betäubt ihren Anis schlürfend, hätte sie sich auf ihr Bett und auf den Schlaf gefreut und wäre glücklich gewesen.

Und doch gab sie ihm am Ende nach.

Kaum hatten sie sich in Richtung Stadtwall entfernt, als in den kleinen Gruppen von Soldaten und jungen Burschen, die noch, eine Zigarette rauchend oder Maronen essend, vor dem Kinoeingang standen, schon Gelächter, Pfiffe und unflätige Worte laut wurden. Es nutzte ihnen nichts, daß sie schneller gingen. Die Entfernung schien die Stimmen nur noch gellender, noch durchdringender zu machen. Pfiffe und Gelächter verfolgten sie bis ins Dunkel, waren wie eiskalte, ekelhafte Hände, die nach Lida greifen, sie unter dem Kleid berühren wollten.

An der ersten dunklen Stelle, auf der ersten Wiese, warf David sie ins Gras. Das Kinn über seiner Schulter gab sie sich ihm mit aufgerissenen Augen hin.

Sie stand zuerst wieder auf. Hatte sie in einem bestimmten Augenblick den plötzlichen Wunsch verspürt, sich mit Gewalt von seinem Körpergewicht freizumachen, ihn zu beißen und ihm wehzutun (David erschlaffte sofort; er sackte mit seinem langen Rücken über ihr zusammen und ließ sich mit seinem ganzen Gewicht auf sie fallen), so geschah es nun, daß ihr Ärger und ihre Wut, die sie zuletzt dazu vermocht hatten, David von sich zu schieben, einer Art von Angst wichen. Sie beeilte sich, Davids Kleidung noch vor ihrer eigenen in Ordnung zu bringen. Wie weit fort war er schon von ihr, wie nichtig war sie ihm geworden! Und doch konnte sie ihm keine Vorwürfe machen ... Hatte sie etwa nicht gewußt, welches Ende der Abend nehmen würde? Von dem Augenblick an, als sie vor die Haustür gelaufen war und er sie, fast ohne sie zu begrüßen, am Arm genommen und eilig mit ihr den Weg zum Stadtwall eingeschlagen hatte, von diesem Augenblick an war alles nur allzu klar gewesen.

Sie machten sich wieder auf den Weg.

Wenn David doch etwas sagen, wenn er wenigstens den Versuch machen wollte, dieses furchtbare, sie immer tiefer trennende Schweigen zu überbrücken!

Sie fragte ihn zum Beispiel:

»Wie heißt deine Mutter mit Vornamen?«

Und da David nicht antwortete, gab sie selbst an seiner Stelle die Antwort.

»Teresa«, buchstabierte sie.

War es nicht komisch und rührend zugleich, daß sie ihm solche Fragen stellte und sie sich selbst beantwortete?

»Und Marina«, fragte sie weiter, »wie heißt deine Schwester Marina?«

Sie lachte laut heraus. Dann wiederholte sie:
»Ma-ri-na«, wobei sie wieder wie eine Schülerin, die ihre Lektion aufsagt, das Wort in seine Silben zerlegte.
Er gähnte und beschleunigte den Schritt auf dem von der Kälte hart gewordenen Boden. Aber er begann endlich zu sprechen.
Es waren seltsame Dinge, von denen er sprach, und er gebrauchte nicht immer leicht zu verstehende Wendungen, überdies in einem Ton, der ihr fremd war an ihm. Er sprach von sich im allgemeinen und von einer »sentimentalen Beziehung« im besonderen zu einer jungen Dame aus der besten Gesellschaft. Blond, blauäugig, mit wunderschönen Händen, zeichnete sie sich durch raffinierten Geschmack, durch aristokratische Neigungen und einen mondänen Lebensstil aus. Ihre Zusammenkünfte, auch ihre Streitereien – denn sie stritten sich oft – spielten sich stets in einer Umgebung ab, in der Lida sich unwillkürlich an gewisse Filmszenen erinnert fühlte; einmal war es ein Wohltätigkeitsball im Klub der Kaufleute, dann eine Galavorstellung im Städtischen Theater, schließlich die letzte Fuchsjagd. Es war eine »schwierige Beziehung«, der auf beiden Seiten die Familien entgegenarbeiteten (vor allem aber, soweit Lida verstand, die Familie der jungen Dame), jedenfalls eine »geistige« Beziehung, bei der »das da«, was beide soeben auf der Wiese getrieben hatten, überhaupt nicht zur Debatte stand ... Unterdessen stiegen die beiden den Stadtwall hinab und bogen in die Via Salinguerra ein. Bis dahin hatte ihm Lida schweigend, wie mit angehaltenem Atem, zugehört. Aber als sie an der Silhouette der Häuser und an den Straßenlaternen erkannte, daß sie zu Hause angelangt war, kam eine fieberhafte, nervöse Erregung über sie. Sie fühlte sich klein, häßlich und bar jeden Reizes, und gewiß ging sie ihm mit ihrer plötzlichen Lebhaftigkeit auf die Nerven. Alles an ihr war ihr verhaßt: der abgetragene, fipsige Mantel, das zerzauste Haar, feucht vom Nebel (sie mußte einmal wieder zum Friseur gehen!), ihre groben Hände, von Spuren der Ar-

beit und Frostbeulen verunstaltet. Sie gab sich keinen Illusionen hin, sie hatte sich im Spiegel gesehen. So wie sie war, konnte sie sich keine Hoffnungen machen; ihr Schicksal war bereits besiegelt. Da war es dann am besten, entschlossen die Rolle der alten Freundin zu spielen, der jede Frage erlaubt ist, die in den heikelsten Fragen Rat weiß – kurz, die Rolle der Frau, mit der man alles – außer der Liebe – anfangen kann. Übrigens, war es nicht gerade das, was sich David jetzt am meisten wünschte? War es ihm etwa nicht angenehm, daß sie sich genau so benahm, wie wenn niemals, auch nicht vor einer halben Stunde, irgendetwas Derartiges zwischen ihnen vorgefallen wäre?

Sie waren vor ihrer Haustür angelangt und traten in den Hausflur. David sprach noch immer. Seine Worte klangen oberflächlicher und kälter denn je. Sowie er seinen Doktor gemacht hatte, wollte er Ferrara, ja, Italien verlassen. Vielleicht ginge er nach Amerika, in jedem Fall aber allein. Bestimmt allein, da er sich selbstverständlich nie verheiraten würde.

»Das muß sich die Frau, die mich liebt, gut merken. Klarheit fördert die Freundschaft.«

Ob er auch die junge Dame nicht heiraten wolle, die ihm so gut gefiel, fragte sie.

»Gewiß nicht. Außerdem stimmt es gar nicht, daß sie mir *so* gut gefällt. Stell dir bloß einmal vor«, fügte er lachend, wenn auch mit einer Spur von Unsicherheit in der Stimme, hinzu: »stell dir vor, ich sollte den Rest meines Lebens in diesem Provinznest versauern!«

Ihr blieb nichts anderes zu tun, als im Dunkeln mit dem Kopf zu nicken.

Ein anderes Mal jedoch – sie sollte es später bedauern, als sie im Bett lag und nicht einschlafen konnte, weil sie das Ticktack des Weckers auf der Kredenz und die schweren Atemzüge ihrer schlafenden Mutter störten – ein anderes Mal war ihr das Lachen gekommen. Sie hatte ihn gefragt:

»Und wenn ich ein Kind von dir bekäme?«

Sie wußte, daß eine solche Frage David dazu brachte, noch ein bißchen bei ihr zu bleiben, mindestens noch fünf Minuten. Es kam ihr nicht darauf an, was er in diesen Minuten sagte. Worauf es ihr ankam, war, daß er das Bedürfnis fühlte, ihr, bevor er fortging, einen Kuß zu geben.

6

Gewiß hat niemand den Winter des Jahres 1929 vergessen. Einen ähnlichen Winter hatte es nur 1903 gegeben, als der Po zugefroren war, oder im Jahre 1917. Das jedenfalls behauptete Oreste Benetti.

Gegen Weihnachten begann es zu schneien, und es schneite bis zu den Heiligen Drei Königen. Doch herrschte noch keineswegs strenge Kälte, im Gegenteil! In den Tagen um das Dreikönigsfest gab es sogar eine kurze sonnige Periode mit einer fast frühlingshaften milden Wärme, und der Schnee begann bereits zu tauen. Maria Mantovani, die sich gleich in den ersten kalten Tagen eine Influenza zugezogen hatte und mit Fieber und einem bösen Husten im Bett lag, hörte von ihrem Lager aus, wie das Wasser hochspritzte, wenn ein Wagen durch die Via Salinguerra fuhr. Aber dem schönen Wetter war noch nicht zu trauen. Ab fünf Uhr nachmittags kam von den Feldern her ein Meer von fast warmem Nebel, der mehr Nässe brachte als der Regen. Sowie Oreste das Haus betreten hatte, zog er den feuchten Mantel aus und hängte ihn, um ihn abtropfen zu lassen, an den Nagel in der Wohnungstür.

Fröhlich lief er dann die Treppe hinab, setzte sich an den Tisch und begann zu erzählen.

Seit einiger Zeit war Ireneo der Hauptgegenstand seines Gesprächs geworden. Zu Beginn des Schuljahrs, im Oktober, hatte man den Knaben als Internatszögling in dieselbe Priesterschule aufgenommen, in der er, Oreste Benetti, in seiner doppelten Eigenschaft als ehemaliger Schüler und als geachteter Buchbinder, sich großer Sympathie erfreute. Er kam gerade von dort, wie er erklärte. Er hatte mit Don Bonora gesprochen, der vor nun zwanzig Jahren dem armen Don Castelli als Vorsteher gefolgt war. Er hatte sich bei ihm nach Ireneo erkundigt.

»Was soll ich Ihnen da sagen? Wir sind noch ganz am Beginn, wir haben noch nicht mit Latein angefangen ...« Darauf hatte sich Don Bonora zunächst in seiner Antwort beschränkt. Aber als Oreste in ihn drang, ihm zu sagen, was er von dem Knaben halte, hatte der Priester, wenn auch in sehr liebenswürdiger Form, bemerkt, der Knabe mache ihm einen etwas schlappen, unlustigen Eindruck.

»Aber das bedeutet gar nichts«, erklärte Oreste sofort. »Im Latein sind die Grundlagen alles, und dieser Don Bonora ...« – er preßte die Lippen aufeinander, als wollte er persönlich für die außerordentlich formenden Kräfte dieser Schule, ihrer Vorsteher und ihrer Lehrer bürgen.

Dann kam er auf das Wetter zu sprechen. Er hob die Augen zur Decke und zog mißtrauisch die Luft ein.

»Meiner Meinung nach sind wir noch nicht über dem Berg«, erklärte er. »Das Schlimmste steht uns noch bevor.«

Maria Mantovani hörte von ihrem Bett aus zu, ohne ein Wörtchen zu sagen. Still unter ihren Decken liegend, lächelte sie mit krausgezogener Stirn vor sich hin.

Oreste hatte recht. Die Strenge des Winters sollte noch kommen. Zu Beginn der dritten Januarwoche bedeckte sich der Himmel wieder, die Temperatur sank, und es begann von neuem zu schneien. Tag für Tag wehte die Tramontana und fiel Schnee. Es war wie im Hochgebirge. Die Passanten auf den Straßen bewegten sich im Gänsemarsch durch die engen, schützengrabenartigen Pfade, die die von der Stadt angestellten Schneeschipper mit Mühe für sie freihielten. Auf dem Stadtwall sah man Skiläufer in einwandfreier Bergausrüstung.

Man organisierte sogar Skiwettkämpfe, mit dem Erfolg, daß die sonst so verlassene, stille Via Salinguerra zu einer lärmend lauten Verkehrsader wurde. Angezogen von dem ungewöhnlichen Schauspiel, das sich auf dem Stadtwall bot, kam ein, man darf sagen, beträchtlicher Teil der Bevölkerung durch diese Straße.

Mit einemmal verschlechterte sich der Zustand der alten Frau. Das Fieber stieg wieder, und sie atmete nur mit Mühe. Man rief einen Arzt, der nach einer raschen Untersuchung erklärte, daß es sich um eine Lungenentzündung handle. Doch, es bestehe Gefahr, antwortete der Arzt auf eine ausdrückliche Frage Orestes. In Anbetracht des Allgemeinbefindens der Patientin müsse man auch mit dem Schlimmsten rechnen.

Es kam der Tag, dem man mit Sorge entgegengesehen hatte, es kam die Krise des fünften Tages.

Maria Mantovani wandte die Augen nicht vom Fenster. Hinter den Scheiben, durch die das Licht nur mühsam drang, sah sie dichte, wirbelnde Schneeflocken fallen. Sie spitzte die Ohren. Die Via Salinguerra hallte auf eine gedämpfte Weise von fröhlichen Rufen wider, von eiligen Schritten, von Motorenlärm und Autohupen. Was ging da draußen vor sich, fragte sie sich. In der Stadt mußte ein Fest gefeiert werden.

Aber warum drang jede Stimme, jeder Ton so wie von weither zu ihr?

»Ich höre nicht gut«, klagte sie einmal. »Ich kann nichts mehr hören. Es ist, als ob ich Watte in den Ohren hätte.«

Lida, die am Bett saß, erwiderte leise: »Es schneit. Deswegen kommt es dir so vor.«

Ihre Mutter antwortete mit einem kleinen, verschmitzten Lächeln. »Nein, *deswegen* nicht«, flüsterte sie, den Kopf schüttelnd, mit gesenkten Augenlidern.

Eine Stunde darauf begann sie zu röcheln. Oreste eilte fort und kehrte bald darauf mit dem Pfarrer von Santa Maria in Vado zurück.

Bald war das Zimmer voll von Besuchern, Frauen aus der Nachbarschaft, die dem Pfarrer und seinem Mesner ins Zimmer gefolgt waren. Der Priester gab der Sterbenden die letzte Ölung, dann ging er wieder fort. Die Nachbarinnen aber blieben zurück. Auf den Köpfen den schwarzen Schal, hatten sie sich, Stoßgebete flüsternd, am Fenster versammelt. In der Mitte des Zimmers, zwischen dem Bett und der Gruppe der Frauen, stand Oreste mit gefalteten Händen. Schnell und ohne zu stokken, bewegten sich seine Lippen.

Mit einemmal hörte das Röcheln auf. Oreste trat vor und beugte sich über das Kopfende des Bettes. Mit leichter und geschickter Hand (Lida folgte wie gebannt ihren Bewegungen) drückte Oreste Maria Mantovani die weit aufgerissenen Augen zu, faltete ihr die Hände über der Brust und ordnete mit ein paar Handgriffen die in Unordnung geratenen Bettücher und Decken. Endlich trat er zurück und nahm, auf Zehenspitzen gehend, wieder seinen Platz in der Mitte des Zimmers ein.

Lida saß noch immer unbeweglich am Bett der Mutter und blickte starr auf das wächserne Profil. Sie beobachtete dieses bewegungslose Gesicht mit einer starren, jede Einzelheit gleichsam gierig aufnehmenden Aufmerksamkeit, als sähe sie sie zum ersten Male, die geschlossenen Augenlider, die hervorspringende Nase und den Mund, um den ein vages, rätselhaftes, glückliches Lächeln spielte. Etwas wie ein alter Groll löste sich in ihr.

Sie hob die Hände vors Gesicht und begann, still zu weinen. Endlich blickte sie auf und wandte sich an Oreste.

»Ich möchte allein sein. Oreste, auch Sie sollen jetzt gehen.«

»Es ist gut, Liebling, ich gehe . . .«

Sie war kalt und gebieterisch, wie sie Oreste noch nie gesehen hatte. Beinahe unterwürfig ließ sein Blick sie los. Die Nachbarinnen waren schon auf der Treppe. Als letzter betrat er den Treppenabsatz und schloß die Tür hinter sich.

Lida war allein. Den Ellbogen auf die Bettdecke gestützt,

die Wange in die Hand, dachte sie an ihre Mutter, an sich selbst und an ihrer beider Geschichte. In ihren Gedanken fühlte sie sich bald in ein anderes, ganz ähnliches Zimmer versetzt, das Zimmer in der Mietskaserne in der Via Mortara, in das sie zu Beginn eines nun weit zurückliegenden Frühlings mit David zusammen eingezogen war. Wie hier hatten auch dort zwei Betten nebeneinander gestanden, die Waschtoilette in einer Ecke, hatte es einen Spiegelschrank gegeben, mit trüber Scheibe, und eine Kommode ... Den einzigen Unterschied machte das Fenster. Hier lag es auf gleicher Höhe mit der Straße, dort, im obersten Stockwerk, hatte man auf die Dächer, die Felder und, in der Ferne, auf die Hügel von Bologna geblickt. Aber sonst war alles gleich gewesen. Alles wiederholte sich. Sie sah sich wieder an jenem anderen Bett sitzen, den Ellbogen auf den Rand der Roßhaarmatratze gestützt, die Wange in die Hand gelegt, wie sie an langen Sommernachmittagen bei einem anderen gewacht hatte, bei David. Er schlief. Aber sein Atem ging so langsam, das seit vielen Tagen nicht rasierte Gesicht war so bleich, daß sie ihn, von Angst ergriffen, zuweilen am Arm rüttelte. »Was ist los?« brummte er, noch halb im Schlaf. Er wälzte sich auf die andere Seite (ein Buch fiel mit dumpfem Aufprall auf den Fußboden), und der schweißgetränkte Rücken seines Pyjamas wurde sichtbar. Dann schlief er wieder ein.

Das Zimmer lag im obersten Stock der großen Mietskaserne. Unmittelbar unter dem Dach und nach Süden zu gelegen, war es weniger ein Zimmer als ein kleiner, zum Ersticken enger Speicherraum.

Eines Tages – es war am Ende jenes Winters, als sie meinte, David sei ihrer so überdrüssig geworden, daß sie jeden Augenblick erwarten mußte, ihn sagen zu hören: »Machen wir Schluß, Lida. Es ist besser, wir sehen uns nicht mehr.« – eines solchen Tages machte ihr David den Vorschlag, mit ihm in dieses Haus in der Via Mortara zu ziehen und dort »wie irgendein Arbeiterehepaar zu leben«.

Er war entschlossen, endgültig mit seiner Familie zu brechen, in die Zuckerfabrik zu gehen und ein neues Leben zu beginnen. Die Vorstellung, in einer Mansarde zu wohnen, gefiel ihm, ja, sie begeisterte ihn geradezu. Was konnte sie anderes tun, als ihm zu folgen, als ja zu sagen, genau wie damals, das erste Mal, als sie sich in einem Tanzsaal in Borgo San Giorgio kennengelernt (sie mit ihren sechzehn Jahren noch ein Kind!), den ganzen Abend zusammen getanzt und sich am Ende auf einer der Stadtwallwiesen umarmt hatten? Und noch einmal hatte sie sich nichts überlegt, hatte nicht einen Augenblick lang gezögert. Eines Abends ging sie mit David aus und kehrte nicht mehr nach Hause zurück. Das war alles. Was für ein Wahnsinn! Doch erst sehr viel später, als sie nach ihrer Niederkunft wieder in die Mansarde zurückkehrte, um dort nun ohne David zu leben, damals, als das Kind ständig weinte und sie fühlte, wie in ihren Brüsten die Milch allmählich versiegte und ihr nur noch ein paar Lire geblieben waren – erst damals begann sie wahrhaft zu begreifen, was ihr widerfahren war, und aus dem langen Traum zu erwachen, den sie mit offenen Augen geträumt hatte und der bis jetzt ihr Leben gewesen war.
Aber David? Wer war er eigentlich? Diese Frage stellte sie sich jetzt immer wieder. Was suchte und was wollte er? Als sie noch mit ihm zusammen gewohnt hatte und noch lange danach, hatte sie sich keine Frage gestellt. Sie hatte nicht begriffen, was geschah.
In einem Zimmer im Stockwerk unter ihnen wohnte die Familie eines Krankenwärters aus dem städtischen Krankenhaus. Er hieß Mastellari. Es waren im ganzen sechs Personen, das Ehepaar und vier noch kleine Kinder. Wenn Lida am Morgen mit dem Krug und einem Fiasco die Treppe hinunterstieg, um aus dem großen Brunnen auf dem Hof Wasser zu schöpfen, wechselte sie häufig ein paar Worte mit Signora Mastellari.
»Was macht Ihr Mann?« fragte eines Tages die Frau des Krankenwärters. »Ist er Arbeiter?«
»Ja. Im Augenblick ist er arbeitslos. Aber er wird bald in

die Zuckerfabrik gehen«, antwortete sie, ohne daß sie überhaupt auf den Gedanken kam, daß David Jurastudent war, wenn auch in Verzug mit seinen Prüfungen und seiner Doktorarbeit und im Zerwürfnis mit seinen Eltern.

Arbeiter. Aber war es nicht gerade das, was er selbst so gerne werden wollte? Beteuerte er es nicht immer wieder?

Wenn er nur sprach, war alles gut. Dann erschien alles einfach, alles wurde möglich, alles glaubhaft. Die Ehe, zum Beispiel, war eine reine Formsache. Wenn sie wirklich Wert darauf legte, so würden sie spätestens im nächsten Jahr im Rathaus ihre Beziehung »legalisiert« haben. Wer weiß, ob bis dahin nicht seine Eltern . . . Gewiß, sie würde seine Frau werden. »Meine Gemahlin«, fügte er mit einem Lächeln hinzu. Inzwischen war alles, als ob sie es schon wäre.

Nach dem Abendessen stiegen sie Hand in Hand die endlosen, dunklen Treppen des großen Mietshauses hinunter. Um ein wenig Abkühlung zu haben, verbrachten sie ihren Abend für gewöhnlich an der Porta Mare – ein Weg von zwei- oder dreihundert Metern –, wo sich bei der alten Zollschranke ein Eiskiosk befand.

Wenn man durch die Via Fossato di Mortara ging, war man im Nu auf dem Stadtwall. An einem dieser Abende war es, während sie beide zwischen den Bäumen auf dem Stadtwall der Porta Mare zustrebten, in der Dunkelheit von der Azetylenlampe des Eiskiosks geleitet, daß Lida im Gefühl von Davids wachsendem Überdruß plötzlich, von Angst gepackt, den Kopf verlor.

»Weißt du«, sagte sie und blieb stehen, wobei sie ihn mit der Hand am Arm berührte, »ich glaube tatsächlich, daß ich ein Kind bekomme.«

David schien nicht überrascht. Er erwiderte nichts.

»Zitrone oder Schokolade?« fragte er kurz darauf sehr liebenswürdig, als sie vor der in Brusthöhe befindlichen Zinktheke der Eisbar standen.

Während er sein Eis schlürfte (er wählte stets eine Eiscreme mit Schlagsahne), musterte er sie von Kopf bis Fuß. Er schien traurig und enttäuscht zu sein. Sie hatte wie gewöhnlich ein Schokoladeeis genommen. Aber an diesem Abend, einem der letzten, sollte sie nicht damit fertigwerden.

»Findest du die Hitze nicht unerträglich?« fragte er. »In Cortina muß man abends einen Pullover anziehen.«

Seine Familie war, wie er hinzufügte, Anfang Juli nach Cortina d'Ampezzo gereist. Sie wohnten dort im Hotel Faloria, das so groß wie eine Burg war, von den Österreichern mitten in einem Wald von Tannen und Kiefern gebaut ...

Wer war David eigentlich, und was wollte er? Warum nur, warum? ...

Die Frage fand keine Antwort und würde sie niemals finden. Übrigens war es spät geworden. Jemand klopfte an die Fensterscheibe, vielleicht Oreste. Sie mußte aufstehen und ihm öffnen.

7

Es war Oreste.

Nachdem er die Tür hinter sich geschlossen und im Hausflur die Nachbarinnen eingeholt hatte, war Oreste für eine gute halbe Stunde in Gesellschaft der Frauen geblieben, die vor der Haustür ihre Gespräche fortsetzten. Als sie sich dann zerstreut hatten und er allein geblieben war, ging er vor dem Hause auf und ab, ohne zu wissen, wohin er sich nun wenden solle.

Er schwankte zwischen zwei entgegengesetzten Empfindungen und sah zwei einander widerstreitende Notwendigkeiten vor sich.

Einerseits drängte es ihn, sich wenigstens für ein paar Stunden zu entfernen, um seine Werkstatt zu schließen und einige Vorkehrungen zu treffen, die durch den Tod Maria

Mantovanis notwendig wurden (ihr Zustand hatte sich ganz unvermittelt verschlechtert, und niemand, auch er nicht, hatte in diesen letzten Tagen die Zeit und das Herz gehabt, sich auf das Schlimmste vorzubereiten). Andererseits war Lida allein, und der Gedanke an sie genügte, um ihn zurückzuhalten. Mehrmals hatte er sich niedergebeugt und versucht, durch die beschlagene Fensterscheibe ins Zimmer zu blicken. Neben dem weißen Bett erkannte er eine kleine schwarze Gestalt, gebeugt und bewegungslos.

»Was macht sie da?« brummte er, plötzlich von einer liebevollen Ungeduld erfüllt, die bereits die Ungeduld des Gatten war.

Die Abenddämmerung kam. Es hatte aufgehört zu schneien, aber es herrschte eine beißende Kälte. Rundherum konnte man durch die Fenster in Küchen und erleuchtete Speisezimmer sehen. Eile tat not, er mußte zu einem Entschluß kommen. Nachdem er sich wieder einmal hinabgebeugt hatte, um ins Zimmer zu blicken, aber wegen der Dunkelheit nichts mehr erkennen konnte, entschloß er sich schließlich, an die Scheibe zu klopfen. Dann lauschte er, und das Herz schlug ihm dumpf in der Brust. Sobald er Lidas Schritte auf der inneren Treppe zu hören meinte, trat er schnell durch die Haustür ein und befand sich bereits auf dem Treppenabsatz, bevor Lida die Klinke niederdrückte und öffnete.

Auf den ersten Blick erkannte er, daß er wieder die Oberhand gewonnen hatte. Mit dem Rücken an den Türpfosten gelehnt, sah ihm Lida stumm, ohne den Blick zu senken, in die Augen. In ihrer Haltung lag keine andere Bitte als die um Schutz. »Großer Gott, Sie wollen doch nicht die ganze Nacht in diesem Zustand verbringen!« sagte er leise, aber es klang beinahe grob.

Dann entwickelte er ihr flüsternd, ohne die Schwelle zu überschreiten, seinen Plan.

Er mußte jetzt rasch fortgehen, um die Werkstatt zu schließen und einige Kleinigkeiten zu erledigen, so daß er nicht vor zwei Stunden wieder zurücksein konnte. Zunächst aber wollte

er bei Signora Bedini, einer ihrer Nachbarinnen, vorbeigehen. Da sie soeben spontan ihre Hilfe angeboten hatte, wollte er sie ohne weiteres bitten, jetzt zu kommen.
»Was sie hier tun soll?« Lebhaft kam Oreste jedem möglichen Einwand Lidas entgegen. »Ihnen Gesellschaft leisten, natürlich! Vielleicht auch dafür sorgen, daß Sie etwas zu essen bekommen ... oder wenigstens mit Ihnen beten!«
Bei dem Wort »essen« schüttelte Lida den Kopf. Doch gegen das darauf folgende Argument gab es keinen Widerspruch. Sie senkte die Augen; lächelnd blickte er sie an.
»Ich bitte Sie also«, mahnte er, »nicht den Riegel vor die Tür zu schieben.«
Was alles übrige betraf, so solle sie sich um nichts sorgen, fügte er hinzu. Dafür war er da. »Verlassen Sie sich auf mich«, sagte er mit leiser Stimme und faßte sie am Arm.
In jedem Fall würde er spätestens um neun Uhr zurücksein.
»Einverstanden?«
Nach einem Händedruck lief er rasch die Treppe hinunter.
In der Nacht sank die Temperatur beträchtlich. Das schwache rosa Licht, das am nächsten Morgen mühsam durch die von einer Eiskruste bedeckten Fensterscheiben drang (Lida hatte sich auf ihrem Bett ausgestreckt, und Signora Bedini war auf dem Stuhl eingeschlafen, während Oreste, der in der Nacht lange gebetet hatte, am Fenster stand und nach dem Wetter sah), dieses dünne Licht kam von einer Sonne, die sehr weit fort war, verloren an einem Himmel von einem unbestimmten, nebligen Blau, von einer Sonne, die keine Wärme gab. Das Thermometer mußte jetzt – so meinte Oreste, der den Mantelkragen über dem mit silbergrauen Härchen dicht bewachsenen Nacken hochgeschlagen hatte und den Atemhauch auf seine klammen Finger blies –, das Thermometer mußte jetzt zehn, fünfzehn, vielleicht sogar zwanzig Grad unter Null anzeigen. Damit war, wie Oreste voraussah, für diesen Winter die Norm gegeben. Für lange Zeit, den ganzen Januar und vielleicht bis weit in den Februar hinein, würde es so kalt blei-

ben und mitunter noch kälter werden. Man würde also einen ungewöhnlichen Winter haben, in dem die Kanäle auf den Feldern und sogar der Po zufroren und man mit Rohrbrüchen in der Wasserleitung rechnen mußte – ein Winter, wie er nur mit dem von 1903 zu vergleichen war. Er bedauerte es, daß die Landwirtschaft, ja, die Wirtschaft des Landes überhaupt, unter einem so strengen Winter zu leiden hatte. Aber bei alledem konnte er nicht umhin, sich darüber zu freuen, daß er alles genau vorausgesehen hatte.

Das Leichenbegängnis Maria Mantovanis fand noch am späten Nachmittag dieses Tages statt.

Hinter dem Leichenwagen dritter Klasse, der sich leicht über den festgetretenen Schnee vorwärtsbewegte, ging außer dem Priester und dem Chorknaben nur noch Oreste. Lida war auf seinen Rat hin zu Hause geblieben. Er dagegen, einstiger Lieblingsschüler Don Castellis und ehemaliger Frontkämpfer vom Karst, schöpfte aus der grimmigen Kälte nur neue Kraft, die ihm wie durch ein Wunder den verlorenen Schlaf der letzten Nacht ersetzte. Die hohen, dünnen Räder des Leichenwagens hoben Stücke von festem Schnee in die Höhe, die, noch bevor sie den höchsten Punkt der Umdrehung erreichten, lautlos zu Boden fielen und dabei den blanken schwarzen Lack der Speichen und der Federung leicht bestäubten. Oreste blickte im Gehen aufmerksam auf die Radfurchen im Schnee und die kleinen Lawinen, die sich nach und nach von den Reifen lösten, und sein Schritt, der sich unbewußt dem des Priesters anpaßte, verriet wieder etwas von dem gutwilligen Eifer des musterhaften Infanteristen, der er in seiner Jugend gewesen war.

Als er zurückkam, war es bereits dunkel geworden. Statt wie in den vergangenen Tagen an die Fensterscheibe zu klopfen, kündete er seinen Besuch nun wieder mit dem gewohnten Klingelzeichen an.

Lida erwartete ihn unten an der Treppe stehend. Sie mußte in seiner Abwesenheit geschlafen haben; ihr Gesicht, das zuvor so deutlich ihre Erschöpfung gezeigt hatte, war nun frisch und ausgeruht. Sie hatte sich umgezogen.

Er nahm seinen alten Platz wieder ein und stützte die gekreuzten Arme auf den Tisch. Er sah Lida zu, wie sie sich am Herd zu schaffen machte, und in seiner Miene mischten sich Vergnügen und Dankbarkeit, wie sie immer in seinen Blicken lag, wenn ihm ein Wort oder eine Geste Lidas verriet, daß sie bemüht war, ihm etwas zu Gefallen zu tun.

»Für heute nacht«, erklärte er ihr, »wird es das beste sein, noch einmal die Bedini kommen zu lassen. Ich muß nachher einmal bei ihr hineinsehen. Morgen werde ich mit Don Bonora sprechen, damit er dem Jungen die Erlaubnis gibt, in den nächsten acht oder vierzehn Tagen hier zu schlafen. Später werden wir dann sehen ...«

Jetzt war er es, der Entscheidungen traf und über Lidas Zukunft verfügte.

Nach dem Essen blieben sie noch am Tisch sitzen. Lange und mit großem Zartgefühl sprach Oreste von ihrer Mutter. Sie habe so viel in ihrem Leben gelitten, weil sie so viel Liebe gezeigt, weil sie ein zu gutes Herz gehabt habe. Schließlich schilderte er ihr den Ort auf dem städtischen Friedhof, an dem sie sie am nächsten Morgen beisetzen würden.

Es war, wie er versicherte, ein wunderschöner, ein herrschaftlicher Begräbnisplatz. Hatte sie noch nicht die erst kürzlich gebauten Arkaden gesehen, die von der rechten Seite der Kirche von San Cristoforo ausgingen und in einer großen Kurve an der Seite der *Mura degli Angeli* den alten Säulengang der *Certosa* ergänzten? Nun, ihre Mutter sollte unter eben diesen neuen Arkaden begraben werden. (»Aber was heißt begraben! Die Erde wird sie nicht einmal berühren!«) Ein wunderschöner Platz, wiederholte er, nach Süden gelegen, daher sonnig vom Morgen bis zum Abend, wie ein Treibhaus.

»Natürlich«, fügte er hinzu und schob die Lippen vor, »die Grabnischen da unten sind teuer.«

Doch sogleich, als fürchtete er, von ihr mißverstanden zu

werden, wollte er ihr sagen, daß sie sich wegen der Bezahlung keine Sorgen machen solle.

»In so vielen Arbeitsjahren habe ich mir, Gott sei Dank, ein bißchen Geld zurücklegen können«, beteuerte er.

Und da sie ihm Hoffnung gegeben habe ... da er glauben dürfe ... Und weil es, dachte er, ihrer armen Mama Freude gemacht hätte ...

»Kurz, was mir gehört, gehört dir«, schloß er, die Stimme senkend, und war zum erstenmal vom *Sie* zum *Du* übergegangen.

Sich ein wenig nach vorn beugend, sah er ihr fest in die Augen. Dann erhob er sich, nahm eilig Abschied von Lida und versprach ihr, am nächsten Morgen wiederzukommen.

Sie hatten sich ja so vieles noch zu sagen!

8

»Wir haben uns noch so viel zu sagen«, – das erklärte Oreste ausdrücklich bei jedem Abschied, und wenn nicht, dann sagten es seine ernsten, sanften Augen.

Tatsächlich sprach von den beiden immer er.

Wenn es nicht Erinnerungen waren (seine in der Internatsschule verbrachte Kindheit und seine Kriegserlebnisse im Karst waren die üblichen Themen), dann führte er lange Monologe über Religion und die neuesten politischen Ereignisse, die ihn geradezu persönlich interessierten.

Nach dem Abschluß der Lateranverträge im Februar dieses Jahres konnte er nun seinen Patriotismus freimütig mit all der sentimentalen Begeisterung bekunden, wie sie einem Verliebten eigen ist, der seine Liebe endlich erwidert sieht. Ein »Bravo« der Kirche, erklärte er, die es zum Wohl Italiens und der ganzen Welt verstanden habe, kleinliche Prestigefragen und Empfindlichkeiten beiseitezulassen, ein »Bravo« aber auch für den italienischen Staat, dem das große Verdienst gebühre, den ersten Schritt zur Versöhnung getan zu haben. Es war deutlich zu spüren, daß sich in seiner Vorstellung Kirche und Staat gleichsam als Mann und Frau verkörperten, die nach einer langen, nicht immer ungetrübten Periode ihrer Beziehungen, die häufig von heftigen Krisen erschüttert wurden, plötzlich den Entschluß fassen, einander zu heiraten. Was für eine wunderbare Zeit stand jetzt bevor! – sagte er mit Augen, die vor Freude leuchteten. Der Frühling, der sich bereits ankündigte, sollte den Beginn eines Zeitalters von Frieden und Freude bringen, ja, er würde das mythische goldene Zeitalter wieder heraufführen. Kirche und Staat würden gemäß dem Gebot der Heiligen Schrift, jeder in seinem Bereich, frei sein und doch in Eintracht miteinander handeln, so wie es der prophetische Traum Dantes wollte. Nicht länger war der Priester verhöhnt und verfolgt. Die Gesellschaft würde ihn nicht mehr zurückweisen, sondern ihn wie einen Vater aufnehmen, dem man Verehrung entgegenbringt und auf dessen Wort man hört. Und wenn man auch nicht hoffen durfte, daß eine eigentliche katholische Partei wieder erstand, so konnte man doch für den Augenblick zufrieden sein. Es war nicht wenig erreicht worden, wenn die Männer der Katholischen Aktion und die katholisch organisierten Studenten künftig in Ruhe gelassen wurden! Es war nicht wenig, wenn man unbeschwerten Sinnes in der Trikolore des Hauses Savoyen die Fahne des Vaterlandes grüßen konnte!

War er bis zu diesem Punkt seiner Erörterungen gekommen, geschah es für gewöhnlich, daß er, mitgerissen von der starken inneren Bewegung, die sie in ihm auslösten, nun mit verändertem Ton, auf sich und Lida in einer weniger allgemeinen Art zu sprechen kam.

Er schilderte ihr die kleine Villa draußen vor der Porta San Benedetto, in die sie nach ihrer Verheiratung einziehen würden. Wenn er auch nie den Wunsch geäußert hatte, daß sie einmal selbst herauskam und sich das Haus ansah (er wollte es ihr nicht vor dem Monat Mai zeigen, der der festgesetzte Termin für die Übergabe war), so mißfiel es ihm andererseits nicht, sie genau über den Fortgang der Arbeiten zu unterrichten, da er so gut wie täglich die Baustelle besichtigte. Zumeist äußerte er Klagen. Er ärgerte sich über den Maurer, weil eine frisch geweißte Mauer bereits fleckig war von der Feuchtigkeit, die sie ausschwitzte, und über den Zimmermann wegen eines nicht funktionierenden Rolladens, über den Baumeister aber wegen seiner barschen, unhöflichen Art. Doch wenn er dann von der Gegend sprach, in der die kleine Villa entstand (wenn man ihn hörte, meinte man, der Bauplatz läge sehr viel weiter entfernt, als es tatsächlich der Fall war, ja, man glaubte, er spräche von einer anderen, Lida unbekannten Stadt, unendlich viel schöner, heiterer und gastlicher als Ferrara), glättete sich sein Gesicht und heiterte sich seine Miene auf. Die Villa lag am Ende des Viale Cavour, wie er zum soundsovielten Male wiederholte, in der Nähe des Bahnhofs, in einem ausgesprochenen Neubauviertel. Jedes dieser neuen Häuser stand auf einem Grundstück von etwa tausend Quadratmetern, das als Nutz- oder Ziergarten bestellt wurde. Die Luft da draußen war gut, Landluft. Und dann schwieg er, zufrieden damit, Lida dieses Bild des Glücks vor Augen gezaubert zu haben. Es war ein Glück, das schon sichtbar und greifbar wurde und von dem sie nur noch ein immer kleinerer Zeitraum trennte. Im Mai spätestens wollten sie heiraten.

Lida gab sich redlich Mühe, ihn zu verstehen und seine Gefühle zu teilen. Freilich war ihre Mutter nicht mehr da, um bei gegebener Gelegenheit einen Blick des Einverständnisses mit ihr zu wechseln. Aber die Leidenschaft, die in den Augen Orestes leuchtete, war so echt und mitreißend, und die Zukunft, wie er sie ihr ausmalte, war so einladend, so sehr von menschlicher Wärme und Herzlichkeit erfüllt, daß ihr bald jede ironische Anmaßung von ihrer Seite als töricht, ja, lächerlich erschienen wäre.

Sie glaubte allerdings nicht, daß sie je das goldene Zeitalter und jenes Glück, von dem Augen und Mund Orestes ihr so unermüdlich sprachen, zu sehen bekäme, noch daß sie überhaupt auf dieser Erde möglich wären. Aber wenn sie sich auch keinen Illusionen hingeben konnte und sich der nicht wiedergutzumachenden Zerstörung bewußt war, die die Zeit, ihre Einsamkeit und Traurigkeit in ihrem Innern angerichtet hatten, so begriff sie doch, daß aller ihr noch verbliebener Lebenswille gerade auf diesen Verheißungen, an die sie nicht glaubte, diesen Phantasien, denen sie so viel innere Vorbehalte entgegenbrachte, auf diesen reinen Träumen beruhte. Was für Argumente hätte sie übrigens Oreste entgegenhalten können? Wenn sie einmal die Kraft entbehren müßte, die in ihr wie ein Widerschein seines eigenen grenzenlosen Glaubens war – womit sollte sie sie ersetzen? Vielleicht mit ihren Erinnerungen an das, was vergangen war? Sie lächelte über sich selbst. Oreste war in jeder Hinsicht überlegen. Alles Licht und alle Wärme kamen von ihm. Sie bildete sich nur schwer ein Urteil, da sie stets auch die Kehrseite einer Sache sah. Aber in diesem einen Fall handelte es sich um die Feststellung bestimmter, unleugbarer Tatsachen, die sie nicht in Zweifel zog. Sie, Lida, war wie ein Planet, dessen einziger Lebensquell die Sonne ist, um die er kreist. Und das Bewußtsein ihrer Unterlegenheit und Abhängigkeit erfüllte sie mit Freude und dem Gefühl des Friedens.

Es wurde Mai.

In den letzten Tagen schlug die Gelassenheit Orestes plötzlich in angstvolle Unruhe und Sorge um. Lida war überrascht. Es schien ihr seltsam und nicht mit seinem Charakter in Einklang zu bringen, daß er, der sich jahrelang mit einem sogar unausgesprochen gebliebenen Heiratsversprechen begnügt und in jeden Aufschub eingewilligt hatte, nun keine weitere Verzögerung ertrug. Er hatte ihre Heirat immer nur selten erwähnt, vielleicht ein wenig häufiger in der letzten Zeit. Jetzt aber wollte er sich beeilen, wollte keinen Tag mehr verlieren, sondern das Datum der Zeremonie am liebsten vorverlegen.

Lächelnd fragte sie ihn nach dem Grund für seine plötzliche Eile.

Er sah sie wortlos, mit einem verzweifelten Blick, an. Dann sagte er langsam:

»Ich bin wie diese Pferde, die krepieren, wenn sie am Ziel ankommen.«

Er sprach darauf von der Ehe und was sie für ihn bedeute. Er betrachte sie als das höchste Ziel seines Lebens, nach dessen Erreichung er nur noch die göttliche Vorsehung um ihren Schutz für sie beide anrufen wolle. Wenn er sie bisher nie gedrängt habe, so deshalb, weil er immer daran gezweifelt habe, sie einmal wirklich heimführen zu können.

Lida hörte ihm zu, ohne ihn zu verstehen. Sie blickte ihn an und begriff nur soviel: er fürchtete noch immer, sie zu verlieren! Sie griff nach seiner Hand und lag einen Augenblick später, zum erstenmal, in seinen Armen.

Es folgten ruhige, glückliche Jahre. Jahre der Arbeit und wenn nicht des Reichtums, so doch der Wohlhabenheit. Einen Winter wie den von 1929 erlebten sie übrigens nicht wieder, am wenigsten Oreste, der bereits im Frühling des Jahres 1938 starb.

Immer wenn der Herbst zu Ende ging, stand Oreste am Fenster und sah nach dem Wetter. Er dachte dabei, daß ihm in diesem neuen Hause, in dem es an nichts fehlte und in dem es sogar eine Zentralheizung gab, selbst der strengste Winter keine Sorgen mehr bereiten konnte. Heiter blickte er in die Zukunft. Lida hatte sich sofort nach ihrer Heirat seinen frommen Gewohnheiten angepaßt und ging regelmäßig in die Kirche von San Benedetto. Sie hatte ihre Magerkeit verloren und war schöner geworden. Das hagere, von Angst und Sorgen verzehrte junge Mädchen, das er vor vielen Jahren kennengelernt hatte, war eine schöne, heitere, ruhige junge Frau geworden, wohl ein wenig dick, aber von jener Korpulenz, die einer frommen Frau so wohl ansteht. Halb im Ernst, halb im Scherz pflegte er zu sagen, daß auch diese späte Schönheit seiner Frau, an der er sich, wie er meinte, nicht ganz zu Unrecht, ein gewisses Verdienst zusprach, zeige, daß der Herr ihren Bund gesegnet habe.

9

»Er ist glücklich gewesen«, sagte sich Lida bisweilen. Doch plötzlich, wie entstellt von einem inneren Echo, verwandelte sich der Satz in eine von Zweifeln und schmerzlichem Neid erfüllte Frage: »Ist er glücklich gewesen . . .?«

Erst jetzt, da auch er nur noch eine Erinnerung war, wußte sie, daß er es nicht gewesen war. Etwas hatte ihm gefehlt. In all den Jahren ihrer Ehe hatte er sich einen Sohn gewünscht, und sie hatte ihn ihm nicht geben können.

Jetzt erinnerte sie sich, mit welch mehr als väterlicher Fürsorge er sich stets Ireneos angenommen hatte, übrigens ohne daß dieser ihm dafür besonders dankbar gewesen wäre. Er hatte den Knaben, als er mit dreizehn Jahren die Priesterschule verließ, zu sich in die Werkstatt geholt, wo er ihm zwischen der Heftmaschine und der Glastür einen eigenen Arbeitsplatz einrichtete. Er wollte ihn in seinem Handwerk unterweisen. Und sie, die an manchem Abend nach der Andacht den Weg durch die halbe Stadt machte, um der Buchbinderei in der Via Salinguerra einen Besuch abzustatten (danach gingen sie alle drei, Arm in Arm, über den Corso Giovecca oder die Via Mazzini durch das Zentrum der Stadt nach Hause) –, sie meinte noch heute zu sehen, wie Oreste von seinem Platz hinter dem großen Arbeitstisch aus mit liebevollem Eifer auf seinen so trägen Schüler blickte, der sich nur allzu gern von der geringsten Kleinigkeit draußen auf dem Platz ablenken ließ. Sie sah ihn wieder, wie er auf dem Schemel hinter dem Tisch saß, mit dem kraftvollen Oberkörper, der zu gewaltig schien im Verhältnis zu seinen Beinen, und seinen großen, schweren Händen, denen der goldene Trauring, von dem er sich nie hatte trennen wollen, auch nicht im Jahre 1935 zur Zeit der Sanktionen[1], einen gewissen Adel verlieh; und sie hörte wieder seine kräftige, fröhliche, schallende Stimme ... Welche Mühe mußte es ihn gekostet haben, sie nichts von seiner Sehnsucht nach einem eigenen Sohn merken zu lassen! Wie mußte er sich gequält haben, als er, gleichsam um sich für seine Sehnsucht zu strafen und sie in seinem Herzen zu ersticken, eines Tages sogar gewünscht hatte, daß Ireneo seinen Namen annehme!

Und doch hatte Oreste, dessen war sie sicher, nie die Hoffnung aufgegeben. Sie brauchte sich nur an seinen Blick zu erinnern, mit dem er sie jedesmal, wenn sie die Werkstatt betrat, empfing – einen fragenden, doch ruhigen Blick, von einer unerschütterlichen Zuversicht erfüllt.

Wenn nicht heute, sagte dieser Blick, dann bald würde sie mit der großen Neuigkeit zu ihm kommen. Sie würde ihm einen Sohn schenken, der wirklich sein Sohn war und nicht zwischen ihnen stünde mit der frühreifen, stummen, grundlosen Traurigkeit des Fünfzehnjährigen (er war leider nicht von sehr lebhafter Intelligenz, dieser große, magere Junge, der auch charakterlich so verschieden von ihm war), der ihn noch nie anders als »Onkel Oreste« genannt hatte, obwohl er ihm seinen Namen gegeben und ihn wie einen leiblichen Sohn in seinem Handwerk unterwiesen hatte.

Ein eigener Sohn, dachte Lida, das war es, was ihm gefehlt hatte; es war der einzige Schatten gewesen, der die Heiterkeit ihres gemeinsamen Lebens getrübt hatte. Gewiß hätte es ihm genügt, von ihr die Worte zu hören: »Ich erwarte ein Kind«, um abermals von dem Goldenen Zeitalter zu sprechen, dessen Wiederkehr er im Februar 1929 prophezeit hatte.

Ebenso gewiß war der Tod, der ihn überraschend dahinraffte, seiner Enttäuschung zuvorgekommen und hatte seine Verzweiflung im Keim erstickt.

[1] Siehe *Anmerkungen des Übersetzers*, Seite 249

Der Spaziergang vor dem Abendessen

Why does my pen not drop from my hand on approaching the infinite pity and tragedy of all the past? It does, poor helpless pen, with what it meets of the ineffable, what it meets of the cold Medusa-face of life, of all the life *lived*, on every side. *Basta, basta!*

H. James, ›Notebooks‹, 321

1

Noch heute ist es in Ferrara nicht selten, daß man beim Herumstöbern in irgendeinem alten Kramlädchen Ansichtskarten findet, die gut ein halbes Jahrhundert alt sind. Sie sind vergilbt und von Feuchtigkeit fleckig geworden. Eine dieser Karten zeigt den Corso Giovecca, die Hauptverkehrsader der Stadt, wie sie damals, gegen Ende des vergangenen Jahrhunderts aussah. Um diese Aufnahme zu machen, hatte sich der Photograph mit seinem Stativ auf dem Bürgersteig aufstellen müssen – gegenüber der im Bild sichtbaren Straßenseite, wo im Schutz der großen Markisen mit ihren flatternden Fransen in Reihen die Tische und Korbsessel des nun schon seit Jahren verschwundenen *Gran Caffè Zampori* standen. Weiter rechts, im Schatten, erhebt sich, gleichsam als Kulisse, das Städtische Theater, während auf der linken Seite des Bildes alles Licht liegt – das goldene Licht einer Abenddämmerung im Frühling. Hier sind die Bauten niedrig, nur einstöckige Häuser mit braunen Ziegeldächern, und im Erdgeschoß hier und da ein kleiner Laden (eine Lebensmittelhandlung, ein Kohlenlager und eine Roßschlächterei); es sind armselige Häuser, die 1930, als man beschlossen hatte, an dieser Stelle den gewaltigen Palast der *Assicurazioni Generali* aus römischem Travertin zu errichten, erbarmungslos abgebrochen wurden.

Auch der Corso Giovecca selbst, der wie ein breiter, in perspektivischer Verkürzung gesehener Strom den mittleren Platz auf der Ansichtskarte einnimmt, ist recht verschieden von seiner heutigen Gestalt. Heute ist er, würdig einer großen

Stadt, prachtvoll asphaltiert. Er ist ein langer, imposanter Boulevard, so breit und sauber, daß er die Farbe des Himmels zurückwirft. Von den Trambahnschienen und den weißen Fahrdämmen, auf denen Kaleschen und Fahrräder fuhren, ist schon lange keine Spur mehr zu sehen. Wer weiß, was aus dem Eisen der Straßenbahnschienen geworden ist; vielleicht hat sie wie so vieles andere der letzte Krieg verschluckt. Die großen Pflastersteine aber, die als Markierung des Fahrwegs gedient hatten, zwei parallel verlaufende Doppelstreifen neben den Straßenbahnschienen – wurden vor einigen Jahren auf eine Wiese vor der Stadt gebracht, wo sie liegen blieben und bald mit Moos bewachsen waren.

Die Ansichtskarte ist, wie gesagt, der Abzug einer Photographie, und als solcher gibt er uns nicht nur darüber Auskunft, wie der Corso Giovecca gegen Ende des 19. Jahrhunderts aussah (eine breite Fahrstraße, voll von Kieselsteinen und so uneben wie das Bett eines Gießbachs – vielleicht erscheint deshalb unsere *Main Street* auf der Karte so viel lebhafter und verkehrsreicher als heute), sondern auch über das Leben, wie es sich in dem Augenblick, als der Photograph knipste, überall auf dem Corso abspielte: von der Ecke rechts mit dem Café Zampori, nur wenige Meter vom Standort des Photographen mit seinem Stativ, bis dort hinten, wo die schrägen Strahlen der Nachmittagssonne in der Ferne die rosafarbene Fassade der aus dem achtzehnten Jahrhundert stammenden *Prospettiva* deutlich hervorheben, an die sich nur noch, unsichtbar für den Betrachter, die grüne Böschung des Stadtwalls anschloß.

Eine geringfügige Figur im Bilde dieses Lebens, an das heute kaum eine Erinnerung geblieben ist (das Bild ist übrigens an Einzelheiten nur im Vordergrund reich: da ist der Friseurgehilfe, der in der offenen Ladentür steht und in den Zähnen stochert; da ein Hund, der vor dem Eingang zur Roßschlächterei den Bürgersteig beschnüffelt – wahrscheinlich hat er eingetrocknete Blutspuren gefunden –; ein Schuljunge läuft über die Straßenkreuzung, und ein Herr in mittleren Jahren, im Gehrock und mit steifem Hut, schiebt mit erhobenem Arm den Vorhang vor dem Café Zampori zurück; ein prächtiges Viergespann, das des Herzogs Costabili vielleicht, der sich vor ein paar Monaten mit seiner Familie aus Rom in die Provinz zurückgezogen hat, nähert sich und schickt sich an, hinter dem Rücken des Photographen in scharfem Trab die sogenannte *Salita del Castello*, die Auffahrt zum Kastell, zu nehmen; aber je weiter der Blick den Corso Giovecca verfolgt, desto mehr verlieren Menschen und Dinge, eingehüllt in eine Art leuchtenden Staubs, Umriß und Gestalt) – eine geringfügige Figur also im Bilde der Hauptverkehrsader unserer Stadt an einem Spätnachmittag irgendwann im Mai gegen Ende des vorigen Jahrhunderts ist das junge Mädchen von etwa zwanzig Jahren, das sich in dem Augenblick, da der Photograph seine Aufnahme machte, und, natürlich danach, als die Kamera sie nicht mehr einfing, auf dem linken Bürgersteig des Corso Giovecca mit raschen Schritten zum verschwimmenden Stadtrand hin entfernte.

Der Teil des Tages hatte begonnen, welcher der Stunde des Abendessens vorangeht. Es war jener köstliche Augenblick, in dem die Luft Abkühlung bringt und sich die Nerven entspannen, jener Augenblick, in dem es die Bürger der Stadt, Angehörige der verschiedensten Stände, seit undenklichen Zeiten gewohnt sind, ihr Haus oder ihre Arbeitsstätte zu verlassen und auf den breiten Bürgersteigen des Corso Giovecca zu flanieren, bis die Straßenlaternen angezündet werden. Wegen dieser Vielzahl und Mannigfaltigkeit der Passanten kann man annehmen, daß unser junges Mädchen auf seinem Wege nur mit einiger Mühe im Auge zu behalten war, selbst wenn ihm ein Blick aus größerer Nähe folgte, der nicht die Gleichgültigkeit einer photographischen Kamera hatte. Nichts an der Gestalt des Mädchens war besonders auffallend oder erhob sich auch nur über das bescheidenste Mittelmaß. Es handelte sich keineswegs um eine Schönheit, wie sie auch zur Zeit des größten Verkehrs auf einer Hauptstraße allgemein auffällt, nicht um eine jener jungen Frauen, meine ich, die durch die ausgesuchte Eleganz ihrer Kleidung und Frisur und die majestätische Lässigkeit, mit der sie ihre Schritte setzen, Blicke der Bewunderung auf sich ziehen. Ganz im Gegenteil. Auf einer Gruppenaufnahme zum Beispiel verschwand ihr Gesicht gern und erschien als kleines, unscharfes Oval, ganz wie auf jener Photographie, die sie gerade jetzt, in Papier gehüllt, eng an die Brust gepreßt, vom Krankenhaus nach Hause mitbrachte – eine Aufnahme, auf der sie recht verloren zwischen den Ärzten in ihren weißen und den Schwestern in ihren grauen Kitteln stand.

Das Gesicht Gemma Brondis – dies der Name der jungen Krankenschwester, ein in Ferrara und Umgebung sehr geläufiger Name – war von der Art, von der es viele gibt, weder schön noch häßlich, wenn möglich noch alltäglicher und unbedeutender durch den Umstand, daß damals jungen Mädchen ihres Standes die Verwendung von Lippenstift, Schminke und Puder untersagt war, kurz, von ihnen der Verzicht gefordert wurde auf all jene kleinen Listen, die heute auch die jüngste Krankenschwester in unserem modernen Städtischen Krankenhaus, das zwischen 1920 und 1930 unten am Corso Giovecca entstanden ist, unfehlbar und oft mit Raffinesse anwendet, sobald ihr Dienst beendet ist. Das im Nacken zu einem großen Knoten geschlungene kastanienbraune Haar Gemma Brondis gab eine gewölbte, allzu massive Stirn frei, die mächtige, knochige Stirn einer Bäuerin, die in einem nicht einmal unangenehmen Gegensatz zu ihrem weichen Mund stand. Ihre Augen, von der gleichen Farbe wie das Haar, strahlten nur selten und dann gleichsam wie verstohlen in jugendlichem Glanz. Zumeist hatten sie einen furchtsamen, melancholischen Ausdruck, wie man ihn ähnlich in den sanft und geduldig dreinblickenden Augen von Haustieren findet. In Wirklichkeit vermochte auch ihr grauer Schwesternkittel, eine Art grober Schürze, eng in der Taille, die ihren stark entwikkelten Busen nur noch mehr hervortreten ließ, sie nicht so unscheinbar zu machen und so zu tarnen, wie sie es sich vielleicht wünschte. In dieser Hinsicht mochte ihr Gang aufschlußreich sein – wie sie, einmal schneller, einmal langsamer, dicht an der niedrigen Mauer entlangging, die das letzte Stück des Corso Giovecca links einfaßte. Ihr herausfordernd starker Oberkörper, aus dem sich, von einem schwarzen Samtbändchen umschlossen, ein zarter, fast schmächtiger Hals erhob, bereitete ihr gewiß ein unbestimmtes Gefühl von Verlegenheit und Scham.

Es bleibt noch anzudeuten, was für Gedanken einem jungen Mädchen wie Gemma Brondi in diesem Augenblick durch den Kopf gehen mochten, das vor mehr als einem halben Jahrhundert angehende Krankenschwester im Städtischen Krankenhaus von Ferrara war. Was für Gedanken oder, besser gesagt, unbestimmte Empfindungen, die kaum an die Oberfläche des Bewußtseins dringen und – anders als das Bild des Corso Giovecca von einst, das uns durch eine einfache Ansichtskarte getreu überliefert ist – keine Spuren zurückgelassen haben. Und doch, wenn man die Ansicht des Corso Giovecca, zu dieser besonderen Stunde des Tages und in diesem Augenblick seiner Geschichte, ein wenig auf sich einwirken läßt, wenn man diesen Eindruck von Glück und Zuversicht in sich aufnimmt, den das fröhliche Flattern der Markisen vor dem Café Zampori noch verstärkt und der zumal von dem spornartigen Vorsprung des Städtischen Theaters ausgeht, wie man ihn von der Mauerbrüstung über dem Kastellgraben aus sieht – wie den Bug eines Schiffes, das freudig der Zukunft und der Freiheit entgegenfährt –, dann möchte man glauben, daß etwas von den Träumen und Gedanken jenes zwanzigjährigen jungen Mädchens, das am Ende seines Arbeitstages nach Hause geht, Eingang gefunden habe in das vor uns liegende Bild, auch wenn dessen Gestalt selbst nicht festgehalten wurde.

Soviel ist gewiß, daß Gemma nach einem in den tristen Krankensälen des ehemaligen Klosters verbrachten Tag, in dem das Städtische Krankenhaus nach der Einigung Italiens provisorisch und unzulänglich eingerichtet worden war, vollkommen unberührt blieb von dem Leben und Treiben auf dem Corso, über den soeben, die allgemeine Aufmerksamkeit auf sich lenkend, die Herzogin Costabili in ihrem Wagen gefahren war. Gedankenverloren und ganz ihren Jungmädchenträumen hingegeben, bewegte sie sich vorwärts, ohne überhaupt etwas zu sehen, so daß sie, als sie bis zur *Prospettiva* gekommen war und wie allabendlich mechanisch zu den drei rosa Wölbungen des Triumphbogens emporblickte, daß sie also in diesem Augenblick die ihr ins Ohr geflüsterten Worte (»Guten Abend, mein Fräulein!« oder etwas Ähnliches) vollkommen unvorbereitet und wehrlos fanden, sie abwechselnd rot und blaß wurde und erschrocken, wie auf der Suche nach einem Ausweg, um sich blickte.

»Guten Abend, mein Fräulein«, hatte die Stimme geflüstert, »gestatten Sie, daß ich Sie begleite?«

Dies waren die Worte oder, wie gesagt, sie waren es ungefähr. Wie sie genau lauteten, hätte keiner der beiden sagen können, weder Gemma Brondi noch der, der sie ausgesprochen hatte. Und wer anders als diese beiden hätte sie aufnehmen und gar in der Erinnerung bewahren sollen? Zumal gerade in diesem Augenblick die Glocken der nahegelegenen Kirche von Sant' Andrea zu läuten begannen. Das Läuten drang auch, gedämpft, herübergetragen von dem nun frischer wehenden Wind, zu dem Photographen, der am anderen Ende des Corsos über seinen Apparat und das Stativ gebeugt stand, um beides zusammenzupacken – drang auch zu ihm und sagte ihm, daß zumindest für diesen Tag seine Arbeit zu Ende war. Der junge Mann, der Gemma angesprochen hatte und sie nun – während der rötliche Backstein des Triumphbogens über ihnen verblaßte und seine aufgespeicherte Wärme abgab – in eine Unterhaltung zu ziehen suchte, bei der sie die Augen niederschlug, um dem stechenden Blick seiner tiefschwarzen Augen auszuweichen, – dieser dunkel gekleidete junge Mann, der sich mit beiden Händen auf die Lenkstange eines schweren Fahrrads, Marke *Triumph*, stützte, mochte etwa dreißig Jahre alt sein. Er hatte ein abgezehrtes Gesicht, von dessen Blässe die goldgefaßte Brille und der Schnurrbart – so schwarz wie seine Augen – mit den um die Mundwinkel herabfallenden Enden lebhaft abstachen.

Doch nun wollen wir, im Fluge denselben Weg zurücklegend, den die beiden jungen Menschen in wenigen Augenblicken beschreiten werden, wobei er das Fahrrad führt, einen kleinen Ortswechsel vornehmen und uns in ein niedriges, zweistöckiges Haus versetzen, in dem die Familie Brondi, eine Bauernfamilie am Stadtrand, seit mehreren Generationen lebt. Das Haus, eine Art Gutshaus, steht im Schutz des Stadtwalls, getrennt von ihm nur durch eine staubige schmale Straße, die der Stadtmauer in ihrem ganzen Verlauf folgt und in die, etwa fünfzig Meter hinter der *Prospettiva*, der Corso Giovecca mit einer unvermittelten Biegung einmündet. Inzwischen ist es schon beinahe Nacht geworden. In den Zimmern im Erdgeschoß, die dem grasbewachsenen Stadtwall so nahe sind, daß das Tageslicht nur durch die auf die weiten Gemüsefelder gehenden Fenster fällt, hat man gerade das Licht angezündet.

2

Luisa war die erste im Hause, die auf Doktor Corcos, Doktor Elia Corcos, aufmerksam geworden war – und vielleicht schon an jenem ersten Abend.

Von nun an verschwand sie, nachdem sie den runden Tisch im Speisezimmer gedeckt und Feuer unter den Kochtöpfen auf dem Herd gemacht hatte, der von der Mutter bereits mit Holzkohle und Spänen gefüllt worden war. Gerade dann, wenn die Stimmen ihres Vaters und ihrer Brüder, die bis zum Einbruch der Dunkelheit im Garten gearbeitet hatten und sich nun anschickten, ins Haus zu gehen, näherkamen, pflegte Luisa zu verschwinden, um sich erst wieder sehen zu lassen, wenn die andern mit ihrer Suppe so gut wie fertig waren. »Ein merkwürdiges Mädchen!« seufzte die Mutter. »Wer weiß, wo sie sich wieder versteckt hat . . .« Und dabei lächelte sie voll müder Nachsicht bei der Vorstellung, wie Luisa in ihrem Zimmer im oberen Stock, das sie mit ihrer jüngeren Schwester Gemma teilte und dessen Fenster auf die Bastionen des Stadtwalls gingen, mit aufgestützten Armen im Fenster lag. Der alte Brondi und die drei Söhne aßen, über ihre Suppenteller gebeugt, mit gutem Appetit. Luisas Verschwinden zur Stunde des Abendessens war eins der vielen kleinen Privilegien, die sie in der Familie genoß.

Später kam sie lautlos die Treppe herunter; leicht wie ein Geist überschritt sie die Schwelle. Und wenn nicht von diesem Abend an Gemma jeweils fast unmittelbar nach Luisa das Eßzimmer betreten hätte (als die beiden jungen Leute bis zur Haustür gekommen waren, hatten sie sich, wie im Bewußtsein einer Gefahr, ohne weitere Umstände getrennt; Gemma schlüpfte durch die Haustür, während sich der Doktor auf das Rad schwang und bereits nach ein paar Pedaltritten hinter der Straßenbiegung verschwunden war), hätte vielleicht nicht einmal ihre Mutter aufgeblickt. Doch von diesem Abend an war das Erscheinen Luisas für Letizia ein Signal, und ihr über den Lichtkreis hinaus ins Dunkle dringender Blick suchte den Blick Luisas, suchte eine Bestätigung. Zwischen den beiden Frauen (beide groß, blond und zart, bildeten sie innerhalb der Familie, und nicht nur physisch, so etwas wie eine Gruppe für sich) ging jetzt, zwischen dem Schatten und dem Lichtbezirk, ein Lächeln des Einverständnisses hin und her, das sie bisher nur in ihrer Vorstellung verbunden hatte, ein Lächeln, das freilich im nächsten Augenblick schon Gemmas hastiger Eintritt wieder wegwischte.

Sie wechselten auch ein paar Worte, wenngleich nicht auf der

Stelle, sondern erst ein paar Abende darauf, als sie wie üblich vor dem Abendessen zur Andacht in die nahegelegene Kirche von Sant'Andrea gingen.

Der Gartenweg, der von der Tenne zu dem grün angestrichenen niedrigen Tor in der Gartenmauer führte (von dort waren es zur Kirche nur noch ein paar Schritte, wenn man rechts in die Via Campo Sabbionario einbog), war so schmal, daß zwei Personen nicht nebeneinander gehen konnten. Dieser Umstand begünstigte vertrauliche Gespräche und regte zu Geständnissen an. Und erst nach einem solchen Gespräch, das die beiden Frauen im Laufschritt, ohne sich dabei anzusehen, in einem immer wieder abgebrochenen, beinahe schüchternen Spiel von Rede und Gegenrede führten, in dem es um das Äußere von Doktor Corcos ging (Luisa hatte gerade noch in dem so bleichen Gesicht die auf das sorgfältig rasierte Kinn herabragenden schwarzen Schnurrbartenden bemerkt; »ein feiner Herr«, hatte sie schmunzelnd hinzugefügt), erst nach diesem Gespräch erhielt das Mädchen die Erlaubnis, kurz vor Beendigung des Gottesdienstes nach Hause zu gehen. Die Augen unverwandt auf den Altar gerichtet, hörte die Mutter, wie Luisa neben ihr aufstand und behutsam den Korbstuhl fortrückte. Von ihren neuen Entdeckungen würden sie erst am folgenden Abend miteinander sprechen können. Jetzt aber wollte die Mutter auf dem Heimweg ein paar Minuten länger als nötig am Gartentor stehen bleiben und mit den Nachbarinnen plaudern, um Luisa etwas Zeit zu lassen. Bis aus dem Hintergrund eine laute Männerstimme fragte: »Na, gibt es heute nichts zu essen?« Was einen raschen, fast unwirschen Abschied zur Folge hatte. Atemlos kam sie in der Küche an, klopfenden Herzens, aber mit dem verschlossenen, feindseligen Gesicht der Hausfrau, die entschlossen ist, in Verteidigung ihrer Rechte Widerstand zu leisten. Sie und Luisa verließen nie das Haus bevor sie ihr Tagewerk beendet hatten, und auch dann nur, um den Tag auf fromme Weise zu beschließen. Die Kirche hatten sie ja sozusagen im Hause, so kurz war der Weg. Wer hatte die Stirn, dagegen etwas einzuwenden? Die Suppe wurde in Grabesstille ausgeteilt. Dem alten Brondi und seinen Söhnen lag zuviel daran, nach dem Essen ohne zeitraubenden Streit in die Osteria mit der Bocciabahn draußen vor der Porta San Giorgio zu kommen, in der sie vom Frühling bis zum Herbst Stammgäste waren.

Langsam kam der Sommer. Mit immer gellenderen Schreien wirbelten die Fledermäuse im Gegenlicht um die braune Apsis von Sant'Andrea. Und je mehr Zeit verging, desto mehr Einzelheiten fügten sich dem Bild von Doktor Corcos hinzu, wie es in der Vorstellung der beiden Frauen bestand. Da gab es einen prächtigen blauen Rock mit schwalbenschwanzförmigen Rockschößen, eine goldgefaßte Brille, eine ebenfalls goldene Uhr, die er einmal, im Begriff, sich von Gemma zu verabschieden, aus der Westentasche gezogen hatte, und weiter nach und nach eine weißseidene Krawatte, ein Spazierstöckchen mit einem elfenbeinernen Knopf und, schließlich, ein gewisses Air ... Zuweilen veranlaßte das Paar Luisa zu einem schnellen Rückzug, wenn es unter den Bäumen des Stadtwalls auf gleicher Höhe mit ihrem Beobachtungsposten am Fenster erschien. Wo waren sie bis dahin gewesen, woher kamen sie? fragte sich in einer zornigen Aufwallung die ältere Schwester. Vielleicht hatten sie so lange im hohen Gras dort oben gelegen, eng aneinander geschmiegt, und sich geküßt? Ein andermal hatte er beim Abschied den Hut gezogen, sich zeremoniös verbeugt und ihr vielleicht sogar die Hand geküßt. Seine Absichten waren ganz klar! Diesen Schluß zog Luisa bei der Wiedergabe ihrer neuesten Beobachtungen, und zwar gleichermaßen entzückt wie entrüstet. War es denn denkbar, daß Gemma sich nicht der Gefahr bewußt wurde, in der sie sich befand? Daß sie nicht begriff, daß ein Herr wie dieser ... Aber wer war er nun eigentlich, wie hieß er?

Leider ist uns kein Bild von Doktor Elia Corcos im Alter von dreißig Jahren erhalten geblieben. Das einzige Bild von ihm, das Frau Gemma Corcos in einem Schrein aufbewahrte, der kürzlich, viele Jahre nach ihrem Tode und nach der jüngst erfolgten Todeserklärung von Doktor Corcos und seinem einzigen Sohn und direkten Erben, Doktor Jacopo Corcos, zusammen mit anderen Dingen aus ihrem Besitz an einen Antiquar in der Via Mazzini verkauft wurde, wäre nur wiederzubeschaffen, indem man einen kleinen Kopf aus der Gruppenaufnahme ausschnitte, die Gemma als junges Mädchen an einem Spätnachmittag im Frühling des Jahres 1888 vom Krankenhaus mit nach Hause genommen hatte, um sie dann in ihrer Wäschekommode zu verstecken. Wenn es also heute noch möglich wäre, dieser Photographie wieder habhaft zu werden, sie in den Schubladen eines staubigen alten Möbels in einem Winkel jenes Antiquitätenladens aufzustöbern, nun, dann wäre es nicht ausgeschlossen, daß wir bei aufmerksamer Betrachtung des abgezehrten, gierigen und kreidebleichen Gesichts des dreißigjährigen Corcos (das Gesicht eines Studenten noch, für den die Jahre des Studiums in Bologna die Erinnerung an eine schwere Zeit der Mühe, der Entbehrungen, vielleicht sogar Demütigungen bedeuten), daß wir bei dieser Betrachtung ziemlich genau das Gefühl des Staunens ermessen könnten, das Luisa und Letizia Brondi befiel, als sie endlich dieses der Wahrheit entsprechende Bild vor Augen hatten, das so ganz anders war als das, das sie sich nach und nach in ihrer Phantasie geschaffen hatten. »Also einer von diesen jungen Krankenhausärzten!« dürften sie bei sich gedacht und Enttäuschung und Ärger empfunden haben. Damit mußte Schluß gemacht werden, und auch die übrigen Mitglieder der Familie sollten von der Sache erfahren. Wenn sich Gemma schon nicht selbst dazu entschließen konnte, zu sprechen, so würden sie es sich angelegen sein lassen – selbst um den Preis, daß der Vater und die Brüder ihr nach der Enthüllung ihrer Beziehungen zu »diesem Dingsda« verbieten würden, künftig noch auszugehen. Diesmal würde der Alte ein Machtwort sprechen, und ob! Damit dieser Skandal ein Ende nehme, wollte die Familie gern auf die paar Groschen verzichten, die Gemma im Krankenhaus verdiente.

Aber Reden und Handeln sind zweierlei, und sich etwas ausdenken und es tun, waren auch hier nicht dasselbe. Jedenfalls – der Rückweg vom Gartentor bis zur Tenne hatte auf die beiden Verbündeten stets eine beruhigende Wirkung –, jedenfalls beeilte sich Luisa, sobald sie nach Hause kam, die Photographie sorgfältig an ihren Platz in der Wäschekommode zurückzulegen und alsdann den gewohnten Beobachtungsposten am Fenster zu beziehen.

Nur daß diesen Freuden des Spionierens und Zutragens, der Spekulationen und Rückschlüsse, heimlich gekosteten Freuden, an deren unbegrenzte Fortdauer sie bereits wieder glaubten – denn die sanfte Gewalt ihrer Phantasie war stärker als die soeben noch geäußerten strengen Vorsätze –, nur daß diesen Freuden schon am Abend desselben Tages die Gewalt der Tatsachen ein jähes Ende bereitete.

Die beiden Verliebten hatten den Weg am Stadtwall genommen, anscheinend, ohne daß es ihnen bewußt war, dort angelangt zu sein, wo sie sich sonst nach einem Blick auf die Jalousie, hinter der Luisa auf Posten stand, trennten. Gemma wahrte einen gewissen Abstand von Doktor Corcos; der junge Arzt, der zwar im gleichen Schritt ging wie Gemma, blieb von ihr durch das Fahrrad getrennt, das er, wie üblich, die beiden Hände auf die Lenkstange gestützt, neben sich herschob. Sie wechselten kein Wort miteinander – auch dies wie üblich. Nur etwas in ihrer steifen Haltung und den beharrlich niedergeschlagenen Augen (»Großer Gott, was ist nur passiert?« seufzte Luisa, eine Hand auf die Brust gepreßt) verlieh ihrem Schweigen eine besondere Gerechtigkeit und Bedeutung. Außerdem schien es Luisa, als die beiden noch näher gekommen waren, als ob das Gesicht ihrer Schwester in Tränen gebadet wäre.

Nun waren sie vor der Haustür, gerade unter ihrem Fenster, stehengeblieben. Was hatten sie vor? Was bedeutete es, daß sie sich plötzlich starr in die Augen sahen, jedoch das Fahrrad weiterhin zwischen sich ließen und noch immer kein Wort von sich gaben?

Wie als eine Antwort auf diese Fragen wandte sich Doktor Corcos plötzlich um und überquerte rasch die Straße. Ein paar Sekunden stand er über das Fahrrad gebeugt, das er umsichtig an den Rand des Stadtwalls gelehnt hatte – er war von Jugend auf stets umständlich und gründlich gewesen. Dann richtete er sich auf (»Jesus, was nun? . . .«) und kam langsam wieder zurück.

Gemma hatte keinen Schritt getan. Die Schultern gegen die Tür gelehnt, wartete sie.

Corcos machte eine seltsame Handbewegung, als ob er sich – so kam es Luisa vor – seinen Schnurrbart abwischte.

Dann tauschten sie einen langen Kuß.

Darauf ging Doktor Corcos (es mußte inzwischen viel Zeit vergangen sein, denn es war nun stockdunkel, und seine Bewegungen waren kaum mehr zu erkennen) wieder auf die andere Seite der schmalen Straße, nahm sein Fahrrad und folgte Gemma, die ihm bereits ins Haus vorangegangen war.

3

Die Unterhaltung, sofern von Unterhaltung die Rede sein kann, da für geraume Zeit allein Doktor Corcos sprach, schleppte sich zunächst, wie es unvermeidlich war, nur mühsam dahin.

Als er sich sofort vorstellte, seinen Vornamen, den Familiennamen, den Vornamen des Vaters, seinen Beruf und seine Adresse angab, vermochte er sich sehr gut das Gefühl von Verwirrung und Verlegenheit bei dem alten Brondi und bei Gemmas Brüdern zu erklären – bei den Männern der Familie, kurz gesagt, die ja bis dahin von seiner Existenz nichts gewußt hatten. Doch auch bei den Frauen, die, wie wir gesehen haben, sich von ihm eine recht ungenaue und in mancher Hinsicht geradezu phantastische Vorstellung machten.

Seine Erklärung hatte ganz den Charakter einer polizeilichen Anmeldnug (er hatte zwischen Luisa und Letizia Platz genommen, genau dem Familienoberhaupt gegenüber, das bei seinem Eintritt den Kopf von seiner Patience erhoben hatte und ihn nun mit offenem Munde anstarrte; und von Zeit zu Zeit wandte sich Doktor Corcos, in genau gleichen Abständen, den beiden Frauen zu, wobei in seinem Blick ein nur andeutungsweise von ironischer Galanterie gefärbter Respekt lag, eine Nuancierung, die bereits, indirekt, die andere Welt seiner Herkunft verriet) – eine Erklärung, die vielleicht ohne seine außerordentlich liebenswürdigen Manieren oder auch ohne die allgemeine spannungsvolle Erwartung langweilig und pedantisch gewirkt hätte, zumindest übertrieben in ihrer weitschweifigen und minuziösen Genauigkeit.

Elia Corcos. Was für ein wunderlicher Name! Der zu seinem Beruf gehörige Gehrock, den er gewiß angezogen hatte, um das glatte jugendliche Gesicht etwas strenger wirken zu lassen; die weißseidene Krawatte; der breitkrempige schwarze Hut – und alles das schien ein bißchen abgetragen, leicht verschossen, ja, vielleicht altgekauft; seine Art, sich auszudrücken, indem er hin und wieder Wendungen oder einzelne Wörter aus dem Dialekt anwandte, die er mit einer eigentümlichen Betonung aussprach, quasi mit Mißtrauen und als rührte er sie nur mit der Feuerzange an, und schließlich sein Gesicht, das aus einem feineren und zerbrechlicheren Material geformt schien –, das alles wies ihn als einer anderen Gesellschaftsschicht angehörig aus. Wie bescheiden seine Herkunft, wie arm er selbst auch sein mochte – kein Zweifel, er war nicht ihresgleichen.

Verglichen damit mußte jede andere Überlegung erst in zweiter Linie kommen, so auch die, daß er nicht katholisch, sondern jüdisch, vielmehr »israelitisch« war, wie er selbst meinte präzisieren zu müssen. Und so erregte einstweilen sein Name kein anderes Gefühl als das von sozialer Unterlegenheit und Respekt, bedingt durch den gesellschaftlichen Abstand und die sprachliche Befangenheit, die unsere Bauern, ganz gleich, ob sie innerhalb oder außerhalb der Stadtmauern leben, stets überfällt, wenn sie mit der städtischen Bourgeoisie in Berührung kommen. Aber was sonst für Gefühle hätte er auch erwecken können? Die Sonne seines Ruhms oder, besser gesagt, der liebevollen und treuen Bewunderung der gesamten Bevölkerung, die ihn wenigstens durch drei Generationen ständig begleiten sollte und die mit der Zeit aus Elia Corcos eine Art Institution, ein Wahrzeichen der Stadt gemacht hatte – diese Sonne sollte erst sehr viel später, mit dem neuen Jahrhundert, am Himmel von Ferrara aufgehen.

Dann allerdings würde es heißen: »Ein großer Kliniker!«, aber bis dahin würden noch mindestens zehn Jahre verstreichen.

Oder geradezu: »Ein Genie! Ein Mann, der, wenn Ferrara nicht Ferrara, sondern Bologna wäre . . .«

Denn es hatte einen Augenblick gegeben – so versicherten noch viele Jahrzehnte später die Zeugen seines rüstigen Alters (die arme Signora Gemma war damals bereits lange tot!), es hatte einen Augenblick gegeben, verloren wie seine Jugend in der Nacht des vergangenen Jahrhunderts, in dem offenbar wurde, was für merkwürdige Analogien sich zwischen seiner Laufbahn als Arzt und dem Weg seiner Vaterstadt herstellen ließen. Als man den berühmten Murri, der, wie es hieß, in Bologna ein Studienfreund von Elia Corcos war und später der Stolz Bolognas, ja, der Nation wurde, an das Krankenbett der damals blutjungen Herzogin Costabili rief, die erst seit knapp zwei Jahren mit ihrem Gatten in unserer Stadt wohnte, da rief dieser aus:

»Das begreife ich nicht! Da lassen Sie mich eigens aus Bologna kommen und haben doch hier in Ferrara meinen lieben Freund Elia Corcos, der viel besser ist als ich!«

Diesen einen Augenblick aus dem Leben des Doktor Corcos griff man heraus, und man weiß nicht einmal, mit welcher

Berechtigung, aber er sollte zeigen, wie das Leben seine Spuren zu verwischen versteht und wie alles, was damals geschah, Gegenstand der Legendenbildung, Stoff für Träume werden konnte. *Damals*, das heißt, zu der Zeit, als ein sozialistischer Abgeordneter Crispi, »den großen Crispi«, erpreßte und es erreichte, daß der bedeutendste Eisenbahnknotenpunkt in Norditalien nicht nach Ferrara, sondern nach Bologna gelegt wurde. Glück und Gedeihen Bolognas gingen auf diese verhängnisvolle Entscheidung zurück, die um so schändlicher war, als sie durch Intrigen von einem Sozialisten erreicht worden war, sich deshalb aber nicht weniger vorteilhaft für Bologna auswirkte, das sich in kurzer Zeit zur bedeutendsten Stadt der Emilia entwickelte. Der Anblick des großen Bahnhofs von Bologna, in dem zwanzig Züge gleichzeitig halten können, mit seinem von Glas und Licht funkelndem Restaurant, mit seinen freundlichen, dämmerigen Wartesälen, mit seinem internationalen Verkehr, der nur noch von Mailand übertroffen wird, war unseren verärgerten Mitbürgern ein Dorn im Auge. In Bologna verteidigte man hartnäckig und erfolgreich die Interessen der Stadt; in Ferrara dagegen saßen nur unfähige Männer in der Stadtverwaltung; und die Sozialisten, gleich wo sie ihre Hände im Spiel hatten, waren aus dem oder jenem Grunde stets im Unrecht. »Wäre doch Ferrara nicht Ferrara! Hätte unsere Stadt doch im entscheidenden Moment eine andere Verwaltung gehabt!« Wie das Leben der Stadt, so schwebte auch das Leben des Doktor Corcos einen – nun längst vergangenen – Augenblick lang zwischen Licht und Dunkelheit. Wie so viele andere seiner Mitbürger, Ehrenmänner gleich ihm, die keine andere Schuld hatten als die, in Ferrara geboren zu sein, war auch Corcos ein Opfer der »Machenschaften« der Sozialisten. Und warum nur der Sozialisten? Auch die Freimaurer, die unvermeidlichen, wurden bald in diesem Zusammenhang genannt (war nicht Francesco Crispi selbst Freimaurer? Na, bitte!), wenn das Bedauern über die mangelnde Verbreitung des Corcos'schen Rufs laut wurde in Worten, denen eine zornige Gebärde, eine Grimasse der Erbitterung und ein Blick von Neid und Verachtung folgte, hinweg über die vierzig Kilometer Ebene, die zwischen Ferrara und Bologna liegen. Worte, die in den Wohnstuben der Bürgerhäuser wie in den verrauchten Räumen des Klubs der Kaufleute wie andererseits in der dünnen Luft des erzbischöflichen Palais laut wurden, wo man angesichts der Umstände sogar so tat, als wüßte man nicht, daß Elia Corcos Jude war, während solche Namen dort für gewöhnlich nur mit einem Ausdruck zimperlicher Vorsicht ausgesprochen wurden. Jedenfalls geschah es, daß bei dem Namen Corcos wie durch ein Wunder jegliche Meinungsverschiedenheit schwieg und nur ein festes Gefühl der Solidarität und des Klassengeistes herrschte, und die allgemeine Überzeugung war, daß, um im Leben Erfolg zu haben, eine Kleinigkeit genüge, ein bißchen Schläue, ein wenig gesunder Ehrgeiz. Nur eine Winzigkeit von diesen zweitrangigen und doch unentbehrlichen Gaben – denn über die wahren Verdienste dieses Mannes brauchte kein Wort verloren zu werden –, und der Ruhm, der Murri von Bologna zugefallen war, hätte statt dessen den Glorienschein für die weißen Locken seines einstigen Studienfreundes und Kollegen in Ferrara abgegeben.

Was nun Gemma betraf, so entging ihre bescheidene, ganz im Alltag ihrer Häuslichkeit aufgehende Gestalt so wenig wie irgendwer und irgendwas sonst, das in einer Beziehung zu Elia Corcos und seinem Leben stand, dem Schicksal, Symbol und Beispiel zu werden, obwohl es Elia Corcos nie gern sah, wenn man sich mit seinen häuslichen Verhältnissen beschäftigte, er vielmehr, wenn er gegen Abend von dem üblichen Bummel über den Corso Giovecca in die Via Ghiara heimkehrte, gern die Haustür hinter sich ins Schloß warf, und jedermann in der Stadt seinen unausgesprochenen, doch unmißverständlichen Wunsch respektierte, das Gespräch nicht allzu lange auf seine Frau zu bringen.

Doch daß ein Mann von der Begabung und dem Scharfsinn

eines Elia Corcos, der bereits als junger Mensch Zutritt zu den exklusivsten Zirkeln einschließlich der Aristokratie hatte, seine Frau aus so niederem Stande hatte wählen müssen, war eine Bestätigung dafür, daß auch er wie so viele seiner Mitbürger, würdig eines besseren Schicksals, im Augenblick, als er seine Karriere begann, in eine Falle gegangen war. Ruhm, Macht und Liebe – die großen, ewigen Worte, die auszusprechen der Takt verbot, die aber immer noch imstande waren, in der Phantasie, hinter den vier Türmen des Kastells, die sich im Mittelpunkt des Stadtgebiets erheben und dem Fremden von weitem den ersten Gruß der Stadt entbieten, einen von Leidenschaften entflammten Himmel zu beschwören! Aber ihnen, und Corcos in erster Linie, hatte man die Flügel gestutzt! Andere hatten sich angemaßt, was von Rechtswegen ihnen gebührte! Doch wie der Gesang den blinden Sänger über seine Blindheit tröstet und ihn für sie entschädigt, so hielten sich die Beleidigten und Zukurzgekommenen an dem Bewußtsein schadlos, daß sie einen Schatz besaßen, den ihnen niemand rauben konnte. Alles hatten sie verloren. Aber nicht, Gott sei es gedankt, die Fähigkeit der Phantasie, die forschende und klärende Kraft des freien Gedankens – Fähigkeiten, dank denen es ihnen möglich war, der Vergangenheit die lebendige Nähe der Gegenwart zu leihen, mit einem Sprung Ebenen und Berge zu überwinden und mit dem Blick bis in das Privatkabinett einer berühmten historischen Persönlichkeit zur Zeit ihrer größten politischen Erfolge zu dringen und zu erleben, wie die braune, nervige Hand, die herrscherliche Hand des Gewaltigen, zugleich voller Ungeduld und Widerstreben, zur Feder greift, um das Schicksal einer alten, ehrwürdigen Stadt, einer volkreichen und fleißigen Provinz zu besiegeln, und schließlich mit der heiteren Abgeklärtheit des Weisen nachzusinnen über den gleichzeitigen und wechselseitig bedingten Anschlag auf die parallel laufenden Lebensbahnen des Doktor Corcos und der Stadt seiner Geburt. Was Frau Gemma anging, so war bekannt, daß sie eine zu unbedeutende Frau war, um dem Bild zu entsprechen, das man sich von der Gattin eines überlegenen Geistes machen darf. Sie war sich des Opfers nicht bewußt, das ihr gebracht worden war. Und durfte man sich darüber wundern? Gewisse Gesichtspunkte, gewisse Adlerflüge des Geistes, die zumindest erkennen ließen, wer hier sprach, und die genügten, ihn zu bedauern (dies – Erkenntnis und Tränen – sind das bittere Teil des Verlierers und dem Spiel Entsagenden), konnten keinen Eindruck machen auf eine Person, die vielleicht nicht einmal bis zur fünften Grundschulklasse gekommen war.

In diesem Sinne sollten sich viele Jahrzehnte später die Enkel unserer Mitbürger – jener Generation also, deren Schläfen in der Zeit zwischen den beiden Kriegen weiß wurden – über Doktor Corcos und seine merkwürdige, um nicht zu sagen, rätselhafte Ehe äußern. Ihre Überlegungen, in die sogar Francesco Crispi einbezogen wurde, konnten nur den Schluß erlauben, daß Signora Gemma nichts begriffen hatte, daß sie ihrer Aufgabe nicht gewachsen war. Aber war es richtig, sie so leichterhand abzutun? Sie war bereits vor längerer Zeit gestorben und auf dem Städtischen Friedhof beigesetzt worden. Nur noch einige vergilbte Photographien gaben Auskunft über sie. Dennoch: war sie nicht der einzige Mensch gewesen, der Elia Corcos wirklich gekannt hatte? Wer außer ihr hatte je die Barriere ironisch-feierlicher Verbeugungen durchbrochen, die er bei seinem Gang über den Corso Giovecca allabendlich vor dem Nachtessen mit gezogenem Hut fast an jeden zweiten austeilte? Eine Mauer des Respekts, vor der jegliche Regung der Neugier, jegliches Forschen haltmachen mußte, weil sie ganz unmißverständlich bedeutete: »Bei aller Freundschaft, meine Herren, gehen Sie mir bitte aus dem Weg!« Und wenn man einmal von Ferrara und seiner Geschichte absah und nur an jenen weit zurückliegenden Sommerabend des Jahres 1888 dachte, an dem sich Elia entschlossen hatte, um die Hand Gemmas anzuhalten (und für Menschen, deren Phantasie an ganz andere Gedankenflüge gewöhnt war, mußte es ein leichtes sein, bis zu diesem Zeitpunkt zurückzugehen!), nun, wer anders als sie hatte in dem dunklen bäuerlichen Speisezimmer ihm am Tisch gegenüber gegessen, an dem Platz also, der am besten geeignet war, zu bemerken, wie sich plötzlich das Gesicht Elias aus dem Dunkel fahl in den Lichtkreis schob, um den sie alle versammelt waren. Schatten. Licht. In der Mitte das makellos leuchtende Tischtuch. Ach, niemand hatte es besser als Gemma gesehen, niemand hatte es sich besser als sie klarmachen können, wie wenig Zeit es gebraucht hatte, um »das Opfer zu bringen«! Nicht mehr Zeit, als nötig ist, um eine kleine Reihe von Gesten zu vollziehen, – den Rücken zu beugen, den Kopf vorzustrecken und dem Lampenlicht ein kreidebleiches Gesicht preiszugeben, unendlich viel bleicher als für gewöhnlich, wie wenn plötzlich alles Blut zum Herzen geströmt wäre. Er hatte Angst gehabt (es war nicht schwer gewesen, sie ihm vom Gesicht abzulesen), Angst und den Wunsch, sich aus dem Staube zu machen, aus der Falle zu entkommen, in die er geraten war, in der er sich aber vielleicht auch selbst hatte fangen lassen wollen. Bat schließlich nicht er selbst den alten Trunkenbold um die Hand seiner Tochter? Richtete er sich nicht mit eigener Hand zugrunde? Und das alles, in Gottes Namen, nur wegen einer mutmaßlichen Schwangerschaft? Schatten. Licht. Sich aus dem Staube machen, das Haus verlassen, ihrem Vater und ihren Brüdern Trotz bieten und sich nie wiedersehen lassen. Oder aber nachgeben, noch vor dem Kampf kapitulieren und sich abfinden mit dem mediokren Leben des Provinzarztes, jedoch mit dem Vorteil, noch von diesem Abend an, vom Augenblick, da Gemma ihn bis zum Haustor begleitete, unterstellen zu können, daß die Ursache von alledem eben sie war und die Ehe, zu der ihn ihre Familie gewissermaßen gezwungen hatte. Er hatte in diesem Augenblick noch die Wahl zwischen zwei Wegen, doch er – und unter dem Schnurrbart verzog sich der Mund schon zu einem angedeuteten Lächeln –, er wählte sogleich den glatteren und leichteren Weg . . .

Den glatteren und leichteren? Vielleicht. Einstweilen aber sollte es rasch gehen, damit die Komödie ein Ende nehme und keine Sekunde länger dauere.

4

Sie heirateten. Sie wohnten bei seinem Vater, dem alten Getreidehändler Salomon Corcos, und dort, in der ungesunden Enge des Ghettos, kamen Jacopo und dann Ruben zur Welt. Noch ein Dutzend Jahre sollte vergehen (das Schläfenhaar und der Schnurrbart des jungen Arztes hatten frühzeitig einen weißen Schimmer angenommen), bevor er zu der eigenen Wohnung kam, die, wie Elia sagte: »parva sed apta mihi, sed nulli obnoxia, sed parta mea« war.

Wenn man vom Haus der Brondis kam und über den Stadtwall ging, ohne eine Abkürzung durch eine der schmalen Gassen im mittelalterlichen Stadtkern zu suchen, waren es nur anderthalb, höchstens zwei Kilometer bis zu dem neuen Haus. Ein Weg von einer halben Stunde, wenn man gemütlich ging. Man ließ links die ärmlichen Häuser von Borgo San Giorgio zurück, die sich um die Kirche und den Campanile gleichen Namens scharten, ging dann an der langen Mauer des Irrenhauses entlang und hatte nach einem Stück weiteren Weges, hoch über der sich endlos dehnenden Ebene stehend, den Blick auf die blauen, wogenden Schleier der Hügel von Bologna (auf der anderen Seite hatte sich inzwischen die rote Fläche der Dächer von Ferrara um ein Viertel ihrer Achse gedreht) – bis man plötzlich dort unten die heitere, anheimelnde Fassade des Hauses erblickte.

Es war ein ganz von Wein umranktes graues Haus. Die grünen Fensterläden waren geschlossen, um die Zimmer vor dem grellen Licht zu schützen, und das Spiel von Sonne und Wolken tauchte das Haus in dem stillen Garten abwechselnd in einen bleichen Schein, in dunklen Schatten und wieder in sprühendes Licht, und dieser Wechsel gab ihm etwas Lebendiges und Menschliches.

Von dieser, nach Süden gewandten Seite betrachtet, schien es eine Art Gutshaus zu sein – mit dem kleinen Dreschplatz davor, dem Holzschuppen zur ebenen Erde, dem stets von Hühnern bevölkerten Hof, der durch eine Hecke vom Gemüsegarten getrennt war, und dem Obstgarten schließlich, der, von einer scherbenbewehrten Mauer umgeben und in der ganzen Länge von einem Weg durchzogen, im Frühling die violette Blütenpracht der Schwertlilien entfaltete, und der sich über die Hecke hinaus bis an den Rand der Bastionen des Stadtwalls erstreckte.

Wenn man sich ihm von dieser Seite her näherte, hatte das Haus nichts Einschüchterndes! Es kam vielmehr diesem dunklen Gefühl trotziger Scheu entgegen, das Gemmas Vater und Brüder stets bewog, den Weg über den Stadtwall zu wählen und sich von dort oben durch Schreien oder lautes Pfeifen bemerkbar zu machen, so als ob das blank geputzte Messingschild mit den Worten *Dr. Elia Corcos, Facharzt für Chirurgie,* das an der so würdig wirkenden Haustür in der Via Ghiara prangte, sie in Verlegenheit brächte, genauso wie der Fußboden im Salon, auf dessen gebohnerten roten Fliesen ihre benagelten Schuhe gar zu laut klangen. Vielleicht fanden die Brondis auch in der Sprödheit dieser Fassade mit den geschlossenen Fensterläden, hinter denen am Tage der Salon im ersten Stock ebenso wie die große Küche mit dem an den Wänden hängenden Kupfergeschirr lagen (nur wenn die Dunkelheit kam, schien diese spröde Zurückhaltung einem plötzlichen, starken Verlangen nach Vertraulichkeit zu weichen: bald konnte man die Familie um den Marmortisch in der Küche versammelt sehen, unter dem blau leuchtenden Glühstrumpf der Gaslampe, Elia auch beim Essen über ein Buch gebeugt, schon damals taub für alles, was um ihn herum vorging), vielleicht fanden die Brondis auch darin etwas vom Geist der

Frau wieder, die nun zwar seit zehn Jahren Signora Corcos war, die Frau eines Arztes, und was für eines!, die aber doch immer Gemma blieb, und das heißt: ein Mensch wie sie. Es bestand, mit anderen Worten, irgendeine Beziehung zwischen dem freundlichen Funkeln der Dachfenster, mit dem das Haus die bereits im Dunkel liegenden Felder grüßte, und dem Blick, den diese junge Frau, von einem der Küchenfenster gerahmt wie ein Bild, durch die Dunkelheit auf sie richtete. Sie hob grüßend den Arm und winkte ihnen freudig zu. Nur näher, nur herein! Sie wußten doch, daß die Gartentür immer für sie offen stand? Von weitem sahen sie, wie in dem dunkler werdenden Dämmerlicht hinter der Gestalt Gemmas das Kupfergeschirr in der untergehenden Sonne schimmerte. Ihre Erscheinung am Fenster, mit dem starken Busen, den eine Art von seidenem Panzer umspannte, erinnerte an die Photographie in Lebensgröße, die gleich nach dem Einzug in das neue Haus auf den ausdrücklichen Wunsch Elias im Salon über dem Pleyel-Klavier aufgehängt worden war. Nur daß der Hintergrund auf dem schön gerahmten Bild anders war (es tat weh, dieses Porträt zu betrachten – so viel Groll und Bitterkeit sprachen aus den schlichten, bäuerlichen Zügen): statt des funkelnden Kupfergeschirrs war da allerlei Laubwerk, das aus einem weißlichen Nebel tauchte . . .

Von der anderen Seite her, von der Via Ghiara gesehen, war das Haus nicht wiederzuerkennen.

Es war ein dreistöckiger Bau aus dunklem, rotem Stein. Bei seinem Anblick schien es unvorstellbar, daß nur ein paar Meter entfernt das flache Land begann, das man angesichts dieser stillen, vornehmen, bürgerlichen Straße fast vergessen hatte (diese ferne, fremde Welt, aus der Gemma kam). Es begann unmittelbar hinter dieser letzten Reihe herrschaftlicher Fassaden, in deren Reihe auch das Haus des Doktor Corcos stand, ohne übrigens bei dem Vergleich mit den anderen schlecht abzuschneiden.

Corcos, Josz, Cohen oder Tabet dagegen, Elias Verwandte

und Anverwandte, schienen von dem Messingschild mit den großen schwarzen Buchstaben an der Haustür der Via Ghiara keineswegs eingeschüchtert zu sein. Und obwohl sie Elia seinerzeit bittere Vorwürfe gemacht hatten, wegen seiner Heirat mit einer *Goitin,* wie sie sich in ihrem Jargon ausdrückten, die zu alledem auch noch eine Bäuerin war, und wenn sie es später auch mißbilligt hatten, daß er das Ghetto verließ, in dem er geboren war, um in diese entlegene Straße zu ziehen, so geschah es doch nicht ganz ohne Stolz – Sekten- und Kastenstolz – daß sie bei ihren Besuchen stets den Haupteingang benutzten, der so würdig und respektabel war und, alles in allem, so gut paßte zu den Schleiern der Damen, zu ihren Hüten mit den großen Hutnadeln, zu ihren seidenen Kleidern mit Schleppe, wie auch zu den Gehröcken, den steifen runden Hüten oder den Zylindern der Herren. Das Haus und die stille, ruhige Straße, in dieser Hinsicht ähnlich den sonst ganz anderen Gassen des Stadtzentrums, aus dem Elias Verwandte kamen (das volkstümlich-festliche Leben und Treiben auf der Via XX Settembre, der breiten Verkehrsader der Stadt, die parallel zum Corso Giovecca lief, und in die, unten, am Irrenhaus, die Via Ghiara mündete, dieser fröhliche Lärm schien wie durch Zauber an der Schwelle der Via Ghiara zu enden, wo das Gras wieder ungehindert zwischen den Kieseln wuchs), beruhigten Elias Besucher und zeigten ihnen, daß er trotz allem nach Herkunft und Erziehung immer einer der ihren blieb – ein Corcos.

Da es also über diesen Punkt keinen Zweifel gab – und es war der wesentliche Punkt – und aus allem deutlich hervorging, daß Elia seinen Ursprung nicht verleugnete, daß er kein Konvertit war, vielmehr mit seinem wachsenden Erfolg ihrer gemeinsamen Herkunft einen Glanz verlieh, an dem mittelbar auch sie teilhatten, ließ sich dann alles übrige, so auch seine Ehe mit Gemma Brondi, entschuldigen und sogar rechtfertigen. Was machte es zum Beispiel aus, daß er ein Sohn dieses unfähigen Salomon Corcos war, dieses unbedeutenden kleinen Krämers, der in jeder Hinsicht uninteressant war und in seinem ganzen Leben zu nichts anderem getaugt hatte, als Kinder zu zeugen – zwölf an der Zahl! – und dem am Ende nichts übrig blieb, als dem jüngsten in der Reihe seiner Kinder, Elia, auf der Tasche zu liegen? Was bedeutete selbst Gemma in seinem Leben, wenn diese Fessel ihn nicht gehindert hatte, mit nur wenig mehr als vierzig Jahren Chefarzt des Städtischen Krankenhauses und Leibarzt der Herzogin Costabili und, nach dem frühzeitigen Tode ihres Gatten, vielleicht auch mehr als nur ihr Leibarzt zu werden? Er begleitete sie jeden Sommer auf ihrer Reise zur Kur in die berühmtesten Badeorte Europas, in die Schweiz, nach Deutschland und Südfrankreich; und es war wirklich nicht Elias Schuld, wenn Gemma bei seiner Rückkehr die eleganten und oft großen Geschenke nicht gebührend zu würdigen wußte, die er ihr aus dem Ausland mitbrachte, etwa einen Muff aus Astrachan oder Hermelin, ein wundervolles Reisenecessaire aus Schweinsleder oder, ein andermal, ein echtes Pariser Modellkleid, und so weiter . . . In einigen Jahren hätte Elia, wäre er nur ein anderer Mensch gewesen, nicht dieser Bär und eingefleischte Misanthrop (auch zu den Reisen als Begleiter der Herzogin schien er sich nur aus Pflichtgefühl bereitzufinden, da er ein horrendes Honorar dafür erhielt; nein, man konnte wirklich nicht sagen, daß er der Mann war, der keine Intrigen scheut, um Karriere zu machen, der andere Waffen als die seines Könnens anwendet – und nicht zufällig war er ja auch ein Sohn Ferraras und nicht Bolognas!), in einigen Jahren also hätte er leicht einen Lehrstuhl an der Universität erhalten können. Damals hätte auch nicht der unerreichbare Concordia-Club, sonst der exklusivsten Aristokratie der Stadt vorbehalten, den Costabili, Maffei, Canonici, Del Sale, Scroffa und so weiter, gewagt, seine Aufnahme abzulehnen, ganz zu schweigen vom Klub der Kaufleute, von dem bereits, wie man hörte, die höfliche Aufforderung an ihn ergangen war, sich in die Mitgliederliste einzutragen, eine Aufforderung, der er jedoch nicht nachkam. Wenn man alles in Betracht zieht, den Charakter und den Geschmack dieses Mannes, den man des Abends zuweilen überraschen konnte, wie er sich in seinem Garten, die Brille auf die gerunzelte Stirn geschoben, mit einer abgetragenen Jacke bekleidet, die er zu der zum professionellen Gehrock gehörenden Hose trug, damit beschäftigte, seine mysteriösen desinfizierenden Spritzen in die Rinde von Obstbäumen zu jagen, – wenn man das alles in Betracht zieht, mochte Gemma am Ende wirklich die passende Frau für ihn sein: ergeben, geschickt in der Führung des Haushalts, arbeitsam wie wenige, vielmehr wie keine andere Frau, und eine unvergleichliche Köchin. Ein Beispiel: gleich in den ersten Tagen ihres ehelichen Lebens war festgelegt worden, daß sie in aller Frühe aufstand, damit Elia, wenn er sich eine halbe Stunde nach ihr erhob, um zu arbeiten, seinen Kaffee bereit fand. Welche andere Frau hätte wohl widerspruchslos einer solchen Plackerei zugestimmt? Nicht einmal ein Dienstmädchen! Ach nein, wenn er sich bei seiner Klugheit und Umsicht entschlossen hatte, Gemma zu heiraten, so gewiß nicht nur, um die Folgen eines jugendlichen Irrtums wiedergutzumachen – begangen in den einsamen Stunden des Nachtdienstes im Krankenhaus zusammen mit einem begeisterungsfähigen jungen Mädchen (Zwischenfälle dieser Art kommen bei uns sehr häufig vor, ohne daß man deshalb gleich zum Standesamt läuft) –, sondern einer genauen Berechnung und einem ganz klaren Plan folgend. Wenn er – mit dreißig Jahren von so schwacher Gesundheit, stets bleich und kränklich, daß man meinte, er wäre auf dem besten Wege, bald an der Schwindsucht zu sterben – in wenig mehr als zehn Jahren zu einem Mann von wenn schon nicht robustem, so doch blühendem Aussehen geworden war, so sprach man das Verdienst an dieser überraschenden Festigung seiner Gesundheit einmütig Gemma zu. Und schließlich war er Wissenschaftler und Positivist! Und dies so sehr, daß er sich geweigert hatte, weiterhin den Betrag zu zahlen, zu dem alle Mitglieder der jüdischen Gemeinde ihrem

Vermögen entsprechend verpflichtet waren, und zwar mit der Begründung, sein Gewissen gestatte ihm nicht, einen Glauben vorzutäuschen, den er nicht habe. Auch in diesem Punkt war es erlaubt, um nicht zu sagen Pflicht, ein Auge zuzudrücken, zumal er andererseits, als es sich um die Beschneidung seiner Söhne handelte, nicht nur diesem übrigens höchst einfachen Eingriff zustimmte und sogar persönlich dabei assistierte, sondern auch erklärte, er halte diese Operation für gut, weil sie den einfachsten Geboten der Hygiene entspreche, wie sie schon den Alten bekannt waren, die sie darum auch unter ihre religiösen Vorschriften aufgenommen hatten. Und was bedeutete es schließlich, wenn er erklärte, Freidenker zu sein (die Synagoge betrat er nur anläßlich des Todes seines Vaters, zum Gottesdienst für den Verstorbenen, und man mußte gesehen haben, mit welchem höflichen und feierlichen Ernst er, als er die Reihe der Bänke entlangging, die Anwesenden grüßte – um sie in Abstand zu halten, versteht sich!), was bedeuteten also diese Selbständigkeits-Allüren und Exzentrizitäten, wenn er sich, sobald es ernst wurde, doch immer an die allgemeine Regel hielt?

War es in diesem Zusammenhang nicht eine Überraschung, eine freudige Überraschung gewesen, als Elia, bei dem Tod des kleinen blonden Ruben, der 1904 im Alter von nur sechs Jahren an Meningitis starb, im Gegensatz zu seiner sonstigen Gleichgültigkeit in religiösen Dingen darauf bestand, daß sein Zweitgeborener neben seinem Großvater Salomon auf dem jüdischen Friedhof begraben wurde, dieser so idyllischen, zur Andacht stimmenden, gepflegten, grünen Ruhestätte? Freilich, diese Gleichgültigkeit hatte es ihm auch erlaubt, als sich 1925 herausstellte, daß Gemma unheilbar krebskrank war, sie, sozusagen in Anerkennung ihrer »unleugbaren Tugenden als Mutter und Gattin«, vor dem eilig herbeigerufenen Pfarrer von San Giuseppe nach katholischem Ritus zu heiraten, vor demselben Pfarrer, dessen Verdienst es war, daß sie nach langer Unterbrechung seit ihrer Jugend wieder zur praktizieren-

den Katholikin geworden war. Elia war also doch nicht ganz so kalt und gefühllos, nicht solch ein Ungeheuer an Egoismus, wie es manchmal den Anschein haben konnte, sondern im Gegenteil ... Und, so gingen die Kommentare weiter, war nicht andererseits bei der erwähnten Gelegenheit, dem Tode des kleinen Ruben, das Betragen Gemmas in höchstem Grade peinlich gewesen? Nicht nur, daß sie dem Leichenzug nicht gemessenen Schritts hatte folgen wollen, sondern daß sie sich, als das Grab zugeschaufelt war, mit ausgebreiteten Armen auf den frischen Hügel warf und die Gebete des zelebrierenden Doktor Levi schreiend mit den Worten unterbrach, daß sie ihr Kind, ihren armen kleinen Jungen, nicht dort lassen wolle. Eine Mutter ist immer eine Mutter, aber auch ein Vater hat seine Rechte. Verlangte Gemma etwa, daß Ruben Corcos auf der anderen Seite der Mauer, auf dem Städtischen Friedhof, begraben werde, wo man einen ganzen Tag braucht, wenn man ein bestimmtes Grab finden will? Und was hatten all diese Brondis (sie waren in ganzen Scharen gekommen!) derart zu weinen und zu jammern? Warum waren sie so zahlreich erschienen? Sie mußten wohl die gesamte Verwandtschaft, die nächste wie die entferntere, samt Freunden und Bekannten eingeladen haben, Leute, von denen die meisten nicht einmal wußten, daß es verboten ist, den Kopf unbedeckt zu lassen! Und diese Person da? Wer war die Frau im schwarzen Schal mit den knochigen Altjungferhänden, die sich, unterstützt von Elia und Jacopo (der Junge war schon jetzt Elia sehr ähnlich: brünett, reserviert, fein und bleich, ein echter Corcos ...), bemühte, Gemma aufzurichten, die verneinend den Kopf schüttelte und auf nichts hören wollte?
»Luisa Brondi? Ach so, Gemmas Schwester.«
Wenn man Luisa zufällig vor der Haustür in der Via Ghiara begegnete, stellte immer irgendein Verwandter Elias diese Frage. Man tat so, als ob man sie nicht erkannte, oder erkannte sie tatsächlich nicht. Verschüchtert band sich Luisa den Schal fester um den Hals, und wenn das Schloß an der Tür auf-

sprang, das mittels einer Schnur von den oberen Stockwerken aus bedient wurde, trat sie sogleich beiseite, um den anderen den Vortritt zu lassen.
Sie trat beiseite, die alte Jungfer, und schlug die Augen nieder. Wie gern wäre sie in einem solchen Augenblick einfach wieder umgekehrt! Aber nein, jedesmal trat auch sie ein, schloß langsam die Haustür hinter sich und gesellte sich auf halber Höhe der Treppe den anderen zu, die in ruhigem Gespräch heraufkamen, und folgte damit einer instinktiven Regung, die stets stärker war als ihre Absicht, ihr zu widerstehen und sie sich zu versagen.

5

Ja, es war Luisas schmächtige Gestalt, schwarz gekleidet, den Kopf eingehüllt in den dunklen Schleier, wie ihn die Frauen in der Kirche und an Feiertagen tragen; sie war es, die man Jahr um Jahr beinahe jeden Spätnachmittag, bestimmt aber jeden Sonntag, beobachten konnte, wie sie rasch ausschritt in der blauen, schon aus der Stadt hinausweisenden Ferne der belebten Via XX Settembre und endlich in die Via Ghiara einbog, in dieses Buen Retiro, um Elias Worte zu gebrauchen, diese Insel des Friedens, die seinen Studien so förderlich war und seinem Bedürfnis nach Sammlung und Ruhe so sehr entgegenkam. Während sie langsam hinter den anderen die Treppe zu den oberen Stockwerken hinaufstieg, quälte sie der Gedanke, daß nichts Gemeinsames sie, die Brondis, und diese verschlossenen, hochmütigen Leute, die vor ihr die Treppe hinaufgingen, miteinander verband.
Verlegen blieb man zusammen vor der verschlossenen Tür im ersten Stockwerk stehen. Endlich öffnete jemand die Tür, endlich traten die Besucher ein.
Warum komme ich immer wieder her? fragte sich Luisa.

Bei ihrem Gang durch die Zimmer blickte sie aufmerksam um sich. Überall sah man umfangreiche medizinische Werke, auch Bücher der schönen Literatur, zumeist in italienischer oder französischer Sprache, historische und geographische Atlanten, Wörterbücher, Mikroskope, Barometer, Stethoskope aus Holz oder aus Metall, merkwürdige, komplizierte Studierlampen und Regale; aber man sah auch einen großen bäuerlichen Backtrog, Schränke, runde, ovale und rechteckige Tische, einen gewaltigen Feuerbock, wie es ihn nur auf dem Lande gibt, große Kupfer- und Zinkeimer, die, im Bad und in der Küche, an Haken von der Decke hingen, schwarz lackierte eiserne Bettstellen und Kamine mit riesigem, rußüberzogenem Rauchfang; ganz zuoberst aber, über dem Treppenabsatz des zweiten Stockwerks, hing über der Speichertür das feierliche Bild des Gesetzgebers Moses ... Bevor sich zwischen so vielen und so verschiedenartigen Dingen eine Harmonie bildet, bis auch sie allmählich ihren Frieden finden, braucht es noch eine lange Zeit, dachte Luisa. Vielleicht gelang es allein der Zeit mit ihrer leichten, unmerklichen Zärtlichkeit, mit ihrem dünnen Nebelschleier, am Ende das Wunder zu vollbringen! Einstweilen aber erinnerte sie das Haus, das in seinen Räumen die Unvereinbarkeit seiner beiden Gesichter wiederholte – und doch vibrierte es von oben bis unten, wie ein Musikinstrument, wenn die Glocke der nahen Kirche von San Giuseppe ihm ihre berauschende, betäubende Melodie wie einen großen Mantel überwarf –, erinnerte sie das Haus daran, daß auch die Menschen, die in ihm lebten und die es besuchten, keine gemeinsame Sprache sprachen und einander fremd blieben.

Jedesmal, wenn sie kam, machte sie sich von Elia eine Vorstellung, noch bevor sie ihn in Wirklichkeit sah.

Sie sah ihn in der großen Küche, in der die Geräte, wie Flammen funkelnd, an den Wänden hingen, und in der er sich jeden Herbst nach der Rückkehr von seiner alljährlichen Reise nach Baden-Baden oder Vichy, von seinem großen, unwiderstehlichen Heimweh getrieben, wieder einfand. Dort meinte sie ihn zu sehen, wie immer an seinem Arbeitstisch sitzend, taub für jede Stimme, die ihn von seinen Gedanken abzulenken suchte, wie eingeschlossen in seine undurchdringliche Einsamkeit. Was suche ich hier eigentlich? fragte sich Luisa wieder und wieder. Warum kam sie immer wieder her, in diese Riesenküche, in der es wimmelte von Dienstmädchen, Krankenschwestern, Nachbarinnen, armen und reichen Verwandten, Kindern und Erwachsenen, die oft laut miteinander stritten, in diese Küche, in der es auch Gemma, die doch mit ihrem großen Schlüsselbund für Kredenzen und Schränke, der ihr am Gürtel hing, und ihren plötzlichen, heftigen Ausbrüchen plebejischen Zorns die beherrschende Gestalt war, niemals gelang, den Ring der Reserviertheit zu sprengen, mit dem sich Elia vor jeder Zudringlichkeit schützte? Und da war er dann, wirklich und wahrhaftig. Gerade in diesem Augenblick hob er den Blick von seinen Büchern, mit denen er nach seinem Dienst im Krankenhaus und nach der Sprechstunde den Rest des Tages verbrachte (»Sieh dir diese Wälzer an!« pflegte Gemma, mit einer Miene der Verachtung, zu sagen), hob den Blick und ließ ihn in die Weite gehen, über den Garten hinaus, über die Mauer hinweg, die den Gemüsegarten vom Stadtwall abgrenzte, und ließ ihn endlich staunend auf den großen, goldnen Wolken ruhen, die den ungeheuren Himmel über dieser so vertrauten Landschaft bedeckten.

O rus, quando ego te adspiciam?

sprach er leise, kaum die Lippen bewegend, vor sich hin, die Augen auf die dünnen Pappelreihen und die in der Ebene verstreut liegenden Gehöfte gerichtet. Oder, mit spöttischem Lächeln, zu Gemma gewandt, zitierte er:

»Komm, Liebchen, tritt näher,
bist weder Sklavin noch Magd ...«

Warum also, fragte sich Luisa, kam sie immer wieder, wenn es für sie, die unverheiratete Schwägerin, in diesem Hause nie mehr als einen versteckten Winkel gab, wo sich in ihrer mit mechanischer Eile bewegten Häkelnadel das letzte Tageslicht spiegelte? Warum besaß sie nicht den starken Charakter ihrer Mutter, die ihr Haus nur verließ, um in die Kirche zu gehen? Warum hatte sie nicht den gleichen Sinn für Würde wie ihr Vater und ihre Brüder, die, wenn sie sich hier sehen ließen, was selten geschah, nicht zu bewegen waren, den Holzschuppen zu verlassen? Mit gewaltigen Beilhieben gingen sie dort den dicksten Holzklötzen zuleibe, um sie zu Brennholz zu zerkleinern. Deswegen waren sie ja gekommen, und man mußte hören, wie sie Holz schlugen! Das ganze Haus erdröhnte davon, vom Keller bis zum Boden. Durch nichts waren sie zu bewegen, heraufzukommen, nicht einmal zum Essen. So blieb nichts anderes übrig, als ihnen die gewaltigen Schüsseln eigens für sie gekochter *Pasta asciutta,* Brot und Salami, Zwiebeln, mit Öl und Salz angemacht, und einen Fiasco Wein in den Schuppen zu bringen.

Nein, es hatte nie eine Gemeinsamkeit gegeben. Vielleicht mit der einen Ausnahme (und mit den Jahren machte sich Luisa diese Meinung immer mehr zu eigen) des Vaters von Elia, des armen Herrn Salomon, des einstigen Getreidemaklers, der dreimal verheiratet gewesen war und zwölf Kinder gehabt hatte, von denen Elia das jüngste war, und der, obschon hochbetagt und zur Zeit der Eheschließung seines Lieblingssohnes bereits zum drittenmal verwitwet, – überdies hing er sehr an seinem alten baufälligen Haus im Vicolo Torcicoda, in dem er sein ganzes Leben gewohnt hatte, zuletzt mit der Familie Elias zusammen – nun, der all dessen ungeachtet sich am Ende entschloß, dem Sohn in das Haus in der Via Ghiara zu folgen, gerade noch rechtzeitig – als hätte er es geahnt –, um dort, beinahe hundertjährig, zu sterben. Seine Photographie hing nun gegenüber der von Gemma im Salon.

Der Umgang mit ihm war etwas ganz anderes! Zeremoniös war freilich auch er, nicht anders als Elia; und den Hut zog er ebenso oft wie der Sohn und geizte auch nicht mit Verbeugungen und Komplimenten aller Art – nur fehlte ihnen jede Affektiertheit und Ironie.

Begegnete ihm beispielsweise auf der Straße eine Frau, die er kannte, gleichgültig, ob sie einen Hut trug wie eine Dame oder ein Kopftuch wie eine Frau aus dem Volke, so trat er zum Zeichen seines Respekts – von Bewunderung leicht getönt, falls es sich um eine Schönheit handelte – dicht an die Häuserwand heran oder, wenn es sich so ergab, sogar vom Bürgersteig herab. Obwohl er sehr religiös war und die Vorschriften seiner Religion befolgte (die Heirat Elias mußte für ihn von diesem Gesichtspunkt aus schmerzlich gewesen sein; doch blieb der Schmerz geheim, und er kam nie auf ihn zu sprechen), sprach er zu Hause nie über Religion, weder über die eigene, noch die der anderen. Er beschränkte sich darauf, freimütig den Jargon des Ghettos zu gebrauchen – einen Jargon, der nur zum Teil dem Dialekt ähnelte, so viele unverständliche Wörter enthielt er. Aber Ausdrücke wie *hamòr* für Esel, *hasír* für Schwein, *magnòd* für Geld, *mahòd* für Prügel und so weiter, hatten in seinem Munde nichts Mysteriöses und Befremdendes, vielmehr nahmen sie Klang und Farbe seines unverwüstlichen Optimismus und seiner Güte an.

Fragte ihn jemand, wie spät es sei, so zog er aus der Tasche eine kleine silberne Uhr, die mit dem Schlüssel aufzuziehen war und die nach seinem Tode Elia erbte; und bevor er die Stunde nannte, hielt er sich, mit seliger Miene, die Uhr ans Ohr. Und oft, auch wenn ihn keiner danach gefragt hatte, sprach er von den Jahrzehnten des *Risorgimento,* denn wenn er auch der sanfteste Mensch der Welt war, so war er doch ein glühender Patriot. Er erzählte von der Zeit, als Ferrara noch unter österreichischer Herrschaft stand und Soldaten in weißer Uniform vor dem erzbischöflichen Palais auf Wache zogen. Mit Haß und Verachtung blickten die Leute auf diese Soldaten, und auch er, der damals noch recht jung gewesen war, hatte diese Gefühle geteilt. Aber schließlich, wenn man es sich recht überlegte, was konnten diese armen Jungen dafür, daß sie »wie Pfähle in den Weinberg«[2] gestellt worden waren?

Noch häufiger aber brachte er das Gespräch auf Garibaldi, der die Sonne und der Abgott seiner Jugend gewesen war. Er schilderte die Stimme des Generals, diese melodische, tenorhafte Stimme, die das Blut in Wallung bringen konnte und die er, Salomon Corcos, inmitten einer vor Begeisterung rasenden Menge vernahm, als sie vom Balkon des Palazzo Costabili, wo der »Held zweier Welten« eine Woche lang wohnte, in einer Sternennacht des Juni 1863 erklang.

Er war mit dem kleinen Elia gekommen, wie er sich erinnerte, und hatte ihn während der ganzen Rede Garibaldis auf dem Arm getragen, damit sich der jüngste seiner Söhne, der zu klein gewesen war, um sich an jene andere wunderbare Nacht erinnern zu können, in der das Gitter um das Ghetto von der Volkswut niedergerissen worden war, nun für immer an den blonden Mann im roten Hemd erinnerte, der Italien geschaffen hatte. Garibaldi! Er, Salomon, hatte große Familienverpflichtungen mit seinen zwölf Kindern. Dennoch zweifelte er nicht, daß ein einziges Wort des Generals genügt hätte (er stotterte immer ein wenig beim Erzählen, aber jetzt war er, mit leuchtenden Augen, schier atemlos), damit er ihm, wenn nötig, bis ans Ende der Welt gefolgt wäre. Wirklich, bis ans Ende der Welt! Jeder, der Giuseppe Garibaldi gehört hatte, hätte das gleiche getan.

Gemma gegenüber war er stets gütig, liebenswürdig und ritterlich. Und wie hätte Luisa je seine Höflichkeit ihr selbst gegegenüber vergessen können? Nie, wenn er ihr im Hause begegnete, vergaß er, sich bei ihr, der Tochter eines Gemüsegärtners, nach den Preisen für Erbsen, Weintrauben und Korn zu erkundigen. »Sie sind Luisa, Gemmas Schwester«, sagte er und schien sich zu freuen, daß er sich dieses Umstands von selbst erinnerte, da ihn sein Gedächtnis seit einiger Zeit des öfteren im Stich ließ.

Aber da war etwas an ihm, außer seinen weißen Löckchen, die

wie Seide leuchteten, und seiner charakteristischen großen Nase, an das sie sich beinahe lustvoll erinnerte. Und das war der Geruch, der seinen Kleidern entströmte.

Es war ein Geruch nach »den Früchten der Erde«, wie er sich ausdrückte, der gleiche herbe Geruch, ein Gemisch aus den aromatischen Düften, die Südfrüchte, Heu und Korn verbreiten, den sie aufsteigen spürte, wenn sie in den erbaulichen Büchern blätterte, die er aus dem Haus im Vicolo Torcicoda mitgebracht hatte, um sie »gegebenenfalls« an die Tischgenossen des Passah-Mahls zu verteilen, – aus diesen vergilbten Seiten, halb in Hebräisch, halb in Italienisch, mit Stichen, die die Sieben Plagen Ägyptens, Moses vor Pharao, den Durchgang durch das Rote Meer, das Fallen von Manna vom Himmel, Moses auf dem Berg Sinai, wie der Herr mit ihm redet, den Tanz um das Goldene Kalb, und so fort, darstellten bis zu der Erscheinung des Gelobten Landes vor Josua. Im Gegensatz zu Elia, dessen professioneller Gehrock nie nach etwas anderem roch als nach Sublimat und Karbolsäure (aber als man ihn später, neunzigjährig wie sein Vater, in der Schar der hundertdreiundachtzig jüdischen Mitbürger sah, die nach Fòssoli gebracht und von dort nach Deutschland deportiert wurden, so einsam und schweigsam wie gewöhnlich unter seinen weinenden Leidensgenossen, da blieb es nicht aus, daß man auch bei seinem Anblick an die Bibel und die Erzväter dachte . . .), ging von den Kleidern Salomon Corcos' und überhaupt von dem ganzen Menschen dieser leise, zarte, dünne und doch so anheimelnde religiöse Hauch aus.

Mit diesem Geruch hatten die österlichen Erbauungsschriften, die in der Kredenz des Salons lagen, allmählich das Holz des Möbels und schließlich den ganzen Raum durchtränkt. Hier trat Luisa verstohlen ein; dies war im Hause Corcos stets ihre Zuflucht. Auch, als sie nach dem Tode Gemmas 1926 als Haushälterin zu Elia zog, und noch nach dem Verschwinden Elias im Herbst des Jahres 1943.

Dort saß sie im Dunkeln, um in Ruhe nachzudenken.

6

Liebe allerdings war etwas anderes; soviel wußte auch Luisa. Etwas Grausames und Entsetzliches, dem man von weitem zusah – oder wovon man mit geschlossenen Augen träumte.
Und gewiß war das Gefühl, das sie von Jugend auf für Elia empfunden hatte, nicht Liebe und nicht einmal die Sehnsucht nach Liebe oder der Neid auf sie, aber es war doch eine nie nachlassende, schicksalhafte und unentbehrliche Gegenwart. Dieses Gefühl war nie froh und freudig gewesen, denn immer, wenn sie die Küche betrat, in der Elia am Eckfenster saß und bis zur Stunde des Essens las (er las und schien nichts um sich herum wahrzunehmen – aber in Wahrheit entging seinen schwarzen, stechenden, forschenden Augen nichts, was überhaupt bemerkenswert war), immer suchte sie, dem ruhigen Blick auszuweichen, den er bei ihrem Eintritt von seinem Buch erhoben und auf sie gerichtet hatte, und beschwor, gleichsam zu ihrem Schutz, die Erinnerung an Salomon Corcos herauf. Er war anders als alle andern, nicht nur als Elia gewesen! Auch das vergangene Jahrhundert war unvergleichlich besser gewesen als jenes von Angst und Leid erfüllte Jahrhundert, in dem ihr und Gemma zu leben beschieden war. Und so hatte Luisa allmählich um die Gestalt des guten alten Mannes ein glückliches und wunderbares Zeitalter erfunden, in dem Gott, erhaben über jegliche Trennung der Menschen und Rassen, Stände und Religionen, in gleicher Weise zu allen Menschen sprach.
Elia, Elia! Nichts konnte seinen Blicken entgehen! Und doch schien er nichts zu sehen ...
Als er in jener Nacht, in der er sich mit Gemma verlobt hatte (im August 1888), spät nach Hause kam und auf Zehenspitzen am Schlafzimmer seines Vaters vorbeischlich, hatte er sich einen Augenblick lang überlegt, ob er nicht zu ihm hineingehen und ihm alles erzählen sollte.
»Wo bist du denn gewesen, Himmelherrgott?« hatte da plötz-

lich der Alte aus seinem Zimmer gerufen, noch bevor Elia die Klinke niedergedrückt hatte. »Du kannst dir denken, daß ich kein Auge zugemacht habe.«

Darauf änderte er plötzlich seinen Entschluß. Er ging auf sein Zimmer, ein elendes kleines Zimmer, aus dessen schrägem Fenster man auf die Dächer der Stadt sah. Und wie er dort oben bemerkte, daß schon der Morgen graute (kein Laut mehr im Hause, die Stadt schlafend zu seinen Füßen, dann dieses rosafarbene Licht, das vom Osten her die Dächer streifte, und im Herzen der pochende Hochmut), beschloß er, diese Nacht ganz auf den Schlaf zu verzichten und sich lieber an seine Arbeit zu setzen.

Die Wissenschaft. Lag da nicht *seine* Mission?

Er hatte wohl selbst ein und das andere Mal zu Gemma davon gesprochen und dabei vor sich hingesehen, ohne irgendetwas oder irgendjemanden wirklich wahrzunehmen, das Gesicht zu einem leichten Grinsen verzogen.

Gewiß, ein merkwürdiger Blick, arme Gemma! Als ob er vom Morgengrauen dieses Tages an alle Menschen und Dinge immer nur so gesehen hätte: von oben und gleichsam außerhalb der Zeit stehend.

Eine Gedenktafel in der Via Mazzini

Et j'ai vu quelquefois ce que l'homme a cru voir.

Rimbaud

1

Als im August 1945 Geo Josz in Ferrara als einzig Überlebender der hundertdreiundachtzig Mitglieder der israelitischen Gemeinde wieder auftauchte, die die Deutschen vom Herbst 1943 an deportiert hatten und von denen man nicht ohne Grund vermutete, daß sie alle seit langem in den Gaskammern ihr Ende gefunden hätten, erkannte ihn zunächst niemand in der Stadt wieder.

Um die Wahrheit zu sagen, man wußte zuerst nicht einmal, wer Geo Josz überhaupt war. Es sei denn – fügte der oder jener zweifelnd hinzu –, es sei denn, es handle sich um einen Sohn von Angelo Josz, einem hochangesehenen Stoffgroßhändler, dem es ungeachtet seiner nationalen Verdienste nicht gelungen war, sich und seine Familie vor der großen Razzia des Jahres 1943 zu bewahren. (Von »nationalen Verdiensten« hatte das Dekret von 39 gesprochen; und schließlich war es nur menschlich gewesen, wenn Konsul Bolognesi, damals bereits *Segretario Federale*[3] von Ferrara und zeit seines Lebens einer der besten Freunde des alten Josz, in Erinnerung an ihre gemeinsamen jugendlichen Unternehmungen aus der Kampfzeit der Partei, sich dieser etwas allgemein gehaltenen Ausdrucksweise bedient hatte.)

Richtig, einer von diesen Jungen, die aus »rassischen« Gründen die Schule verlassen mußten – so erinnerte sich nun mancher, stirnrunzelnd und mit zusammengepreßten Lippen. Da sie seit 1938 gezwungenermaßen nicht mehr die gleiche Schule besuchten, stellten sie auch bald die Besuche bei den einstigen

Schulkameraden ein, und so war man ihnen seit jener Zeit nur noch selten begegnet. Sie zeigten dann einen merkwürdigen Gesichtsausdruck, in dem sich Scheu, Wildheit und zornige Verachtung mischten, so daß, wer einen von ihnen auf dem Rad, tief über die Lenkstange gebeugt, über die *Giovecca* oder den *Corso Roma* rasen sah, dieses beunruhigende Gesicht am liebsten gleich wieder vergaß.

Doch abgesehen davon – wer hätte in diesem Mann unbestimmbaren Alters, dick bis zu einem Grade, daß man von aufgedunsen sprechen konnte, mit einer Pelzmütze aus Lammfell auf dem kahl rasierten Kopf und gekleidet in eine Art Musterkollektion sämtlicher zur Zeit bekannten wie unbekannten Uniformen –, wer hätte in ihm den schmächtigen Knaben von sieben Jahren oder den nervösen, mageren, eingeschüchterten Jungen, zu dem er drei Jahre später geworden war, wiedererkannt? Und wenn es wirklich jemals einen Geo Josz gegeben hatte, und wenn er, wie er behauptete, zu jenen hundertdreiundachtzig Schatten gehörte, die Buchenwald, Auschwitz, Mauthausen oder Dachau verschluckt hatten – war es möglich, daß ausgerechnet er, er allein, jetzt von dorther heimkehrte und sich, zwar phantastisch gekleidet, aber jedenfalls höchst lebendig, vor ihnen zeigte und von seinen Erlebnissen und denen der anderen erzählte, die nicht heimgekehrt waren und, wie sich versteht, auch nie mehr heimkehren würden? Was wollte er eigentlich jetzt, nach so langer Zeit, nach so vielem Leid, das mehr oder weniger jeden getroffen hatte, ohne Unterschied der politischen Überzeugung, der Vermögensklasse, der Religion und Rasse? Selbst Ingenieur Cohen, Präsident der israelitischen Gemeinde, der gleich nach seiner Rückkehr aus der Schweiz die Errichtung einer großen marmornen Gedenktafel für die Dahingegangenen forderte, die denn auch bald klotzig und funkelnagelneu an der roten Backsteinfassade der Synagoge die Aufmerksamkeit auf sich zog (und später natürlich neu gemacht werden mußte, zur Genugtuung all derer, die dem Ingenieur immer seine Stiftereile vorgeworfen hatten – aber wo es schmutzige Wäsche zu waschen gibt, braucht man es nicht gleich in der Öffentlichkeit zu tun), kurz, selbst er erhob zunächst eine ganze Reihe von Einwänden. Mit anderen Worten, er wollte nichts von der Sache wissen.

Aber erzählen wir der Reihe nach, und bevor wir fortfahren, wollen wir für einen Augenblick bei der Geschichte der Gedenktafel verweilen, angebracht an der Fassade des israelitischen Gotteshauses, die der unüberlegten Initiative des Ingenieurs Cohen zu danken war – eine Episode, von der genau genommen die Geschichte von der Heimkehr des Geo Josz nach Ferrara ihren Ausgangspunkt nimmt.

Wenn man heute diese Szene schildert, mag sie kaum glaubhaft erscheinen. Allein, wenn man sich ihren uns so selbstverständlich vertrauten Hintergrund vorstellt (der sogar vom Krieg unberührt geblieben war, wie um zu zeigen, daß sich hier auch niemals etwas ändern würde), dann möchte man an ihrer Wahrheit zweifeln. Dieser Hintergrund ist die Via Mazzini, die, ausgehend von der Piazza delle Erbe, am alten Ghetto vorbeiführt – mit der Kapelle von San Maurelio am Anfang, dem schmalen Spalt in ihrer Mitte, den die Via Vittorio aufreißt, etwas weiter dann der roten Backsteinfassade des israelitischen Gotteshauses und überall der Doppelreihe seiner hundert Tuchläden und sonstigen Geschäfte, deren jedes in seinem von allerlei Gerüchen wie gesättigten Dämmerlicht seine eigene kleine Seele birgt, mit all der Vorsicht, Skepsis und Ironie des Kaufmanns –, und die alten gewundenen Gassen des mittelalterlichen Stadtkerns mit den zügig angelegten, freilich durch den Bombenkrieg arg zerstörten Verkehrsadern der Renaissance- und der modernen Stadtteile verbindet.

In dem strahlenden Licht und der Stille eines Mittags im August, einer Stille, die nur gelegentlich vom Widerhall ferner Schüsse unterbrochen wurde, lag die Via Mazzini leer, unberührt und verlassen. So erschien sie auch dem jungen Arbeiter, der, eine Papiermütze auf dem Kopf, um halb zwei Uhr ein niedriges Gerüst bestieg und sich mit einer gewaltigen Marmorplatte zu schaffen machte, die er zwei Meter über dem Boden an der staubigen Backsteinmauer der Synagoge anbringen sollte. Seine Gestalt, die eines Bauern, den der Krieg in die Stadt verschlagen und gezwungen hatte, sozusagen aus dem Stegreif den Maurer zu machen (allmählich durchdrang ihn da oben ein Gefühl des Alleinseins und einer unbestimmten Angst – freilich, es war eine Gedenktafel, doch hatte er sich wohl gehütet zu lesen, was auf ihr geschrieben stand!), seine Gestalt war sogleich von der Helligkeit wie aufgesogen und vermochte der Straße ihre mittägliche Verlassenheit nicht zu nehmen. Was übrigens ebensowenig die kleine Gruppe von Passanten vermochte, die sich später, anscheinend ohne daß er es bemerkte, vor dem Gerüst versammelte und nach und nach zu einem guten Teil die Straße an dieser Stelle besetzt hielt – Leute von ganz verschiedener Art und Haltung.

Die ersten, die stehenblieben, waren zwei junge Männer, zwei bärtige, bebrillte Partisanen in kurzen Hosen, um den Hals ein rotes Tuch geschlungen, die Maschinenpistole im Schultergehänge. Studenten, junge Herren aus der Stadt, dachte, als er sie sprechen hörte, der junge Maurer, der eigentlich ein Bauer war, kaum, daß er sich nach ihnen umdrehte, um einen flüchtigen Blick auf sie zu werfen. Bald darauf gesellte sich ein Priester dazu, der Hitze ungeachtet in schwarzer Kutte, nur die Ärmel hatte er über seinen weißen Armen hochgekrempelt, was ihm ein seltsam kampflustiges, herausforderndes Aussehen gab. Es folgte ein Zivilist, ein Mann von etwa sechzig Jahren, mit schütterem Bart von einer Art Pfeffer-und-Salz-Farbe und einem abgezehrt-exaltierten Ausdruck; sein offenes Hemd zeigte eine magere Brust und einen hüpfenden Adamsapfel. Dieser Mann begann, mit halblauter Stimme etwas zu lesen, was, wie der junge Arbeiter vermutete, der Text auf der Marmortafel war (Namen über Namen, nicht alle italienisch, wie es schien), bis er sich jäh unterbrach, um mit Emphase auszurufen: »Hundertdreiundachtzig von vierhundert!« – wie wenn auch in ihm, Podetti Aristide aus Bosco Mésola, dem Aushilfsmaurer, der nur vorübergehend in Ferrara war, auch keineswegs beabsichtigte, sich hier länger als nötig aufzuhalten, und sich im Augenblick nur um seine Arbeit und sonst nichts kümmerte –, wie wenn auch in ihm diese Namen, diese Zahlen, wer weiß was für Erinnerungen wecken, wer weiß was für Gefühle erregen könnten. Was ging es ihn an, wer diese Namen getragen hatte und warum sie in Marmor gegraben waren? Indessen blieben immer mehr Leute auf der Straße stehen, denen diese Namen etwas sagten, und ihre Stimmen summten ihm lästig um die Ohren. Juden, nun ja, hundertdreiundachtzig von vierhundert. Hundertdreiundachtzig von vierhundert, die vor dem Krieg in Ferrara gelebt hatten. Aber was hatte es eigentlich mit diesen Juden auf sich? Was meinten sie mit diesem Wort, sie und die *anderen*, die Faschisten? Ach, die Faschisten! Gerade von seinem Heimatort in der *Bassa*[4] aus, der im Winter 44 so etwas wie ihr Hauptquartier geworden war, hatten sie monatelang das Land terrorisiert. Wegen der Farbe ihrer Hemden waren sie *tupín*, Mäuse, genannt worden; und recht wie Mäuse hatten sie, als die Stunde der Abrechnung gekommen war, sogleich ein Loch gefunden, in dem sie sich verstecken konnten. Aber wer wollte sich gegen ihre Wiederkehr verbürgen? Wer konnte einen Eid darauf leisten, daß sie nicht noch immer umhergingen, auch sie nun mit einem roten Tuch um den Hals, und auf den Augenblick warteten, wo sie zurückschlagen würden? Im rechten Moment wären sie ebenso geschwind, wie sie sich versteckt hatten, wieder zum Vorschein gekommen, mit ihren schwarzen Hemden und Totenköpfen – und je weniger einer dann wußte, desto besser für ihn!

Und er, der arme Bursche, war so fest entschlossen, nichts wissen zu wollen – denn ihm genügte es, Arbeit zu haben, für anderes interessierte er sich nicht –, er war so ahnungslos und voller Mißtrauen gegen alle und alles, während er hartnäckig mit dem Rücken zur Sonne weiterarbeitete, wobei er irgend etwas in seinem plumpen Delta-Dialekt brummte, daß er sich, als ihn plötzlich jemand am Knöchel seines Fußes berührte (»Geo Josz?« fragte gleichzeitig eine spöttische Stimme), mit böser Miene umwandte.

Vor ihm stand ein kleiner, untersetzter Mann, der eine seltsame Pelzmütze trug. Mit erhobenem Arm wies er auf die Gedenktafel. Wie dick er war! Er schien von Wasser aufgeschwemmt zu sein, ein Ertrunkener gewissermaßen. Und man brauchte keine Angst vor ihm zu haben, denn er lachte, gewiß, um ihn freundlich zu stimmen.

»Geo Josz?« wiederholte er, während er noch immer auf die Tafel wies, aber nun mit ernstem Gesicht.

Doch schon lachte er wieder. Plötzlich aber, als empfände er Reue, erklärte er, wobei er häufig ein »prego« – »bitte« in der Art, wie man es im Deutschen gebraucht, einfließen ließ (er drückte sich mit einer Korrektheit aus, als stünde er in einem Salon, und Podetti Aristide – denn an diesen richteten sich seine Worte – sperrte den Mund auf, als er ihn reden hörte), erklärte er also sein Bedauern – »Glauben Sie mir bitte!« –, alles verdorben zu haben durch sein Auftauchen, das, wie er ohne weiteres zugab, kaum anders als eine *gaffe* bezeichnet werden konnte. Ach ja, seufzte er, man würde die Tafel ändern müssen angesichts der Tatsache, daß jener Geo Josz, dem sie zu einem Teil galt, niemand anders war als er selbst, der hier in Fleisch und Blut vor ihnen stand. Es sei denn (und hier ließ er seine blauen Augen in die Runde schweifen, wie um ein Bild von der Via Mazzini in sich aufzunehmen, aus dem die hier versammelte kleine Menge ausgeschlossen blieb, die ihn lautlos umringte, während sich in den Türen der zahllosen Läden niemand zeigte), es sei denn, meinte er, daß die für diese Ehrung verantwortliche Kommission seine Rückkehr als Wink des Schicksals nehmen wolle und auf eine Gedenktafel überhaupt verzichte, die – wie er grinsend hinzufügte – zwar den unbestreitbaren Vorteil aufwies, daß sie jeder an einer so verkehrsreichen Stelle quasi lesen mußte (»allerdings, lieber Freund, vergessen Sie dabei den Staub; in einigen Jahren wird kein Mensch mehr diese Tafel sehen, Sie werden es erleben!«), andrerseits aber den großen Fehler hatte, daß sie in ungebührlicher Weise die so anständige und schlichte Fassade »unseres guten alten Gotteshauses« verschandelte, das ebenso wie die Via Mazzini, die Gott sei Dank vom Krieg vollkommen verschont geblieben war und noch ganz wie früher aussah, zu den wenigen Dingen gehöre, auf die man noch bauen könne (». . . . ja, das sage ich auch für Sie, mein Freund, der Sie vermutlich kein Israelit sind . . .«).

»Es wäre beinahe so, als ob man Sie, mit Ihrem Gesicht und Ihren Händen, zwingen wollte, sich, sagen wir, einen Smoking anzuziehen.«

Dabei zeigte er seine eigenen Hände, die unbeschreiblich schwielig waren, dabei auf dem Rücken so weiß, daß die Stammrollen-Nummer, ein wenig oberhalb des rechten Pulses in die weiche, wie gekochte Haut tätowiert, mit all ihren fünf Zahlen hinter dem Buchstaben J deutlich lesbar war.

2

So also, mit einem Blick, der keineswegs drohend war, vielmehr ironisch-amüsiert (seine Augen von einem wässerigen Blau blickten kühl von unten herauf, gleichsam als tauchte er bleich und aufgeschwemmt, wie er war, aus der Tiefe des Meeres empor), erschien Geo Josz wieder mitten unter uns in Ferrara.

Er kam von sehr weit, aus einer Ferne, die viel größer war als die, aus der er tatsächlich zurückkehrte. Und mit einem Schlage stand er nun wieder in der Stadt, in der er geboren war . . .

Die Sache hatte sich ungefähr folgendermaßen zugetragen.

Der Lkw, der ihn in wenigen Stunden vom Brenner in die

Po-Ebene gebracht hatte, war, nachdem er die Fähre von Pontelagoscuro verlassen hatte, langsam den Deich am rechten Po-Ufer hinaufgefahren. Oben angelangt, nach einem letzten, gleichsam widerstrebenden Ruck, zeigte er dem Heimkehrer das vergessene Bild der unendlichen Ebene seiner Kindheits- und Jugendjahre. Da unten, ein wenig weiter links, müßte Ferrara liegen. Aber war Ferrara – so fragte er sich und fragte den Fahrer an seiner Seite –, war Ferrara dieses düstere Zielfeld artilleristischer Übungen aus staubigem Stein, zu einer Art gespenstischen Bügeleisens reduziert, das schwer auf dem flachen Land ruhte, wenn man von den vier Türmen des Kastells absah, die inmitten des Ganzen wie unwirklich in die Luft ragten? Wo waren die alten, leuchtend grünen Bäume geblieben, die früher auf dem Grat der alten, halbzerfallenen Stadtmauer gestanden hatten? Der Lastwagen näherte sich nun rasch der Stadt, wie wenn er, seine Geschwindigkeit auf der intakt gebliebenen Asphaltstraße nach und nach steigernd, von oben auf sie herabfiele; durch die breiten Breschen in den Bastionen konnte man bereits auf die Straßen der Stadt sehen – einst so vertraut, jetzt aber durch die Bombardements unkenntlich geworden. Es war nicht länger als zwei Jahre her, daß er von hier deportiert worden war. Aber diese zwei Jahre waren so viel wie zwanzig oder zweihundert Jahre.

Er war zurückgekommen, als es niemand mehr erwartete. Was wollte er jetzt?

Um diese Frage mit der nötigen Gelassenheit zu beantworten – wahrscheinlich handelte es sich zunächst um nichts anderes als den schlichten, unausgesprochenen Willen zum Leben –, hätte es vielleicht einer anderen Zeit und einer anderen Stadt bedurft.

Es hätten zumindest Menschen sein müssen, die nicht ganz so im Bann der Angst standen wie jene Herren, nach denen sich die öffentliche Meinung der Stadt nach wie vor richtete (zu ihnen gehörten neben einigen Großkaufleuten und Grundbesitzern auch mehrere der angesehensten Männer aus den freien und akademischen Berufen: kurz gesagt, der Kern unserer sogenannten Führungsschicht aus der Zeit vor dem Kriege), Männer, die sich mehr oder weniger in ihrer Gesamtheit in der Zwangslage befunden hatten, sich zur *Repubblica Sociale*[5] zu »bekennen«, und nun, zumal sie es nicht über sich brachten, auch nur für eine Zeitlang Zurückhaltung zu üben, überall Fallen, Feinde und politische Gegner sahen. Gewiß waren sie der Partei beigetreten, aber nur, wie sie erklärten, aus staatsbürgerlicher Gesinnung und jedenfalls nicht vor dem verhängnisvollen Datum des 15. Dezember 1943, an dem elf ihrer Mitbürger erschossen worden waren und in Italien der nie genug zu beklagende Bruderkrieg begann. Mit eigenen Augen hatten sie die von Kugeln durchsiebten Leichen ihrer Mitbürger mit den Rücken im nassen Schnee wie elf Bündel nebeneinander liegen sehen. Einen ganzen Tag lang hatten »diese Unglücklichen« dort gegenüber den Kolonnaden des Café della Borsa gelegen, bewacht von Soldaten, die die Maschinenpistole schußbereit im Arm hielten. Und so ging ihr Bericht weiter, immer in demselben Ton, beherrscht von der Sorge, sich und den andern davon zu überzeugen, daß, wenn man geirrt hatte, dann doch aus edlen Motiven und nicht aus Angst (weshalb sie auch unter Verzicht auf jegliches Parteiabzeichen sich nur noch mit allen erdenklichen Orden im Knopfloch gezeigt hatten). Gewiß war diese Art Menschen nicht am besten geeignet, bei einem anderen an ehrliche und einfache Beweggründe zu glauben und jene vielberedete »Lauterkeit« des Handelns zu erkennen, die sie für sich so hartnäckig in Anspruch nahmen. Was nun den besonderen Fall des Mannes mit der Pelzmütze betraf: angenommen, es war wirklich Geo Josz, wovon sie jedoch durchaus nicht vollkommen überzeugt waren! – angenommen also, er war es, dann mußte man ihm darum nicht mit geringerem Mißtrauen begegnen. Seine Fettleibigkeit erregte ihren Argwohn. Natürlich – ein Hungerödem! Aber diese Geschichte hatte er doch nur selbst in Umlauf gebracht, in dem plumpen Versuch, sein blühendes Aussehen zu erklären, das in so krassem Gegensatz zu alledem stand, was man über deutsche Konzentrationslager gehört hatte. Nichts da von Hungerödem; sein Hungerödem war eine glatte Erfindung. Geos Fett konnte also nur zweierlei bedeuten: entweder, daß man in den Konzentrationslagern nicht so arg hungern mußte, wie die Propaganda behauptete, oder daß Geo dort eine Vorzugsbehandlung genossen hatte. Eins war gewiß: unter dieser ungetümen Pelzmütze und hinter diesem konstanten Lächeln lauerten nur gefährliche Gedanken und Absichten; darauf hätten sie einen Eid leisten mögen.

Und was sollte man von den andern sagen – eine Minderheit freilich –, die sich in ihren Häusern einschlossen und mit gespitztem Ohr, ein Bild der Furcht und des Hasses, auf das geringste Geräusch von draußen achteten?

Einer von ihnen hatte sich seinerzeit dazu hergegeben, mit großem amtlichen Getue die öffentliche Versteigerung des Besitzes der jüdischen Gemeinde zu leiten, wozu übrigens auch die silbernen Tempelleuchter und die alten Pergamentrollen der Heiligen Schriften zählten. Ein anderer hatte sich die schwarze Mütze mit dem Totenkopf der Schwarzen Brigade auf das weiße Haar gestülpt und bei einem Sondergericht mitgewirkt, das für eine Reihe von Erschießungen verantwortlich war. Es waren übrigens fast immer anständige Menschen gewesen, die vielleicht bis zu diesem Zeitpunkt noch nie Zeichen von politischem Interesse gegeben, vielmehr nur für ihre Familie, ihren Beruf und ihre Studien gelebt hatten ... Nur, daß sie so sehr um ihr Wohl besorgt waren und ihre Angst vor dem Tode, sofern ihr eigener gemeint war, so groß war, daß sie, auch wenn Geo Josz nicht mehr gefordert hätte, als nur leben zu dürfen (und weniger konnte er nicht gut fordern), in diesem so schlichten, elementaren Verlangen eine persönliche Bedrohung gesehen hätten. Der bloße Gedanke, daß die »Roten« sie bei Nacht heimlich aus dem Hause holen und an irgendeinem unbekannten Ort auf dem Lande niedermetzeln könnten, dieser furchtbare, immer wiederkehrende Gedanke konnte sie um den Verstand bringen. Nur leben, wie auch immer: am Leben bleiben! Das war ihre leidenschaftliche, bedingungslose, verzweifelte Forderung.

Wenn sich doch der Mann mit der Pelzmütze, »dieses Wrack«, wenigstens entschließen könnte, Ferrara zu verlassen!

Ohne etwas dagegen zu unternehmen, daß die Partisanen an die Stelle des Kommandos der Schwarzen Brigade getreten waren und das Haus seines Vaters in der Via Campofranco nun für sich als Kaserne und Gefängnis benützten, begnügte er sich damit, als ein wandelnder Alpdruck überall sein unheilkündendes Gesicht zu zeigen, gewiß nur, um damit der zornigen Entrüstung seines und des künftigen Rächers aller Seinigen neuen Ansporn zu geben. Das Ärgste aber war, daß die neuen Spitzen der Behörden einen solchen Zustand duldeten. Es wäre sinnlos gewesen, sich an den Präfekten Dr. Herzen zu wenden, der unmittelbar nach der »sogenannten« Befreiung dasselbe Befreiungskomitee in sein Amt eingesetzt hatte, dessen heimlicher Präsident er nach den Ereignissen vom Dezember 1943 geworden war, – sinnlos, wenn es wahr war – und es war die reine Wahrheit –, daß die Schwarzen Listen allabendlich in seinem Büro im Kastell zusammengestellt wurden. Ach, sie kannten ihn nur zu gut! 1939 hatte er sich, quasi mit einem Lächeln, enteignen und seine große Schuhfabrik vor den Toren der Stadt fortnehmen lassen, die zurückzufordern er sich jetzt bestimmt nicht gescheut hätte, wenn nicht die Bomber der Alliierten sie in Trümmer gelegt hätten. Er war etwa vierzig Jahre alt, kahlköpfig, trug eine Hornbrille und machte (abgesehen von seinem jüdischen Namen Herzen und seiner Art, wie angeschraubt mit übertrieben geradem Rücken auf seinem Fahrrad zu sitzen, von dem er unzertrennlich schien) den friedliebenden, harmlosen Eindruck, der so charakteristisch für alle Menschen ist, vor denen man sich ernstlich in acht nehmen muß. – Und die erzbischöfliche Kurie? Und die englische Kommandantur? War es nicht ein trauriges Zeichen der Zeit, daß auch dort die einzige Antwort ein Seufzer betrübten Mitgefühls, wenn nicht, schlimmer noch, ein höhnisches Grinsen war?

Mit Angst und Haß läßt sich nicht diskutieren. Wollte man aber wirklich, um auf Geo Josz zurückzukommen, etwas von dem erfahren, was er tatsächlich in seinem Sinn bewegte, so hätte es schließlich genügt, sich an die Umstände seines seltsamen Wiederauftauchens in Ferrara zu erinnern – und zwar an das, was unmittelbar auf die sonderbare Szene folgte, die sich vor der Tür des Jüdischen Gotteshauses in der Via Mazzini abspielte, in deren Verlauf sich Geo Josz plötzlich veranlaßt sah, einem verwirrten jungen Maurer nicht ohne Sarkasmus seine Hände zu zeigen.

Vielleicht erinnert man sich noch des etwa sechzigjährigen Herren mit dem angegrauten schütteren Bart und dem dürren Hals, der als einer der ersten vor der marmornen Gedenktafel, die man der Initiative des Ingenieurs Cohen dankte, stehengeblieben war und in einem bestimmten Augenblick mit schriller Stimme den Text auf der Tafel kommentiert hatte: »Hundertdreiundachtzig von vierhundert!«

Nachdem er gleich den anderen schweigend Zeuge der Ereignisse der nächsten Minuten geworden war, bahnte er sich plötzlich mit ungestümen Bewegungen einen Weg durch die kleine Menge, warf sich dem Mann mit der Pelzmütze an den Hals, um ihn geräuschvoll auf beide Wangen zu küssen, womit er als erster von allen bewies, daß er in dem Heimkehrer unzweifelhaft Geo Josz erkannt hatte. Geo Josz aber, der noch immer dem Maurer die Hände entgegenstreckte, entzog sich der Umarmung, um nur sehr kühl und gelassen zu bemerken: »Lieber Onkel Daniel, mit deinem lächerlichen Bärtchen hätte ich dich beinahe nicht wiedererkannt.« Ein Satz, der nicht nur Auskunft gab über die verwandtschaftliche Beziehung, die zwischen Geo und diesem Mann, einem der am Leben gebliebenen Mitglieder der Familie Josz, bestand (genau gesagt, handelte es sich um einen Bruder seines Vaters, der wie durch ein Wunder den Massenverhaftungen vom November 1943 entgangen und in den letzten Apriltagen 1945 nach Ferrara zurückgekehrt war), sondern der auch die tiefreichende und empfindliche Unduldsamkeit enthüllte, mit der Geo vom ersten Tag an reagierte, sobald ihn irgendeine Veränderung – und sie mochte noch so unbedeutend sein – daran erinnerte, daß die Zeit auch in Ferrara nicht stillgestanden hatte.

Und so hörte man ihn fragen: »Was soll der Bart?« Oder: »Glauben Sie vielleicht, daß Ihnen der Bart gut steht?«

Man konnte tatsächlich meinen, er habe nichts anderes im Sinne, als nur alle Bärte der Stadt, so unterschiedlich nach Schnitt und Länge, kritisch zu mustern, diese Bärte, die im Krieg nicht anders als die bekannten falschen Papiere allgemein Mode geworden waren. Und das war für ihn, der nicht gerade gesprächig zu nennen war, seine Art, uns seine Mißbilligung, sein Nicht-Einverständnis zu zeigen.

Nun, in dem Hause, das vor dem Krieg das Haus der Familie Josz gewesen war und in dem noch am selben Nachmittag Onkel und Neffe erschienen, gab es viele Bärte zu sehen; und sie verliehen dem niedrigen Stadtpalais aus rotem Stein, überragt von dem schlanken ghibellinischen Turm, mit so breiter Fassade, daß sie fast eine ganze Seite der kurzen, abgelegenen Via Campofranco einnahm, eine kriegerische, ritterliche Atmosphäre, die vielleicht geeignet war, die Erinnerung an die alten Besitzer zu beschwören, die Marchesi Del Sale, von denen Angelo Josz das Haus 1910 für ein paar tausend Lire gekauft hatte, keineswegs aber Erinnerungen an ihn selbst, den jüdischen Stoffgroßhändler, der mit Frau und Kindern in den Verbrennungsöfen von Buchenwald verschwunden war.

Das Haustor stand weit offen. Vor dem Hause lagerte müßig etwa ein Dutzend Partisanen, auf den Stufen vor dem Eingang sitzend, zwischen den nackten Beinen die Maschinenpistole, oder ausgestreckt auf den Sitzen eines Jeeps ruhend, der an der hohen Mauer gegenüber stand, die einen ausgedehnten

Privatgarten gegen die Via Campofranco abgrenzte. Andere hingegen – und ihre Zahl war größer – kamen und gingen trotz der nachmittäglichen Schwüle in rastloser Geschäftigkeit, dicke Aktenbündel unter dem Arm und mit allen Zeichen von Energie und Entschlossenheit im Gesicht. So entwickelte sich zwischen der halb im Schatten, halb in der Sonne gelegenen Straße und dem Laubengang vor dem alten Adelspalast ein lebhaftes Hin und Her, das im vollkommenen Einklang stand mit den Schreien der Schwalben, die im Tiefflug fast die Kiesel auf dem Boden streiften, wie mit dem Geklapper der Schreibmaschinen, das unaufhörlich durch die riesigen barocken Fenstergitter des Erdgeschosses drang.

Das seltsame Paar – mager, hochgewachsen, abgezehrt der eine, dick, schwerfällig und verschwitzt der andere – betrat also den Laubengang und zog sogleich die Aufmerksamkeit aller Anwesenden auf sich, die, zumeist bewaffnet und, wie üblich, mit langen Bärten und Mähnen, wartend auf den Bänken vor dem Hause saßen. Sie umringten die beiden, und Daniel Josz, der offenbar Wert darauf legte, seinem Neffen zu zeigen, wie vertraut er mit dieser Umgebung war, antwortete bereitwillig auf alle Fragen, gleichgültig ob sie ihn oder seinen Neffen betrafen.

Dieser hingegen musterte nacheinander die wettergebräunten, gesunden Gesichter, die sie dicht umdrängten, wie wenn er hinter diesen Bärten wer weiß was für ein Geheimnis, für einen verborgenen moralischen Defekt erraten wollte.

»Mir macht ihr nichts vor!« schien sein Lächeln zu sagen. Für einen Augenblick konnte man glauben, er habe seine gute Laune wiedergefunden, nämlich als er mit einem Blick durch die Gittertür feststellte, daß mitten in dem kleinen kahlen Garten noch immer, dunkel und üppig, die große Magnolie stand. Doch hielt sie nicht lange vor, denn als er kurz darauf oben im Büro dem jungen Provinzialsekretär der ANPI[6] gegenüber saß (demselben, der zwei Jahre später der glänzendste kommunistische Abgeordnete Italiens werden sollte, so liebenswürdig, von so vollendeter Höflichkeit und solches Vertrauen einflößend, daß nicht wenige unserer würdigsten Familienmütter angesichts des Umstandes, daß er einer der besten bürgerlichen Familien von Ferrara angehörte, den Botteccchiari, und obendrein noch Junggeselle war, in einen Seufzer des Bedauerns ausbrachen), machte er auch hier die nun schon bekannte Bemerkung:

»Der Bart steht Ihnen aber wirklich nicht gut, wissen Sie?«

In der Stimmung frostiger Verlegenheit, die daraufhin einer Unterhaltung das Gepräge gab, die bis zu diesem Augenblick, was allein Onkel Daniels Verdienst war, einer gewissen Herzlichkeit nicht entbehrte und in deren Verlauf der zukünftige Abgeordnete so tat, als hätte er das *Sie*, mit dem ihn Geo anredete, nicht bemerkt, und ihn seinerseits mit dem herzlichen *Du* ansprach, wie es unter Gleichaltrigen und unter Parteifreunden üblich ist, – in dieser Stimmung ließ Geo Josz mit einemmal klar erkennen, was er wirklich wollte und warum er hier war (hätten doch alle, die sich so sehr vor ihm fürchteten, dieser Szene beiwohnen können!). Dieses Haus, in dem sie sich jetzt, wie zuvor die *anderen*, die Faschisten, eingerichtet hatten, war sein Haus. Wußten sie es nicht mehr? Mit welchem Recht hatten sie sich seiner bemächtigt? Er richtete einen drohenden Blick auf die Stenotypistin, die plötzlich zusammenfahrend aufhörte, auf die Tasten zu hämmern, als ob er auch ihr, gerade ihr, sagen wollte, daß er sich keineswegs mit einem Zimmer allein begnügen würde, und wäre es selbst dieses Zimmer hier, so schön und sonnig – früher einmal der Salon, wenn inzwischen auch das Parkett vom Boden gerissen war, wahrscheinlich um es als Brennholz zu verwenden –, dieses Zimmer, in dem man, nicht wahr? so gut vom Morgen bis zum Abend, vielleicht auch noch etwas über den Abend hinaus, arbeiten konnte, mit dem jungen Partisanenchef zusammen, der, wie es schien, so entschlossen war – der gute Mensch! –, die Welt zu verbessern.

Unten ertönte Gesang:

Es pfeift der Wind, es heult der Sturm,
Sind auch die Schuh zerrissen, für uns gibt's
keine Rast . . .

Er drang laut, wenngleich der Gelegenheit schlecht angepaßt, durch das offene Fenster, das einen Himmel zeigte von zartestem Rosa.

Aber das Haus gehörte ihm, darüber sollten sie sich keiner Selbsttäuschung hingeben. Früher oder später würde er es sich wiedernehmen. Das ganze Haus.

3

So sollte es geschehen, wenn selbstverständlich auch nicht sofort.

Im Augenblick schien sich Geo mit einem einzigen Zimmer zu begnügen – und das war keineswegs das Büro Nino Bottecchiaris! Vielmehr eine Art Speicher unter dem Dach des Turmes. Um diesen Raum zu erreichen, mußte man nicht weniger als hundert Stufen steigen, an deren Ende man eine alte Rumpelkammer betrat, von der aus man über eine wurmstichige hölzerne Stiege unmittelbar in das Dachgeschoß gelangte. Geo selbst sprach als erster von diesem »Notbehelf«, und zwar im blasierten Ton eines Menschen, der sich in das Schlimmste ergibt. Was die darunter befindliche Rumpelkammer betraf, so behauptete er, daß auch sie ihm gut zupasse komme, da er in ihr seinen Onkel Daniel einquartieren könne . . .

Bald stellte sich heraus, daß Geo von dieser Höhe aus durch das breite Atelierfenster alles verfolgen konnte, was im Garten wie auch in der Via Campofranco vor sich ging. Und da er fast nie das Haus verließ und wahrscheinlich den größten Teil des Tages damit verbrachte, die weite Landschaft von braunen Ziegeldächern, von Gärten und grünen Feldern zu betrachten, die sich da zu seinen Füßen erstreckte (ein schier unendlicher Rundblick, nachdem ihn die dichtbelaubten Baumriesen auf dem Stadtwall nicht mehr begrenzten!), wurde seine ständige Gegenwart für die Okkupanten der unteren Stockwerke zu einer lästigen, ja, quälenden Vorstellung. Die Keller des Hauses Josz, die alle auf den Garten hinausgingen, waren bereits zur Zeit der Schwarzen Brigade als geheime Gefängniszellen verwendet worden, über die man in der Stadt, auch noch nach der Befreiung, manch unheimliche Geschichte gehört hatte. Jetzt freilich, da sie, wie man annehmen mußte, der tückischen Kontrolle durch den Gast im Turm ausgesetzt waren, dienten sie natürlich nicht mehr den Zwecken jener summarischen und heimlich geübten Justiz, für die sie eingerichtet worden waren. Jetzt, mit Geo Josz auf seinem Beobachtungsposten, konnte man keinen Augenblick mehr sicher sein, denn die Petroleumlampe, die die ganze Nacht über brannte – man sah ihren Schein schwach durch die Scheiben dringen –, ließ die Vermutung zu, daß er ständig aufpaßte, daß er niemals schlief. Es mußte zwei oder drei Uhr morgens sein, nach dem Abend, an dem Geo zum erstenmal in der Via Campofranco erschienen war, als Nino Bottecchiari, der bis zu dieser Stunde in seinem Büro gearbeitet hatte und nun soweit war, sich ein wenig Ruhe zu gönnen, von der Straße aus zufällig zum Turm hinaufsah. »Hütet euch!« mahnte das Licht im Fenster Geos, das in der Luft unter dem gestirnten Nachthimmel zu schweben schien. Mit bitteren Selbstvorwürfen wegen seiner sträflich leichtsinnigen Nachgiebigkeit – doch zugleich, als guter Politiker, bereit, der neuen Situation Rechnung zu tragen – stieg der zukünftige junge Abgeordnete mit einem Seufzer in seinen Jeep.

Es dauerte nicht lange, und Geo erschien zu jeder beliebigen Stunde des Tages überraschend auf der Treppe oder unten im Laubengang. Unter den Augen der Partisanen, die hier ständig versammelt waren, ging er vorbei, in einem untadeligen olivenfarbigen Gabardineanzug, der beinahe sofort an die

Stelle der Lederjacke, der an den Knöcheln engen Hosen und der Pelzmütze getreten war, mit welchen Kleidungsstücken er in Ferrara angekommen war. Er schritt durch die verstummende Menge der Partisanen, ohne irgendeinen von ihnen zu grüßen, elegant, makellos rasiert, den Rand des kastanienbraunen Filzhuts an der einen Seite in die Stirn gezogen, über ein Auge, das wie aus Eis war. Und von Anbeginn war er, inmitten des allgemeinen Unbehagens, das stets sein Erscheinen auslöste, der Hausherr in seiner ganzen Autorität, zu wohlerzogen, um zu streiten, aber mit dem Recht auf seiner Seite, der sich nur zu zeigen brauchte, um den obstinaten Mieter – ein Vandale in seinen Augen – daran zu erinnern, daß er das Haus zu räumen habe. Der Mieter macht sich klein und tut, als ob er den ebenso stummen wie nachdrücklichen Protest des Hauseigentümers nicht bemerkt hätte, der vorläufig zwar nichts sagt, doch sich gewiß nicht scheuen wird, im gegebenen Moment von ihm Rechenschaft zu fordern über ruinierte Fußböden und beschmutzte Wände – und so wird die Situation von Monat zu Monat schwieriger, peinlicher und bedrückender. Erst spät, nach den Wahlen von 1948, als sich so vieles in Ferrara geändert hatte oder, besser gesagt, so vieles wieder wie vor dem Kriege geworden war (die Kandidatur des jungen Bottecchiari war indessen im rechten Augenblick gekommen und von vollem Erfolg gekrönt worden) – zu dieser Zeit also entschloß sich die ANPI, ihre Diensträume zu verlegen, und zwar in drei Zimmer der ehemaligen *Casa del Fascio*, des faschistischen Parteilokals, am Viale Cavour. Freilich, diese Verlegung war dank dem stillen, aber unerbittlichen Druck Geo Josz' schon seit geraumer Zeit überfällig gewesen.

Er verließ fast nie das Haus, als wäre es seine Absicht, daß ihn die da unten auch nicht einen Augenblick lang vergessen sollten. Aber das hinderte ihn nicht, sich ab und zu auch in der Via Mazzini zu zeigen, wo er bereits im September erreicht hatte, daß das Lagerhaus seines Vaters, in welchem die jüdische Gemeinde alles aufstapelte, was sie von dem in der Zeit der

Republik von Salò beschlagnahmten jüdischen Eigentum wiedererlangt hatte, nun geräumt würde zwecks »der mehr als notwendigen Reparaturen und der Wiedereröffnung des Geschäftsbetriebs«, wie er sich Ingenieur Cohen gegenüber ausdrückte; wie es ihn genauso wenig hinderte, freilich seltener und mit zögerndem Schritt wie jemand, der sich in verbotenes Gebiet wagt und der zwischen Furcht vor unangenehmen Begegnungen und dem genau entgegengesetzten heftigen Wunsch nach solchen Begegnungen schwankt, an der abendlichen Promenade auf dem Corso Giovecca teilzunehmen, wie sie dort wieder, so lebhaft und angeregt wie eh und je, üblich geworden war; oder auch, sich zur Stunde des Apéritifs im *Caffè della Borsa* am Corso Roma, das das politische Zentrum der Stadt geblieben war, sehen zu lassen, wo er sich erschöpft auf einen Stuhl an einem der kleinen Tische fallen ließ, denn er kam jedesmal atemlos und schweißtriefend an. Übrigens, seine Haltung ironischer Geringschätzung, die schließlich sogar seinen Onkel Daniel, der so offen und mitteilsam war, wie elektrisiert von der Atmosphäre der Zeit unmittelbar nach dem Kriege, bald zum Verzicht auf jegliche Unterhaltung durch die Falltür zu seinen Häupten bewogen hatte, verließ ihn auch nicht angesichts aller Bekundungen herzlichen Empfangs, aller freundschaftlichen Begrüßungen des Heimgekehrten mit einem »Willkommen daheim!«, wie es ihm jetzt, nach dem ersten Zögern, allenthalben entgegengerufen wurde.
Nun kamen sie aus den Läden neben dem Geschäft seines Vaters, das jetzt das seine war, kamen mit ausgestreckter Hand auf ihn zu, boten Rat und Hilfe an oder versprachen sogar im Überschwang der Großmut, als Konkurrenten stets loyal zu bleiben; oder sie überquerten den Corso Giovecca in seiner ganzen Breite, eigens um ihm mit übertriebener Gebärde die Arme um den Hals zu werfen – eine Gebärde, die um so hysterischer anmutete, als sie im allgemeinen von Leuten kam, die ihn nur dem Namen nach kannten; oder sie lösten sich von der Theke der Bar, die noch in das gleiche bedrohlich wirkende

Dunkel getaucht war wie damals, als jeden Tag um dreizehn Uhr aus ihm der Heeresbericht über neue Niederlagen drang (ein Bericht, der kaum an Geos Ohr gelangt war, wenn er, damals noch ein Knabe, auf seinem Rad vorüberraste), sie lösten sich aus dem Dunkel der Theke, um sich zu ihm an den Tisch zu setzen, unter der gelben Markise, die so wenig vor dem grellen Sonnenlicht und dem Trümmerstaub schützte. Er war in Buchenwald gewesen und – als einziger! – zurückgekehrt, nach wer weiß was für physischen und seelischen Martern und nachdem er vielleicht Zeuge unvorstellbarer Greuel gewesen war. Gut, da waren sie also, standen zu seiner Verfügung, waren ganz Ohr für seinen Bericht. Mochte er erzählen, sie würden nicht müde werden zuzuhören, bereit sogar, um seinetwillen auf das Mittagessen zu verzichten, zu dem die Uhr im Kastell bereits mit zwei Glockenschlägen rief. Es hatte alles den Charakter pathetisch vorgebrachter Entschuldigungen dafür, daß man ihn nicht sofort wiedererkannt und versucht hatte, ihn zurückzustoßen und noch einmal auszuschließen. Es war, als ob sie im Chor sagten: »Du hast dich verändert, weißt du? Du bist ein erwachsener Mann geworden, weiß der Himmel, und so dick! Aber schau, auch wir sind anders geworden, auch für uns hat die Zeit nicht stillgestanden ...«, und sie zeigten, als wären es Zeugnisse ihrer guten Gesinnung, Zeichen für die Entwicklung, die ihre »Ideen« in diesen furchtbaren schicksalhaften Jahren genommen hatten, auf ihre Hosen aus rohem Leinen, ihre aufgekrempelten Ärmel, ihre Gürteljacken, die *Saharianas*, – zeigten, daß sie keine Krawatte trugen und Sandalen an den bloßen Füßen – und, natürlich, einen Bart, denn es gab niemanden, der keinen Bart trug ... Sie meinten es ehrlich, wenn sie sich dem Urteil Geos unterwarfen, und sie waren ebenso ehrlich, wenn sie sich über seine unbeugsame Ablehnung beklagten; nicht minder aufrichtig war die Überzeugung, die sich nach dem April 1945 mehr oder weniger aller in der Stadt bemächtigt hatte, einschließlich derer, die die Gegenwart eher zu fürchten und der Zukunft gegenüber Grund zur Skepsis hatten – die Überzeugung, daß, ob zum Guten oder Bösen, eine neue Epoche begonnen habe, die in jedem Fall besser war als die vorangegangene, die, ein langer grausamer Alpdruck, so blutig geendet hatte.

Onkel Daniel zum Beispiel, der seit drei Monaten ohne feste Adresse dahinvegetiert hatte und der dann, unverbesserlicher Optimist, der er war, in der stickigen Kammer im Turm ein Geschenk des Himmels gesehen hatte – er war mehr als jeder andere davon überzeugt, daß mit dem Ende des Krieges das goldene Zeitalter der Demokratie und der allgemeinen Brüderlichkeit gekommen sei.

»Endlich kann man wieder frei atmen«, behauptete er kühn in der ersten Nacht, in der er seinen Schacht in Besitz genommen hatte und, die Hände im Nacken verschränkt, ausgestreckt auf der Roßhaarmatratze ruhte.

»Endlich atmet man wieder frei – aah!« wiederholte er, diesmal etwas lauter. Und er fügte hinzu:

»Kommt es dir nicht auch so vor, Geo, als ob die Luft in der Stadt heute anders wäre als früher? Glaube mir, es hat sich alles geändert, und nicht nur äußerlich, sondern im Kern. Das ist das Wunder der Freiheit. Ich, wenn ich von mir sprechen darf, bin fest davon überzeugt . . .«

Aber das, wovon Daniel Josz fest überzeugt war, schien für Geo nur von höchst zweifelhaftem Interesse zu sein, denn statt aller Antwort ließ er durch die Öffnung, zu der die Holzleiter hinaufführte und durch die jetzt die Begeisterungsausbrüche seines Onkels drangen, nicht viel mehr als ein gelegentliches »Hm, hm!« oder »Tatsächlich?« fallen, die Daniel gewiß nicht zur Fortsetzung der Unterhaltung ermunterten.

»Was macht er überhaupt da oben?« fragte sich der Alte und blickte stumm zur Decke empor, wo das klatschende Geräusch der Pantoffeln Geos, der dort oben unermüdlich auf und ab ging, kein Ende nahm. Er wußte nicht, was er denken sollte.

Es schien ihm unmöglich, daß Geo seine Begeisterung nicht

teilte. In den Tagen nach dem Waffenstillstand[7] aus Ferrara geflüchtet, hatte er fast zwei Jahre bei einer Bauernfamilie in einem einsam gelegenen Dorf in den Apenninen verborgen gelebt. Dort im Gebirge war er nach dem Tode seiner Frau, die er – sie, die so strenggläubig war! – unter falschem Namen in geweihter Erde hatte begraben müssen, einer Partisanenbrigade beigetreten, deren politischer Kommissar er wurde. Er hatte zu den ersten gehört, die, braungebrannt und bärtig, auf einem Lastwagen ins befreite Ferrara zurückgekehrt waren. Unvergeßliche Tage! Zwar war die Stadt halb zerstört, so daß sie kaum wiederzuerkennen war, aber sie war vollkommen frei von Faschisten, von den alten wie von denen von Salò – von all diesen Gesichtern, an die sich zu einem guten Teil doch auch Geo noch erinnern mußte. Das war für ihn eine uneingeschränkte, eine ganz außerordentliche Freude gewesen! Friedlich im Caffè della Borsa sitzen zu dürfen, das er bald nach seiner Rückkehr wieder zur Operationsbasis für seine alte bescheidene Tätigkeit als Versicherungsagent gemacht hatte, ohne daß ihm ein zorniger Blick bedeutete, das Café zu verlassen, vielmehr sich im Mittelpunkt der allgemeinen Sympathie zu fühlen – nachdem ihm dieser Wunsch in Erfüllung gegangen war, hätte er ruhig sterben können. Aber Geo? War es möglich, daß er nichts von alledem empfand? War es denkbar, daß ihn, nachdem er in die Hölle gefahren und ihr nur durch ein Wunder wieder entronnen war, kein anderer Wunsch beseelte als der, die Vergangenheit zu beschwören? Die erschütternde Reihe von Photographien seiner toten Angehörigen schien es zu beweisen (der arme Angelo mit seiner Frau Luce und dem kleinen Petruccio, der zehn Jahre nach Geo geboren worden war, als niemand in der Familie mehr mit Nachwuchs rechnete, geboren, um nur Angst und Gewalttätigkeit kennenzulernen und in Buchenwald zu sterben!), jener Photographien, mit denen Geo seine vier Wände tapeziert hatte, wie Daniel einmal, als er heimlich in das Zimmer seines Neffen gestiegen war, feststellen konnte. War es ferner denkbar, daß der einzige Bart in der Stadt, gegen den Geo nichts einzuwenden hatte, ausgerechnet diesem alten Faschisten Geremia Tabet gehörte, einem Schwager Angelos, der auch nach 1938 noch, ungeachtet der Rassengesetze und der darauf folgenden allgemeinen gesellschaftlichen Ächtung der Juden, im Klub der Kaufleute, wenn auch nicht offiziell, nachmittags sein Bridge spielen konnte? Noch am Abend des Tages, an dem Geo zurückgekehrt war, hatte er, Daniel Josz, wie widerwillig auch immer, seinen Neffen zum Hause der Familie Tabet in der Via Roversella begleiten müssen, wo er sich selber seit seiner Rückkehr nach Ferrara noch nie hatte sehen lassen. Und war es nicht unbegreiflich – so fragte sich weiter der einstige politische Kommissar, der sechzigjährige Ex-Partisan, während in dem Zimmer über ihm sein Neffe nicht müde wurde, mit schweren Schritten auf und ab zu gehen –, war es nicht unbegreiflich, daß Geo, kaum daß sich der Faschistenonkel in einem Fenster des ersten Stocks gezeigt, einen schrillen, geradezu lächerlich (und hysterisch) anmutenden Begrüßungsschrei ausgestoßen hatte, fast wie ein Wilder? Was bedeutete dieser Schrei? Bedeutete er vielleicht, daß der Junge trotz Buchenwald und der Ausrottung aller seiner Angehörigen das geworden war, was sein Vater, Angelo, in seiner Naivität bis zum letzten Augenblick geblieben war, ja, wahrscheinlich bis zur Schwelle der Gaskammer: ein »Patriot« nämlich, als welchen er ihn sich so oft mit albernem Stolz hatte bekennen hören?

»Wer ist da?« hatte von oben eine besorgte Stimme gerufen.

»Ich bin's, Onkel Geremia, Geo!«

So standen sie da unten vor dem geschlossenen Haustor. Es war bereits zehn Uhr, und etwas weiter von der Straßenkreuzung entfernt sah man in der schmalen Gasse kaum einen Schritt weit. Geos Schrei – Daniel Josz erinnerte sich gut daran – hatte ihn vor Überraschung zusammenfahren lassen. Es war ein merkwürdiger Schrei gewesen, erstickt von einer ihm unerklärlichen leidenschaftlichen Erregung. Vor Überraschung

und Verlegenheit: es war ihm nicht möglich, irgendetwas zu sagen. Schweigend, sich gegenseitig stoßend und stolpernd, hatten sie sich im vollständigen Dunkel zwei steile Treppenabsätze hinaufgetastet.
Endlich erschien auf dem obersten Treppenabsatz, halb in, halb vor der Tür, Rechtsanwalt Geremia Tabet in eigener Person. Er war im Pyjama und trug in der rechten Hand eine auf einer Untertasse stehende Kerze, deren flackernder Schein in sein von Natur blasses Gesicht, das von einem kaum sehr viel grauer gewordenen Spitzbart umrahmt wurde, unbestimmte grünliche Reflexe malte. Als Daniel Josz Tabets ansichtig wurde, blieb er stehen. Es war das erste Mal nach dem Kriege, daß er ihn wiedersah; und wenn er jetzt hier stand, im Begriff, ihm einen Besuch zu machen, so hatte er sich dazu einzig und allein entschlossen, um Geo einen Gefallen zu tun, der seinerseits nach der Besichtigung des Hauses in der Via Campofranco vor ein paar Stunden keinen anderen Gedanken zu haben schien als »Onkel Geremia«. Der Rechtsanwalt stellte die Kerze auf den Boden und zog seinen Neffen in einer langen Umarmung an die Brust; das hatte genügt, damit sich der störende Dritte, der vom Dunkel des unteren Treppenabsatzes aus diese Szene beobachtete, vergessen wie einer, der nicht dazugehörte, wieder als der arme Verwandte fühlte, den sie alle – in dieser Beziehung hatte sein Bruder Angelo stets mit den Tabets übereingestimmt – gemieden und wegen seiner »umstürzlerischen« Ideen abgelehnt hatten. Fortgehen. Ohne Gruß fortgehen. Nicht den Fuß in dieses Haus setzen. Wie schade, daß er dieser Versuchung nicht nachgegeben hatte! Was ihn dort festhielt, war tatsächlich eine Hoffnung gewesen, eine absurde Hoffnung. Schließlich und endlich, so hatte er gedacht, war die arme Luce, Geos Mutter, eine Tabet gewesen. Geremias Schwester. Vielleicht war es also bei Geo nur die Erinnerung an seine Mutter, die ihn zunächst noch davon abhielt, seinen Onkel mütterlicherseits mit der Kälte zu behandeln, die dem alten Faschisten gegenüber angebracht war . . .

Aber er hatte sich, leider, getäuscht; und für den Rest des Abends, ja, bis spät in die Nacht hinein – denn Geo schien sich nicht zum Aufbruch entschließen zu können –, war er dazu verurteilt gewesen, in einer Ecke des Wohnzimmers sitzend, den Bekundungen einer herzlichen Vertraulichkeit beizuwohnen, die kaum anders als widerlich zu nennen waren.

Zwischen den beiden schien sich instinktiv eine Art Einvernehmen hergestellt zu haben, dem sich blitzschnell auch die übrigen Mitglieder der Familie anschlossen: Tania Tabet – wie sah sie alt und mitgenommen aus! Und immer hing sie mit aufgerissenen Augen an den Lippen ihres Mannes! – und die drei Kinder, Alda, Gilberta und Romano, die sich jedoch bald zusammen mit ihrer Mutter zurückgezogen hatten, um schlafen zu gehen. Der stillschweigend geschlossene Pakt bestand darin, daß Geo auch nicht indirekt auf die politischen Irrtümer seines Onkels anspielte, während sein Onkel jede Frage vermied nach dem, was sein Neffe in Deutschland erlebt und erlitten hatte, wo schließlich auch er – und daran sollten alle denken, die da glaubten, ihm irgendwelche kleinen jugendlichen Verirrungen vorwerfen zu müssen, gewisse politische Irrtümer, wie sie nur allzu menschlich waren –, wo also auch er eine Schwester, einen Schwager und einen kleinen Neffen verloren hatte, an denen sein Herz in Liebe gehangen hatte. Was für ein Schicksalsschlag, welch ein Verhängnis! Aber am Ende mußte doch der Sinn für Maß und Takt (das Vergangene war vergangen, und es war zwecklos, es wieder aufrühren zu wollen!) stärker sein als alle anderen Motive. Besser war es, vorwärts zu schauen und der Zukunft ins Auge zu sehen. Übrigens, bei dem Stichwort Zukunft: worin bestanden – fragte in einem gewissen Augenblick der Unterhaltung Geremia Tabet, wobei er den ernsten, doch wohlwollenden Ton des Familienoberhaupts annahm, der einen weiten Horizont hat und für vieles Vorsorge zu treffen vermag –, worin bestanden Geos Pläne? Gewiß dachte er daran, das väterliche Geschäft wieder zu eröffnen: ein edles Vorhaben, das er nur gutheißen konnte, nicht zuletzt darum, weil ja *wenigstens* die Geschäftsräume noch vorhanden waren. Aber um ein solches Unternehmen mit Erfolg zu führen, brauche man Geld, viel Geld; man brauche die Unterstützung einer Bank. Könne er ihm vielleicht in dieser Hinsicht behilflich sein? Er hoffe es, er hoffe es entschieden. Wenn er aber in der Zwischenzeit, da ja das Haus in der Via Campofranco von den »Roten« besetzt sei, vorübergehend bei ihnen wohnen wolle, so würde man, wenn schon kein regelrechtes Bett, so doch jedenfalls ein Feldbett irgendwie auftreiben können.

An diesem Punkt der Unterhaltung war es, wie sich Daniel Josz erinnerte, daß er, den Kopf mit noch gespannter Aufmerksamkeit hebend, wieder und wieder vergebens zu begreifen versucht hatte.

Der Rechtsanwalt Tabet saß, in Schweiß gebadet, obwohl nur mit einem Pyjama bekleidet, mit aufgestützten Ellenbogen an dem großen schwarzen Eßtisch, in dessen Mitte die nun fast herabgebrannte Kerze dahinschmolz. Während der ganzen Zeit bearbeitete er mit den Fingerspitzen seinen grauen Bart, den klassischen Spitzbart des alten Kämpfers aus den Stoßtrupps des Faschismus, den er als einziger von den alten Faschisten in Ferrara kühn genug oder frech genug oder vielleicht auch nur schlau genug gewesen war, sich nicht abnehmen zu lassen. Was aber Geo betraf, der, an der andren Seite des Tisches sitzend, die Einladung lächelnd mit einer verneinenden Bewegung des Kopfes ablehnte, so hielt er die himmelblauen Augen mit einer eigensinnigen, ja besessenen Eindringlichkeit auf eben diesen grauen Spitzbart und die ihn strählende, etwas dickliche Hand gerichtet.

4

Der Herbst ging zu Ende, und plötzlich war der Winter gekommen, der lange, kalte Winter unserer Gegend. Dann wurde es wieder Frühling. Und langsam, gleichzeitig mit dem Frühling und doch wie nur von dem forschenden Blick Geos beschworen, kehrte auch die Vergangenheit zurück.

Merkwürdig, nicht wahr? Und doch, die Entwicklung vollzog sich in einer Weise, daß man an eine, wenn man so sagen darf, geheime dynamische Beziehung zwischen Geo und Ferrara, zwischen Geo und uns glauben mochte. Nicht leicht zu erklären, ich weiß. Da war nun auf der einen Seite der fortschreitende Gesundungsprozeß bei Geo, die Absorption seiner Aufgeschwemmtheit, die bei seinem ersten Erscheinen in der Via Mazzini im August vergangenen Jahres so viel Verwirrung und Diskussionen ausgelöst hatte. Auf der anderen Seite wurde zur gleichen Zeit, erst unsicher und zögernd, dann immer entschiedener und deutlicher, ein Bild von Ferrara und uns selber wieder lebendig, und zwar im Äußeren wie in der geistigen Haltung, wie es niemand in seinem Herzen zu einem bestimmten Zeitpunkt gern vergessen hätte.

Geo magerte allmählich wieder ab und bekam im Lauf der Monate wieder sein jugendliches Gesicht, das, wenn man von den sich lichtenden und an den Schläfen vorzeitig ergrauten Haaren absah, durch die glattrasierten Wangen nur noch jugendlicher wirkte. Aber auch die Stadt gewann, nachdem die höchsten Trümmerberge abgetragen waren und sich die anfängliche Sucht nach an der Oberfläche bleibenden Veränderungen gelegt hatte, allmählich ihr altes verschlafenes abgelebtes Aussehen wieder, das ihr die Jahrhunderte des Verfalls unter klerikaler Herrschaft, die dank einem boshaften Spruch der Geschichte plötzlich die heute so ferne, wilde und glorreiche Zeit der ghibellinischen Signoria[8] abgelöst hatte, für alle Zeiten wie eine starre Maske hinterlassen haben.

Alles an Geo sprach von seiner Sehnsucht, vielmehr seinem

Anspruch, wieder der Junge zu werden, der er wohl einmal gewesen war und zugleich doch – in der zeitlosen Hölle von Buchenwald – nie hatte sein dürfen. Und so kam es, daß auch wir, seine Mitbürger, Zeugen seiner Kindheit und seines Jünglingsalters – obschon wir uns an ihn als Knaben nur sehr dunkel erinnern konnten (er freilich erinnerte sich sehr gut an uns, wie wir damals – so ganz anders als heute! – gewesen waren) –, wieder die Menschen wurden, die wir einmal, vor dem Kriege und von jeher, gewesen waren. Warum sich wehren? Wenn *er* es so wollte, und, vor allem, wenn wir so waren, warum sollten wir ihm dann nicht den Gefallen tun? So dachte man plötzlich nachsichtig und resignierend. Aber auf unseren eigenen Willen kam es bei alledem, wie wir sehr wohl spürten, kaum oder gar nicht an. Es schien, als wären wir alle, Geo Josz auf der einen, wir auf der anderen Seite, in dieselbe langsame, weit ausgreifende, schicksalhafte Bewegung mit hineingezogen worden, der sich keiner entziehen konnte. Eine Bewegung, harmonisch wie die von Kugeln, die durch darunterliegende Zahnräder an dem gleichen unsichtbaren Zapfen miteinander verbunden sind, eine Bewegung, so langsam, daß sie nur an dem Wachsen der jungen, neu gepflanzten Platanen auf den alten Bollwerken der Stadt seit dem Sommer 1945 oder an der allmählich dichter werdenden Staubschicht auf der Gedenktafel in der Via Mazzini zu messen war.

Es wurde Mai.

Also deshalb! sagte man bei sich und lächelte. Also nur, damit das absurde Der-Vergangenheit-Nachtrauern nicht ganz so unsinnig erschiene und *seine* Illusion vollkommen wäre, nur deshalb fuhren seit dem Anfang des Monats wieder wie einst Scharen von hübschen jungen Mädchen auf ihren Fahrrädern, die Lenkstange verschwenderisch mit Sträußen aus Feldblumen behängt, langsam durch die Via Mazzini, heimkehrend ins Stadtzentrum von einem Ausflug in die ländliche Umgebung. Und es geschah gewiß aus dem gleichen

Grunde, daß zur selben Zeit, weiß Gott aus welchem Versteck gekommen, mit dem Rücken an den marmornen Pfosten gelehnt, der Jahrhunderte lang eins der drei Tore des alten Ghettos trug, unverändert wie ein kleines steinernes Götzenbild, dort wieder die zierliche Gestalt des berüchtigten Grafen Scocca erschien – ohne Ausnahme in aller Augen das Symbol der in so mancher Hinsicht glücklichen Zeiten zwischen den Kriegen. (»Schau mal an, der alte Narr ist auch wieder da!«, raunte es in den Straßen, sobald man von weitem den unverkennbaren gelblichen Strohhut erkannt hatte, schräg aufgesetzt, mit dem Rand über dem einen der beiden Ohren, dazu den Zahnstocher zwischen den dünnen Lippen und die fleischige, sinnliche Nase schnuppernd in der Luft, wie um den Geruch der Trümmer zu prüfen, den die abendliche Brise mit sich führte.)

Es war an einem dieser Abende, und die jüngste Generation schöner Mädchen aus Ferrara war, unter dem offenen Beifall, der von den schmalen Bürgersteigen kam, und den mehr im Verborgenen bewundernden Blicken aus den dunklen Läden im Hintergrund, langsam die Via Mazzini heraufgeradelt und kam, im Begriff, in die Piazza delle Erbe einzubiegen, lachend vorbei. Vor diesem Schauspiel des sich ewig erneuernden Lebens, das doch immer das gleiche bleibt, unberührt von allen Problemen und Leidenschaften der Menschen, gab es wirklich kein noch so finsteres Gesicht, das sich nicht aufgehellt hätte.

Die kleine Bühne der Via Mazzini zeigte zur Linken, vom Hintergrund der Straße heraufkommend, die dichten, vom Sonnenlicht überfluteten Reihen der Mädchen auf ihren Rädern; zur Rechten, unbeweglich und so grau wie der Stein, an den er sich lehnte, den Grafen Scocca. Wie sollte man nicht lächeln vor einem solchen Bild und diesem schon wie zukünftigen Licht, das es umspielte? Wie sich nicht bewegt fühlen von der Weisheit dieses Sinnbildes, in dem mit einemmal alles seine Versöhnung fand: das Gestern mit seiner Not und seinem Grauen und das so viel lichtere, glücklichere Heute mit all seinen Verheißungen? Kein Zweifel, wer sah, wie dieser nicht mehr junge und gänzlich verarmte Patrizier mit Behagen seinen alten Beobachtungsposten wieder einnahm, von dem man, wenn man ein so scharfes Auge und ein so feines Ohr hatte wie er, die Via Mazzini in ihrer ganzen Länge mit der anstoßenden Piazza delle Erbe beobachten konnte, den verließ jäh der Mut, ihm vorzuwerfen, daß er jahrelang ein bezahlter Spitzel der OVRA, der faschistischen politischen Polizei, gewesen war, oder daß er von 1939 bis 1943 die Ortsgruppe des italienisch-deutschen Kulturinstituts geleitet hatte. Sein Schnurrbärtchen à la Hitler, das er sich für die Gelegenheit hatte stehen lassen und noch immer trug, regte heute nur noch zu von Sympathien, ja, sogar von Dankbarkeit getragenen Überlegungen an. Warum auch nicht?

Daher empfand man es als skandalös, daß sich Geo Josz dem Grafen Scocca gegenüber – der im Grunde nur ein harmloses Original war – in einer Weise benahm, die nicht nur von Sympathie und Dankbarkeit weit entfernt war, sondern auch von dem elementarsten Gefühl für Takt und Menschlichkeit. Die Überraschung war um so größer, als es sich seit einiger Zeit eingebürgert hatte, über Geo und seine Sonderbarkeiten, zum Beispiel seine Aversion gegen die sogenannten »Kriegsbärte«, wohlwollend und verständnisvoll zu lächeln. Wenn man von Geo und seinen allgemein bekannten Eigenheiten sprach (»er hat etwas gegen Bärte! Na, wenn es weiter nichts ist . . .«), war es Gewohnheit geworden, die resignierende Miene aufzusetzen, mit der man einem Zwang, einer Belästigung nachgibt und nun bereit ist, dem andern seinen Willen zu tun, »damit er zufrieden ist« und, vor allem, »um ihm eine Freude zu machen«, und so war es auch in der Tat. Andererseits durfte man es ihm auch – um bei den Bärten zu bleiben, deren einer nach dem anderen nun unter der Schere des Friseurs fiel – als Verdienst anrechnen – da ja das alles mehr oder weniger nur geschah, »damit er zufrieden ist« oder »um ihm eine Freude zu machen« –, daß so viele Ehrenmänner es endlich wagten, wieder ihr Gesicht im nackten Licht des Tages nackt zu zeigen. Gewiß, es war nicht zu leugnen, daß sich der Rechtsanwalt Geremia Tabet, Geos Onkel mütterlicherseits, den Bart noch nicht hatte abnehmen lassen und ihn sich aller Wahrscheinlichkeit nach niemals abnehmen lassen würde. Aber das mochte erstaunlich nur für den sein, der nicht in Gedanken sogleich die Verbindung zwischen diesem armseligen grauen Spitzbart und der schwarzen Lodenjacke, den blanken schwarzen Reitstiefeln und dem schwarzen Samt-Fes herstellen konnte, in deren Glanz sich der Rechtsanwalt Tabet bis zum Sommer 1938, bis zum unwiderruflichen Ende der »schönen Zeiten«, jeden Sonntagmittag zwischen zwölf und ein Uhr im Caffè della Borsa zu zeigen pflegte. –

Der Zwischenfall erschien zunächst vollkommen unwahrscheinlich. Niemand wollte daran glauben. Man konnte sich die Szene einfach nicht vorstellen: Geo, der, nichts Ungewöhnliches ahnen lassend, gemächlich in das Gesichtsfeld des an der Mauer lehnenden Grafen trat; Geo, der kurzerhand dem alten Spitzel zwei Ohrfeigen auf die pergamentenen Wangen gab, zwei schallende Ohrfeigen, ganz im Stil der »alten Kämpfer«. Am Vorgang selbst war nicht zu zweifeln: Dutzende von Menschen hatten ihn beobachtet. Doch war es andrerseits nicht ziemlich merkwürdig, daß verschiedene und zwar gegensätzliche Darstellungen dieses Vorgangs im Umlauf waren? Beinahe kam man so weit, nicht nur an der Richtigkeit jeder einzelnen dieser Versionen zu zweifeln, sondern überhaupt daran, daß sich dieser Doppelknall, *pam pam*, so schallend, daß man ihn nach übereinstimmender Aussage aller Zeugen auf weite Entfernung in der Via Mazzini hören konnte, vor der Kapelle von San Maurelio, das heißt einige Meter vom Standort des Grafen entfernt, bis zur Höhe der Synagoge und sogar noch weiter, wirklich und tatsächlich ereignet hatte. Vielfach sah man in der Handlungsweise Geos eine unmotivierte Geste, für die man vergebens eine Erklärung suchte. Noch wenige Augenblicke zuvor hatte man ihn langsam in der gleichen Richtung gehen sehen wie die radelnden Mädchen, die ihn eine nach der anderen überholten. Er hatte während der ganzen Zeit nicht den Blick von der Straßenmitte gewandt, und nichts in seinem Gesicht, in dem sich Freude und Verwunderung zugleich ausdrückten, ließ auf das schließen, was einen Augenblick später geschehen sollte. Als Geo bis zu der Stelle gekommen war, an der Graf Scocca stand, und gerade den Blick von einem Radfahrer-Terzett wandte, das sich eben anschickte, von der Via Mazzini auf die Piazza delle Erbe einzubiegen, blieb er plötzlich stehen. Die Gegenwart des Grafen an dieser Stelle und zu dieser Stunde schien ihm, gelinde gesagt, unbegreiflich zu sein. Jedenfalls zögerte er nur einen winzigen Moment, gerade lange genug, um die Brauen zu heben, die Lippen aufeinanderzupressen, krampfhaft die Fäuste zu ballen und ein paar abgebrochene, unzusammenhängende Worte zu murmeln. Wonach er, wie von einer Sprungfeder vorgeschnellt, buchstäblich auf den armen Grafen lossprang, der bis zu diesem Augenblick mit nichts zu erkennen gab, daß er Geo bemerkt hätte.

Und das ist die ganze Geschichte? Und doch mußte es einen Grund geben, wandten andere ein und bissen sich voller Zweifel auf die Lippen. Graf Scocca hatte Geos Kommen nicht bemerkt; darüber, so merkwürdig dieser Umstand selbst sein mochte, waren sich alle Zeugen ziemlich einig. Aber wie sollte man sich vorstellen, daß Geo gerade in dem Augenblick, als er höchst interessiert den drei jungen Mädchen nachsah, die in dem goldenen Nebel der Piazza delle Erbe verschwanden, den Grafen bemerkte?

Nach der Meinung dieser anderen hatte der Graf nicht vollkommen unbewegt und still den Straßenverkehr beobachtet, mit nichts anderem beschäftigt, als dem Bild zu gleichen, das er und die Stadt sich in einträchtiger Sympathie von ihm machten, vielmehr hatte er etwas Bestimmtes getan. Etwas, das niemand, der mehr als zwei Meter von ihm entfernt vorbeikam, bemerken konnte – auch darum nicht, weil er dabei nicht aufhörte, mit den Lippen einen Zahnstocher von einem Mundwinkel in den anderen zu schieben. Er pfiff nämlich leise vor sich hin, so leise, daß es nicht so sehr schüchtern als vielmehr nur beiläufig klang, ein müßiges, unbewußtes Vorsichhinpfeifen, das gewiß auch niemand bemerkt hätte, wäre die Melodie nicht die von »Lili Marleen« gewesen. (War nicht das gerade das köstliche Detail an dieser Geschichte, für das man dem alten Spitzel dankbar sein mußte?)

... an der Laterne stehn,
mit dir, Lili Marleen.

So pfiff leise, aber deutlich, Graf Scocca, während auch er, ungeachtet seiner siebzig und mehr Jahre, mit den Blicken den Mädchen auf den Rädern folgte. Vielleicht hatte auch er für einen Augenblick sein Pfeifen unterbrochen und in den allgemeinen Lobes-Chor miteingestimmt, der sich vom Bürgersteig der Via Mazzini erhob, und hatte, gutmütig-sinnlich, wie es in der Emilia üblich ist, etwas im Dialekt gemurmelt wie: »Ihr von Gott gesegneten Töchter!« oder »Gesegnet seid ihr und die Mutter, die euch geboren hat!« Aber das Unglück wollte, daß ihm die müßige, friedlich-harmlose Melodie – harmlos, versteht sich, für jeden anderen außer Geo! – sogleich wieder auf die Lippen kam. Unnötig hinzuzufügen, daß von hier an bis zum Ende diese zweite Version völlig mit der ersten übereinstimmte.

Aber es gab noch eine dritte Darstellung des Falles; und in dieser kam ebenso wenig wie in der ersten etwas von »Lili Marleen« oder sonst einem mehr oder weniger unschuldigen oder auch provozierenden Pfeifen vor.

Wenn man dieser Auffassung Glauben schenkte, war es der Graf gewesen, der Geo anhielt. »Hallo!« habe er gerufen, als er ihn kommen sah, und Geo sei stehengeblieben. Der Graf habe ihn sofort angesprochen und ihn bei seinem Namen und Vornamen genannt (»schau, bist du nicht Geo Josz, der Sohn meines Freudes Angiolino?!«), denn Lionello Scocca wußte von allen alles, und auch die Jahre, die er, niemand wußte wie und wo, versteckt leben mußte, hatten keineswegs sein Gedächtnis getrübt oder seine Fähigkeit vermindert, ein Gesicht unter tausend wiederzuerkennen, selbst ein Gesicht wie das Geos, der nicht in Ferrara sondern in Buchenwald zum Mann geworden war. So hätten sich also beide, bevor sich Geo von einem Augenblick zum andern auf den Alten stürzte und ihn ohne Rücksicht auf sein Alter oder sonst etwas heftig ohrfeigte, noch ein paar Minuten durchaus liebenswürdig miteinander unterhalten. Graf Scocca hatte sich, wie es in dieser Darstellung hieß, nach dem Ende Angelos erkundigt, dem er sich, wie er sagte, *immer* sehr verbunden gefühlt habe, um Geo dann eingehend nach dem Schicksal seiner übrigen Angehörigen zu befragen, einschließlich des kleinen Pietruccio, wobei er »diese grauenhaften Exzesse« beklagt und ihn gleichzeitig zu seiner Rückkehr beglückwünscht habe. Geo antwortete, zwar nicht ohne ein verlegenes Zögern, doch er antwortete. Die beiden boten einen Anblick, nicht anders als zwei beliebige Bürger der Stadt, die sich auf der Straße über dies und jenes unterhalten, um die Zeit bis zum Dunkelwerden auszufüllen. Was aber Geo schließlich veranlaßte, den Grafen tätlich anzugreifen, dem man billigerweise zugute halten mußte, daß er nichts gesagt hatte, das seinen Gesprächspartner irgendwie beleidigen oder verletzen könnte, oder auch nur die kleinste Melodie gepfiffen hätte, – nun, in diesem »Rätsel« zeigte sich gerade, wie die Anhänger dieser dritten Version meinten, der ganze wunderliche Charakter Geos, und die Diskussion der Meinungen und Vermutungen zu diesem Thema sollte noch lange kein Ende nehmen.

5

Wie sich der Vorfall auch in Wirklichkeit abgespielt haben mochte, sicher war, daß sich von diesem Mai-Abend an vieles in Ferrara änderte. Wer verstehen wollte, der verstand. Die anderen, die in der Mehrzahl waren, spürten zumindest, daß eine Wendung eingetreten war und etwas Gewichtiges, nicht Wiedergutzumachendes geschehen war.

So konnte man zum Beispiel am Tag darauf zum erstenmal bewußt feststellen, wie mager Geo geworden war.

Grotesk wie eine Vogelscheuche erschien er zum allgemeinen Erstaunen, in das sich Sorge und Unbehagen mischten, wieder in den gleichen Kleidungsstücken, in denen er im August 1945 aus Deutschland heimgekehrt war, Pelzmütze und Lederjacke dabei nicht vergessen. Sie waren ihm jetzt so weit geworden – und er hatte, wie man sah, sie sich auch nicht passend machen lassen –, daß sie wie von einem Kleiderhaken an ihm herabhingen. Da kam er also den Corso Giovecca herauf, im strahlenden friedlich-heiteren Licht der Morgensonne, das auf seine Lumpen schien, und die Leute wollten ihren Augen nicht trauen. In all diesen Monaten hatte er nichts anderes getan, als mager zu werden, als gleichsam auszutrocknen! Und allmählich war nur noch die Hülse von ihm übriggeblieben. Aber niemand brachte es fertig zu lachen, und nur sehr wenige von denen, die ihn den Corso Giovecca auf der Höhe des Städtischen Theaters überqueren und weiter zum Corso Roma gehen sahen (wobei er mit der Vorsicht eines alten Mannes auf Autos und Fahrräder achtete), konnten sich bei seinem Anblick eines geheimen Schauders erwehren.

Und damit richtete sich Geo, ohne je wieder in einem anderen Anzug zu erscheinen, man kann sagen, ständig, im Caffè della Borsa am Corso Roma ein, wo sich übrigens mit der Zeit wieder, wenn auch nicht gerade die Folterknechte und Schlächter der Schwarzen Brigade, die noch eine übrigens schon nicht mehr »aktuelle« Verurteilung im Verborgenen hielt, so doch

die alten Prügelhelden und Kämpfer aus den Jahren 1922 bis 24 sehen ließen, die ihren Opfern Rizinusöl zu verabreichen pflegten und die der letzte Krieg in Vergessenheit hatte geraten lassen. In Lumpen gehüllt, fixierte Geo von seinem Tisch aus diese Gruppen mit jener Miene, in der Herausforderung und zugleich ein flehender Ausdruck lagen. Seine Haltung stach, durchaus zu seinem Nachteil natürlich, von der schüchternen Zurückhaltung und dem Wunsch, nicht aufzufallen, ab, der sich in jeder Geste dieser einstigen Tyrannen bekundete. Alt und unschädlich geworden, mit allen Zeichen des Verfalls im Gesicht und in der Gestalt, die die Jahre des Unglücks noch prononcierter hervortreten ließen, dabei zurückhaltend, wohlerzogen und gut gekleidet, wirkten sie sehr viel menschlicher, rührender und des Mitleids würdiger als Geo. Was wollte er eigentlich, begann man sich von neuem zu fragen. Denn die Zeit der Unsicherheit und Ratlosigkeit, jene heute fast heroisch anmutende Zeit, in der man noch vor der kleinsten Entscheidung haarspalterische Überlegungen anstellte, jene romantische Zeit, die dem Kriegsende unmittelbar gefolgt war und in der man allen Fragen der Moral und der Gewissenserforschung gegenüber so aufgeschlossen gewesen war – sie ließ sich doch, leider, nicht mehr zurückholen. Was also wollte Geo Josz? Es war die alte Frage, nur heute ohne die geheimen Ängste von damals, vielmehr mit der brutalen Ungeduld gestellt, zu der das auf seine Rechte pochende Leben zwang.
So kam es denn – mit Ausnahme von Onkel Daniel, den die »so sichtbare« Anwesenheit einiger der bekanntesten Exponenten der faschistischen Frühzeit von ehemaligen Obersten der faschistischen Miliz, ehemaligen Segretari Federali, ehemaligen Bürgermeistern und so weiter stets mit Entrüstung erfüllte und in eine streitbare Laune versetzte (nun, seine Anhänglichkeit an Geo war ja zu natürlich und selbstverständlich, als daß sie wirklich als tröstliche Ausnahme zählen konnte) –, so kam es denn, sage ich, nur noch selten vor, daß sich ein Gast im Caffè della Borsa die Mühe gab, sich aus seinem

Korbsessel zu erheben und die paar Schritte bis zu Goes Tisch zu machen, um sich zu ihm zu setzen.

Gewiß, einige taten es noch, die nicht so schnell wie die anderen ihrem inneren Widerwillen nachgaben. Aber sie empfanden bei dieser freiwillig auf sich genommenen Fron jedesmal das gleiche Gefühl von Peinlichkeit. Man konnte sich nicht, wie sie beteuerten, mit einem verkleideten Mann unterhalten! Andererseits, wenn man ihn allein sprechen ließ, begann er sofort von Fòssoli, von Deutschland und Buchenwald zu erzählen, so daß man nicht wußte, wie man sich drücken sollte. Hier im Café unter der gelben Markise, die der Scirocco peitschte und die kaum Tische und Stühle vor der Glut der nachmittäglichen Sonne schützte, blieb einem, wenn Geo erzählte, nichts anderes übrig, als mit den Augen etwas den Bewegungen des Arbeiters dort vorn zu folgen, der damit beschäftigt war, die Löcher im Grabendamm vor dem Kastell mit Kalk zuzustopfen, die noch von den Schüssen an jenem 15. Dezember 1943 stammten. (Übrigens, diese Reparatur mußte wohl der neue kommissarisch eingesetzte Präfekt angeordnet haben, den Rom kürzlich, nach der plötzlichen Flucht Doktor Herzens ins Ausland, geschickt hatte.) Indessen gab Geo die Worte wieder, die sein Vater gesprochen hatte, kurz bevor er vor Erschöpfung auf dem Weg vom Lager zum Salzwerk, in dem sie beide arbeiteten, zusammengebrochen war. Und er ahmte mit der Hand die kleine Abschiedsgeste seiner Mutter nach, als sie mit ihrem Transport mitten im Wald angekommen waren und seine Mutter zusammen mit den anderen Frauen fortgeführt wurde. Und dann erzählte er, wie Pietruccio, sein kleiner Bruder, der im Dunkel des Lastwagens, der sie vom Bahnhof durch den Tannenwald zu den Lagerbaracken brachte, neben ihm gesessen hatte und von einem Augenblick zum andern verschwunden war, ohne daß ein Schrei, eine Klage, zu hören gewesen wäre und ohne daß man je etwas über sein Schicksal in Erfahrung bringen konnte, damals nicht und heute nicht ... Grauenhaft, selbstverständlich, herzzerreißend. Aber in alledem war etwas Übertriebenes – erklärten übereinstimmend alle, die von diesen allzu langen und niederdrückenden Sitzungen mit Geo kamen, wobei sie sich, wie eingestanden werden muß, ehrlich über die eigene Gefühlskälte wunderten –, es war ein falscher, forcierter Ton in diesem Bericht. Vielleicht war die Propaganda daran schuld, fügten sie wie zu ihrer Entschuldigung hinzu. Sie hatten *seinerzeit* so viele solcher Geschichten gehört, daß sie sich, wenn sie ihnen heute noch aufgetischt wurden und dabei vielleicht gerade die Uhr vom Kastell an das Mittag- oder Abendessen mahnte, ehrlich gesagt, einer gewissen Langeweile und Ungläubigkeit nicht ganz erwehren konnten. Und schließlich: als ob es genügte, sich eine Lederjacke anzuziehen und eine Pelzmütze auf den Kopf zu stülpen, um seine Zuhörer zu ernsthafterer Aufmerksamkeit zu veranlassen!

Während der Jahre 1946, 1947 und zum großen Teil auch 1948 stand uns die allmählich immer abgerissener und trostloser wirkende Gestalt Geo Josz' ständig vor Augen. Auf den Straßen und Plätzen der Stadt, im Kino oder Theater, als Zuschauer auf dem Sportplatz und bei öffentlichen Veranstaltungen – man brauchte nur den Kopf zu wenden, und schon erblickte man ihn: unermüdlich und immer wie mit einem Schatten melancholischen Staunens im Blick, so als wünschte er sich nichts Besseres, als mit einem ins Gespräch zu kommen. Aber sie mieden ihn alle wie die Pest. Niemand verstand ihn. Niemand wollte ihn verstehen.

Als er damals aus Buchenwald zurückgekommen war, das Herz voll Gram und Kummer, hatte man nur zu gut verstanden, daß er am liebsten zu Hause blieb, oder, wenn er ausging, instinktiv statt einer Straße, wie es der Corso Giovecca ist, so breit und großzügig angelegt, daß mitunter dem Gesündesten eine Art Schwindel ankam, wenn er ihn betrat, daß er statt dessen die winkligen Gassen der Altstadt und die engen, dunklen Gäßchen des Ghettos bevorzugte. Aber daß er in der Folgezeit, nachdem er den Gabardine-Anzug, den er bei Squarcia, dem besten Schneider der Stadt, nach Maß hatte arbeiten lassen, abgelegt und statt dessen wieder seine triste Deportierten-Uniform aus dem Schrank geholt hatte, sich nun alle Mühe gab, überall dort aufzutauchen, wo Leute zusammenkamen – sei es, um sich zu zerstreuen, oder aus einem gesunden Bedürfnis heraus, der Ausweglosigkeit dieser schlimmen Nachkriegszeit zu entkommen, in irgendeiner Weise weiterzumachen und sein Leben »wieder aufzubauen« –, welche Entschuldigung konnte er für ein so wunderliches und provozierendes Verhalten vorbringen? Als er – es war ein Augustabend 1946 – den schlechten Geschmack hatte, in diesem Aufzug mehr als ein Jahr nach Kriegsende, in dem neu eröffneten *Dancing* im Freien (draußen vor der Porto San Benedetto, wo der Doro einen Knick macht) zu erscheinen, kümmerte es ihn wenig, daß den Gästen das Lachen auf den Lippen erstarb. Dabei war es keines der üblichen Lokale! Wie jeder sehen konnte, handelte es sich hier um ein hochmodernes Lokal im amerikanischen Stil, mit prächtiger Neon-Beleuchtung, mit Bar und Restaurant, die durchgehend geöffnet blieben, und einer Küche, die ständig bereit war, – ein Lokal, gegen das sich kein ernsthafterer Einwand erheben ließ (nach dem, was man in dem Artikel lesen konnte, den dieser junge Narr, Nino Bottecchiari, in der »Gazzetta del Po« geschrieben hatte) als der, daß es keine hundert Meter von dem Ort entfernt war, an dem 1944 als Vergeltungsmaßnahme die fünf leitenden Mitglieder des illegalen Nationalen Befreiungskomitees erschossen worden waren. Nun, abgesehen davon, daß das Tanzlokal an der Biegung des Doro in der Luftlinie nicht hundert, sondern mindestens zweihundert Meter von dem Gedenkstein – in Form eines marmornen Säulenstumpfs –, der an die Hinrichtung gemahnte, entfernt war, konnte es nur einem fanatischen Menschenfeind einfallen, sich über ein so liebenswürdiges und fröhliches Lokal zu ergrimmen. Was war denn Schlimmes dabei? In den ersten Monaten ging mehr oder weniger jeder einmal hin, wenn man nach Mitternacht aus dem Kino kam, meist in der Absicht, dort nur einen kleinen Imbiß zu nehmen. Oft aber endete man bei einem regelrechten Souper und tanzte danach zur Musik des Radios oder Plattenspielers, manchmal mitten unter den Kraftfahrern und Reisegesellschaften, und blieb bis zum Morgengrauen. Nichts konnte natürlicher sein. Das durch den Krieg unterbrochene gesellschaftliche Leben kam wieder in Gang. Das Leben fing wieder an. Und es ist bei solchem Neubeginn, wie jeder weiß, nicht besonders heikel.

Plötzlich leuchteten alle Gesichter, die noch einen Augenblick zuvor einen verzweifelt fragenden Ausdruck gezeigt hatten, im Licht boshaften Bescheidwissens auf. Wie, wenn Geo mit seiner hartnäckigen und provozierenden Gewohnheit, sich überall in dieser Vermummung zur Schau zu stellen, einen bestimmten politischen Zweck verfolgte? Wenn er – und man blinzelte sich zu – Kommunist wäre?

An jenem Abend in der Tanzbar zum Beispiel, wo er angefangen hatte, die Photographien seiner in Buchenwald umgekommenen Angehörigen herumzuzeigen, war seine Zudringlichkeit so weit gegangen, junge Paare am Rockschoß festzuhalten, die doch nichts anderes im Sinne hatten, zumal das Orchester gerade wieder einsetzte, als sich umschlungen aufs Tanzparkett zu stürzen. Nein, das war keine Einbildung: Hunderte hatten es beobachtet. Was anderes also konnten diese Gesten, dieses honigsüße Grinsen, diese beschwörenden – freilich, auf ironische Weise beschwörenden! – Grimassen, all sein bizarres und makabres Gebärdenspiel bedeuten, als daß er mit Nino Bottecchiari, mit dem er sich letzthin über das Haus in der Via Campofranco geeinigt hatte, auch über alles andere, und das heißt über den Kommunismus, ein Herz und eine Seele war? Nun, wenn es so stand und er nicht mehr war als ein mißbrauchter Schwachkopf, war es da im Grunde nicht ganz gerechtfertigt, daß der Klub der Freunde Amerikas, auf dessen Mitgliederliste ihn irgend jemand im Durcheinander und Enthusiasmus der ersten Nachkriegsmonate sozusagen von

Amts wegen eingesetzt hatte, ihn nun plötzlich als eine selbstverständliche Vorsichtsmaßnahme aus den Reihen seiner Mitglieder ausschloß? Wahrscheinlich wäre niemand auf die Idee gekommen, es handele sich um Geo Josz. Aber, es war ganz offensichtlich, er wollte den Skandal. Jedenfalls fanden sich die Klubdiener, als er in jener Nacht (es war im Februar 1947) mit Gewalt in den Klub eindringen wollte, nicht einem manierlich gekleideten Herrn gegenüber, sondern, was sie vor sich sahen, war ein merkwürdiges Individuum, heruntergekommen wie ein Bettler, mit dem kahlgeschorenen Schädel der Zuchthäusler, der, stinkend und schmutzig, an den armen Tugnín aus dem Asyl erinnerte und der nun im Vestibül, wo die Mäntel und Pelze wie in einer Auslage aufgereiht von den Kleiderbügeln hingen, laut verkündete, daß er regulär eingetragenes Mitglied sei – was sich dann auch als zutreffend herausstellte – und folglich den Klub jederzeit besuchen könne. Wie hätte man dem Klub ernstlich vorwerfen können, daß er Geo gegenüber eine so radikale Entscheidung traf, da ja schon im Herbst des vergangenen Jahres die Mitgliederversammlung einmütig den Wunsch ausgesprochen hatte, der Klub möge so bald wie möglich wieder seinen alten ruhmbedeckten Namen »Concordia« annehmen und damit die Mitgliedschaft von neuem den Adelsfamilien – wie den Costabili, Del Sale, Maffei, Scroffa, Scocca und so weiter – wie den vornehmsten Familien des Bürgertums vorbehalten? Wenn es den »Freunden Amerikas«, *pro temporum calamitatibus*, passend erschienen war, keine besonderen Aufnahmeschwierigkeiten zu machen, so brauchte aber die »Concordia« heute keine Angst mehr zu haben, wieder gewisse Normen zu beachten, gewissen ein Jahrhundert alten Gepflogenheiten zu folgen und eine selbstverständliche Exklusivität zu pflegen – was durchaus nichts mit Politik zu tun hatte! Warum sollte es anders sein? War daran etwas merkwürdig? Auch die alte Maria, Maria Ludargnani, die im selben Winter, 46 auf 47, ihr Rendezvous-Haus in der Via Arianuova wiedereröffnet hatte (es war schließlich der einzige Ort, an dem man zusammenkommen konnte, ohne daß politische Auseinandersetzungen die Beziehungen vergifteten, und wo man die Abende so wie früher verbrachte, zumeist nur plaudernd oder mit den Mädchen Karten spielend ...), auch Maria wollte absolut nichts davon wissen, daß man Geo einließ, als er eines Nachts an ihre Tür klopfte. Und sie wich nicht von ihrem Beobachtungsposten am Guckloch, bis sie ihn endlich im Nebel fortgehen sah. Kurz und gut, wenn es in diesem Augenblick niemandem in den Sinn kam, daß Geo eines Rechts beraubt wurde, so mußte man um so mehr anerkennen, daß der »Concordia«-Klub sich ihm gegenüber durchaus korrekt verhalten hatte. Die Demokratie mußte, wenn anders dieser Name überhaupt einen Sinn hatte, *alle* Bürger schützen, ob hoch oder niedrig – niedrig, schön und gut, aber dann auch hoch!

Erst 1948, nach den Wahlen vom 18. April und nachdem sich die ferraresische Sektion der ANPI gezwungen sah, in drei Zimmer des alten faschistischen Parteilokals im Viale Cavour umzusiedeln (womit man einen späten Beweis dafür hatte, daß die Gerüchte, der Hauseigentümer von der Viale Campofranco sei Kommunist, reine Phantasien gewesen waren), erst im Sommer dieses Jahres entschloß sich Geo Josz, die Stadt zu verlassen. Er verschwand unversehens, wie eine Romanfigur, ohne die geringste Spur zu hinterlassen. Sofort behaupteten die einen, er sei auf den Spuren Doktor Herzens nach Palästina ausgewandert, die anderen wollten wissen, nach Südamerika, und wieder andere sprachen von einem nicht näher genannten Land »hinter dem Eisernen Vorhang«.

Ein paar Monate sprach man noch von ihm, so im Caffè della Borsa, im Dancing am Doro, bei Maria Ludargnani und an vielen anderen Orten. Daniel Josz fand mehrmals Gelegenheit, öffentlich zu diesem Thema Stellung zu nehmen. Rechtsanwalt Geremia Tabet trat als Sachwalter der keineswegs unbedeutenden Interessen des Verschwundenen auf. Und immer wieder hörte man die Leute sagen: »Was für ein Narr!«

Sie schüttelten gutmütig den Kopf, preßten stumm die Lippen aufeinander und richteten den Blick nach oben.
»Wenn er doch ein bißchen mehr Geduld gehabt hätte!« fügten sie seufzend hinzu; und wieder meinten sie es ehrlich, und wieder waren sie aufrichtig betrübt.
Schließlich erklärten sie, daß die Zeit, die alles in dieser Welt ins Lot bringt und dank der auch Ferrara glücklicherweise in seiner alten Gestalt aus den Ruinen wiederauferstand, daß die Zeit am Ende auch ihn beruhigt und ihm in sein eigentliches Geleise zurückgeholfen hätte, geholfen, im großen Räderwerk seinen Platz zu finden, denn schließlich und endlich lag da sein Problem. Aber nein, er war lieber davongelaufen. Verschwunden. Spielte Tragödie. Gerade jetzt, da er, wenn er das endlich freigewordene Haus in der Via Campofranco vorteilhaft vermietete und dem väterlichen Geschäft den nötigen frischen Impuls gäbe, recht behaglich hätte leben können, ja, ein Herrenleben führen und auch einmal daran denken, eine Familie zu gründen. Sich zu verheiraten, gewiß; denn es gab in Ferrara in der Gesellschaftsschicht, der er selbst angehörte, kein junges Mädchen, das im gegebenen Falle in dem Unterschied der Religion ein unüberwindliches Hindernis gesehen hätte (was das betrifft, waren die Jahre nicht umsonst dahingegangen; man war heute in dieser Beziehung überall sehr viel weniger streng als früher einmal!). Als der Sonderling, der er war, hatte er das nicht wissen können; aber mit neunundneunzig zu hundert bestand die Wahrscheinlichkeit, daß es am Schluß so gekommen wäre. Die Zeit hätte alles in Ordnung gebracht, so, als ob nie etwas passiert wäre. Gewiß, man mußte warten können. Man mußte seine Nerven im Zaum halten können. Aber hatte man je erlebt, daß sich ein Mensch so unvernünftig benahm? Je einen unverständlicheren Charakter gesehen? Ach, die Szene mit Graf Scocca war ja mehr als genug, von allem anderen zu schweigen, um zu begreifen, mit was für einer Art Mensch, was für einem lebenden Rätsel man es da zu tun hatte ...

6

Allerdings, ein Rätsel.

Und doch, genau genommen, wenn man nur, in Ermangelung von genaueren Hinweisen, an dieses Gefühl von Sinnlosigkeit und gleichzeitig von Offenbarung denkt, das im hereinbrechenden Abend so leicht jede beliebige Begegnung in uns auslösen kann, dann enthält gerade die Episode mit Graf Scocca durchaus nichts Rätselhaftes, nichts, das ein nur ein wenig mitfühlendes Herz nicht verstehen könnte.

Ach ja, es ist wahr, daß das Tageslicht langweilig ist, die Zeit, in der der Geist schläft, die »platte Munterkeit«, wie der Dichter sagt. Aber warte nur auf die Stunde der Dämmerung, der stillen Dämmerung eines Maiabends, in der sich Licht und Schatten die Waage halten; da geschieht es vielleicht, daß sich dir Dinge und Menschen, die eben noch einen ganz normalen, gleichgültigen Eindruck machten, auf einmal als das enthüllen, was sie in Wahrheit sind, daß sie plötzlich zu dir reden – und es mag sein, daß du dich in diesem Augenblick wie vom Blitz getroffen fühlst –, zum ersten Mal zu dir reden, von sich und von dir.

»Was habe ich mit dem da zu schaffen? Wer ist dieser Mensch? Und ich, der ich auf seine Fragen antworte und damit auf das Spiel eingehe, das er mit mir treibt, wer bin ich?«

Die Antwort, die Lionello Scocca nach einigen Augenblicken stummer Verwunderung auf seine dringlichen, wenngleich höflichen Fragen erteilt wurde, bestand aus zwei blitzschnell gegebenen Ohrfeigen. Aber auf diese Fragen hätte auch ein unmenschlicher Wutschrei antworten können, ein Schrei, so laut, daß ihn die ganze Stadt, soviel von ihr noch hinter der intakt gebliebenen, trügerischen Kulisse der Via Mazzini erhalten war, bis weit zum alten Stadtwall, voll Entsetzen gehört hätte.

Die letzten Jahre der Clelia Trotti

Man liebt nicht wirklich die, deren Liebe man mit einer Täuschung gewonnen hat. Ich erinnere mich, daß ein dem Tode naher Kranker nicht einmal mit den Menschen sprechen wollte, die ihn liebten, weil er selbst ihnen seine Liebe nur vorgetäuscht hatte.

Italo Svevo

1

Wer den weiten architektonischen Komplex des Städtischen Friedhofs von Ferrara, wie er sich dem Beschauer darbietet, der aus der engen Via Borso auf den riesigen Platz der Certosa tritt, als eine Stätte des Trostes bezeichnet, läuft verständlicherweise Gefahr, daß man ihn auslacht oder gar in wenig schmeichelhafter Weise tituliert. Der Tod ist in Italien nie, und schon gar nicht hier in der Emilia, beliebt gewesen, geschweige denn trostspendend ... Und doch, wie eng auch die Via Borso sein mag – eine gerade, etwa zweihundert Meter lange Straße, auf beiden Seiten von dem die Mauern zweier großer Villenparks überhängenden Laub gerahmt und mit den Werkstätten der Steinmetzen am einen und den Blumenläden am anderen Ende, mit dem Asphaltpflaster, auf dem die Hufe der schweren Zugpferde dumpf aufschlagen, nichts anderes als ein enger Schlauch –, der plötzliche Ausblick auf den Friedhof, den diese Straße bietet,vermittelt immer wieder einen heiteren, fast festlichen Eindruck.

Um sich eine Vorstellung von dem Platz der *Certosa* zu machen, denke man sich eine weite, so gut wie leere Wiese, auf der hier und da verstreut die wenigen Grabmäler hervorragender nichtkatholischer Männer des vergangenen Jahrhunderts stehen (einige Freimaurer, ein israelitischer Freidenker, zwei oder drei Protestanten), mit anderen Worten: eine Art Exerzierplatz. Auf einer Seite erstreckt sich ein roter Säulengang aus dem Quattrocento, mit der unvollendeten, rauhen Fassade der Kirche von San Christoforo in der Mitte,

in einem Bogen bis zur Stadtmauer; an schönen Tagen scheint die Sonne glühend auf die Arkaden. Auf der anderen Seite, nach Südwesten, stehen nur ärmliche Bauernhäuser, die kaum höher sind als die niedrigen Mauern, die die ausgedehnten Gemüsegärten voneinander trennen, deren es noch heute sehr viele in diesem Randgebiet der Stadt gibt – niedrige Mauern und niedrige Häuser also, die im Vergleich zu dem gegenüberliegenden breiten Bollwerk des roten Bogengangs am Friedhof nur wie kleine Runzeln sind, winzige Hindernisse für die Flut der Nachmittags- und Abendsonne. In diesem derart begrenzten Bereich erinnert in der Tat kaum etwas an den Tod. Sogar die beiden Engelspaare aus Terrakotta, die an den beiden Enden des Bogengangs auf den Arkaden stehen und so dargestellt sind, als erwarteten sie vom Himmel, auf den sie ihren Blick gerichtet halten, nur das Zeichen, um die großen bronzenen Posaunen zu blasen, die sie bereits an den Mund gesetzt haben, selbst sie haben nichts Schreckliches. Sie blasen probeweise die roten Backen auf, voller Ungeduld darauf wartend, musizieren und spielen zu dürfen, wie es zu den vier kräftigen jungen Burschen paßt, die gewiß vom Lande sind und aus unserer Gegend stammen und mit deren Zügen der Künstler seine Engel ausgestattet hat.
Diese heitere Lieblichkeit des Platzes und, selbstverständlich, seine verhältnismäßig einsame Lage mögen der Grund sein, daß die Piazza della Certosa stets ein Treffpunkt für Liebespaare gewesen ist. Wohin geht man in Ferrara, auch heute noch, wenn man sich unauffällig mit jemandem treffen will? Zunächst auf den Platz der Certosa. Und wenn sich dann die Angelegenheit nach Wunsch entwickelt, macht es weiter keine Umstände – ein Weg von nicht ganz einem halben Kilometer –, zu den Anlagen des Stadtwalls zu gelangen, wo es, soviel man will, Winkel gibt, in denen man vor den neugierigen Blicken von Kindermädchen sicher ist, die man in der Abenddämmerung in ziemlicher Zahl auf der Piazza della Certosa finden kann. Wenn es aber mit der Liebesidylle nicht recht voran-

gehen will, ist es ebenso leicht und übrigens keineswegs kompromittierend, gemeinsam den Rückweg zum Stadtzentrum anzutreten. Dies ist ein alter und feststehender Brauch, so alt, möchte man meinen, wie Ferrara selbst. Er bestand vor dem Kriege, er besteht heute, und er wird noch morgen bestehen. Freilich, der Glockenturm von San Cristoforo, den im April 1945 eine englische Granate in halber Höhe abriß und der so, als eine Art blutiger Stumpf, noch über fünf Jahre nach Kriegsende unverändert stehen geblieben ist, will zwar besagen, daß alles Versprechen von Ewigkeit nur Illusion ist und daß folglich auch dieses Versprechen hier, das in dem warm leuchtenden Rot der unversehrt gebliebenen Arkaden im Sonnenschein liegt, nur eine krasse Lüge ist. Auch diese schlanke Prozession von gleich Armen geöffneten Bögen wird eines Tages nicht mehr da sein, wird aufhören, das Gemüt des Betrachters aufzuheitern und Illusionen in ihm zu wecken, so wie der Glockenturm von San Cristoforo bereits aufgehört hat zu bestehen. Auch dies wird enden, irgendwann, wie alles endet. Indessen, welche Prophezeiung wäre, schon einen Schritt weit von den Reihen der Tausende von Gräbern auf dem hinter den Arkaden liegenden Friedhof entfernt (etwas Ähnliches erleben wir beispielsweise in der Umgebung des Schiefen Turms von Pisa) und während auf der Wiese, auf der die langen Schatten von Grab-Stelen und Säulenstümpfen liegen, unbeirrt das friedliche, gedankenlose Geschäft des Lebens weitergeht, das vom Enden nichts wissen will, – welche Prophezeiung wäre mehr als diese dazu bestimmt, in der erregenden Luft des nahenden Abends überhört zu werden? Das schließt freilich nicht aus, daß die Atmosphäre einer Massenveranstaltung von beinahe sportlichem Charakter, die da plötzlich von einem Leichenzug ausgelöst wird, der zu ungewöhnlich ist, um unbemerkt zu bleiben und der sich an einem Herbstnachmittag des Jahres 1946, voran die Musikkapelle, aus der Via Borso auf den Platz der Certosa bewegt, für die üblichen Besucher des Platzes – vorwiegend Ammen, kleine Kinder und Liebespaare – denn doch etwas Überraschendes hat und die Ammen, im Grase neben den Kinderwagen sitzend, veranlaßt, ihre Augen verwundert von ihren Stricknadeln zu heben, die Kinder aber in ihrem Jagen und Ballspielen innehalten läßt, während die Liebespaare die ineinander verschränkten Hände lösen und rasch voneinander abrücken.

Herbst 1946. Der Krieg war bereits Vergangenheit. Der erste Eindruck jedoch beim Anblick des Leichenzuges, der gerade in diesem Augenblick die Piazza della Certosa betrat, war der, daß man sich in den Mai oder Juni des vorangegangenen Jahres, in die aufgewühlte Zeit der Befreiung zurückversetzt fühlte. Auf den ersten Blick meinte man mit jähem Erschrecken noch einmal einer jener typischen kollektiven Gewissenserforschungen beiwohnen zu müssen, wie sie damals so häufig waren und mit denen eine alte und schuldig gewordene Gesellschaft den verzweifelten Versuch einer Selbsterneuerung unternahm. Und kaum war der Wald von roten Fahnen ins Gesichtsfeld gerückt, die der Bahre folgten, mit den vielen Plakaten dazwischen, die Aufschriften trugen wie EWIGER RUHM WERDE CLELIA TROTTI oder EHRET CLELIA TROTTI, MÄRTYRERIN DES SOZIALISMUS, oder EVVIVA CLELIA TROTTI, DIE HELDENHAFTE FÜHRERIN DER ARBEITERKLASSE, kaum hatte der Blick auch die Träger dieser Plakate, bärtige Partisanen, und vor allem die Abwesenheit von Priestern und Chorknaben vor dem Leichenwagen erster Klasse erfaßt, als er schon dem Zug, der sich soeben scharlachrot auf dem kräftigen Grün des Rasenteppichs entfaltete, vorauseilte, seinem Ziel entgegen: einem Grab, das in dem Teil der Wiese, der sich genau der Kirche von San Cristoforo gegenüber befand, ausgehoben war. Nicht also im Bereich des eigentlichen Friedhofs, sondern außerhalb, auf städtischem Boden, in ungeweihter Erde, dort wo, abgesehen von einem 1917 an Malaria verstorbenen englischen Protestanten, seit vierzig Jahren niemand mehr begraben worden war.

Nur daß, zum Trauerzug zurückkehrend, der sich mit seiner Spitze bereits bis auf wenige Meter dem schlichten, offenen Grab genähert hatte und dort wartend stehen geblieben war (immer mehr Menschen drängten indessen aus der Via Borso nach, so daß es schien, als wollte der Menschenstrom kein Ende nehmen), nur daß selbst ein wenig geübtes Auge an einer Unmenge von Einzelheiten bemerkt hätte, wie irrig der erste Eindruck einer magischen Rückkehr in die Atmosphäre von 1945 war.

Nehmen wir als Beispiel die Musikkapelle, die, wie gesagt, dem Leichenwagen voranmarschierte und in verlangsamtem Zeitmaß den Trauermarsch von Chopin spielte. Die funkelnagelneuen Uniformen ihrer Mitglieder, die sie der seit kurzem im Rathaus amtierenden kommunistischen Verwaltung verdankten, mochten dem Fremden, dem Uneingeweihten gewiß großen Eindruck machen, nicht aber dem, der unter ihren großen Mützen mit den blanken Schirmen in der Art, wie sie die amerikanische Polizei trägt, nacheinander die gutmütigen und betrübten Gesichter der wackeren alten Mitglieder des Musikvereins *Orfeonica* erkennen konnte (wer weiß, wo sie alle zur Zeit der Schießereien und bewaffneten Überfälle, die dem Zusammenbruch der Front und dem nationalen Aufstand gefolgt waren, evakuiert gewesen waren!). Aber die sorgfältige Regie, so fremd der genialischen Unordnung jeder Revolution, trat womöglich noch deutlicher zutage in der geschlossenen Gruppe von nicht weniger als fünfzehn Frauen aus dem Volk, typischen Frauen der *Bassa*, die, paarweise große Kränze aus Nelken und Rosen tragend, den Leichenwagen als ein Ehrengeleit umgaben. Die müden, erdfahlen Gesichter dieser Familienmütter, die mehr oder weniger alle im Alter von Clelia Trotti standen, ließen deutlich genug erraten, woher diese Frauen stammten und wie sie gekommen waren. Bis aus den entferntesten Dörfern an der adriatischen Küste hatte man sie nach Ferrara geholt. Sie waren am frühen Morgen aufgebrochen, hatten zusammengepfercht in drei oder vier Automobilen gesessen, waren mittags in Ferrara angelangt und hatten sicher jemanden gefunden, der sie mit *Pasta asciutta*, mit einer Scheibe Braten und einem Viertel Wein gestärkt hatte. Nur ausruhen hatten sie nicht dürfen. Der gleiche bürokratische Geist, der für die beinahe wieder friedlichen Zeiten zeugte, in denen man lebte und der für eine mit Fähnchen aus rotem Seidenpapier geschmückte Tafel gesorgt hatte, dieser gleiche Geist hatte unerbittlich angeordnet, daß die bejahrten Hausfrauen gleich nach dem Essen sich so gut es ging vom Reisestaub reinigten und über ihre Alltagsgewänder so etwas wie eine merkwürdige Tunika zogen – rot natürlich und außerdem mit einer Unzahl winziger schwarzer Hämmer und Sicheln gemustert. Derart gekleidet, stellten sie nun, wie es vorgesehen war, eine Art Priesterinnen des Sozialismus dar. Aber ihr schwerer und unsicherer Schritt sowie der scheue, wilde Ausdruck, mit dem sie um sich blickten (erklärlich, wenn man weiß, daß die meisten von ihnen zum erstenmal in ihrem Leben eine Stadt sahen!), zeigten nur allzu deutlich, wer sie wirklich waren. Und man mußte daran denken, daß das Ende ihrer mühseligen Odyssee, die am frühen Morgen dieses Tages begonnen hatte, leider noch lange nicht gekommen war. Erst nach Stunden durften sie die Tunika wieder ausziehen und die gleichen Automobile besteigen, in denen sie gekommen waren. Erst in später Nacht würden sie erschöpft wieder daheim sein. Und wer weiß, ob man auch daran dachte, sie, bevor sie nach Hause geschickt wurden, wieder an den mit Fähnchen geschmückten Tisch zu setzen, wie es sich doch gehört hätte.

Unmittelbar hinter dem Leichenwagen, in dem kurzen Zwischenraum zwischen dem Wagen und der namenlosen Menge der Plakat- und Fahnenträger, folgten in mehreren Reihen die Spitzen der Behörden.

Es waren Sozialisten, Kommunisten, Katholiken, Liberale, Angehörige der Aktionspartei und historische Republikaner: kurz, das vollzählige ehemalige Präsidium des letzten Nationalen Befreiungskomitees aus der Zeit der Untergrundarbeit, das für diese besondere Gelegenheit nahezu mit allen seinen Teilnehmern wieder zusammengetreten war, nur daß sich noch einige nicht ausgesprochen politische Persönlichkeiten hinzugesellt hatten, wie zum Beispiel Ingenieur Cohen, der Vorsteher der israelitischen Gemeinde, und der neu ernannte Bürgermeister, Frau Doktor Bettitoni.

So wandten sich nun alle Blicke dem ehrenwerten Abgeordneten Mauro Bottecchiari zu, dem »Fürsten unserer Anwaltschaft«, obgleich man ihn nach den letzten Kommunalwahlen, die den Kommunisten einen überwältigenden Sieg gebracht hatten, nicht mehr als die politisch repräsentativste Persönlichkeit der Stadt bezeichnen konnte; auf ihn vor allem blickte man, auf seine zerzauste silberweiße Mähne und das gerötete Gesicht mit dem offenen, redlichen Ausdruck. Ja, politisch gesehen, war der Rechtsanwalt Bottecchiari jetzt ein erledigter Mann (»ein Revisionist in der Art Turatis!«, so bezeichneten ihn neuerdings ironisch die Kommunisten). Wer aber waren, verglichen mit dem alten Löwen, die anderen Präsidialmitglieder des letzten Befreiungskomitees? Abgesehen von Doktor Herzen, dem sogenannten Präfekten der Befreiung, der jüngst nach Palästina ausgewandert war, fehlte niemand. Da war der Rechtsanwalt Galassi-Tarabini, christlich-demokratisch, der sich, besorgt, bei einem rein unkirchlichen Begräbnis gesehen zu werden (er blickte deshalb nervös um sich, aus Augen von verwaschener blauer Farbe, die immer im Begriff schienen, sich mit Tränen zu füllen), neben Don Bedogni von der Katholischen Aktion hielt, der seinerseits, in Zivil und Baskenmütze, ganz im Gegenteil auch bei dieser Gelegenheit die glänzende Gewandtheit und Ungezwungenheit zu zeigen suchte, die in der Nachkriegszeit aus ihm einen der angesehnsten politischen Publizisten der Region gemacht hatten. Des weiteren sah man den Ingenieur Sears von der Aktionspartei, der sich wie üblich etwas abseits hielt und, die kleinen Hände auf dem Rücken verschränkt, still für sich lächelte. Dann war da die Gruppe der historischen Republikaner – der Apotheker Riccoboni, der Schneider Squarcia und der Zahnarzt Canella –, sichtlich etwas verlegen, aber doch von dem guten Willen beseelt, dabeizusein. Und endlich erkannte man Alfio Mori, den kommunistischen Parteisekretär von Ferrara, einen kleinen, dunkelbrünetten, bebrillten Mann, mit der Andeutung eines Lächelns, das kaum seine sehr weißen und großen Vorderzähne entblößte; er ging in leisem Gespräch mit Nino Bottecchiari, dem jungen und vielversprechenden Provinzialsekretär der ANPI, der Partisanenorganisation. Nun gut, wer waren sie, die da gebeugt und schüchtern einherkamen, was waren sie in ihrer Gesamtheit anderes als ein kleiner Trupp von Nullen? Der Abgeordnete Bottecchiari überragte sie alle um Haupteslänge, und beinahe herausfordernd wandte er von Zeit zu Zeit das Gesicht nach allen Richtungen, das gleiche zorngerötete Gesicht, vor dem selbst der berüchtigte Sciagura, damals im Jahre 1922, schmählich den Rückzug antrat, als er den Auftrag hatte, Bottecchiari auf dem Corso Giovecca zu überfallen. Gewiß war er, wenn auch vielleicht nur für diesen Tag – übrigens in Übereinstimmung mit dem der Tagespolitik demonstrativ enthobenen Ton, in dem diese Zeremonie abgehalten werden sollte – noch einmal zum anerkannten Haupt des städtischen Antifaschismus geworden. Nichts also konnte natürlicher sein, als daß der ehrenwerte Bottecchiari, nachdem der Leichenwagen angehalten hatte und die Frauen aus der *Bassa* den Zinksarg mit Clelia Trotti herausgehoben hatten, als erster auf den Katafalk zuschritt. Bei der feierlichen Überführung der Leiche Clelia Trottis vom Friedhof in Codigoro auf den Städtischen Friedhof von Ferrara (denn die Lehrerin war nicht jetzt, sondern vor drei Jahren, zur Zeit der deutschen Besatzung, im Gefängnis von Codigoro gestorben) konnte ihn nichts davon entbinden, die gewichtige Rolle zu spielen, die ihm zukam und zu der er verpflichtet war. Ihm als dem ältesten sozialistischen Kampfgenossen Clelia Trottis gebührte es, die Reihe von Gedenkreden zu eröffnen.

»Genossen!« rief der ehrenwerte Bottecchiari. Es war ein rauher, gebieterischer Schrei, der lange unter den Arkaden des Friedhofs nachhallte.

»Genossinnen«, fügte er nach einer Pause hinzu, diesmal mit leiserer Stimme, so als ob er sich auf einen neuen Anlauf vorbereitete.

Dann begann er gestikulierend zu sprechen. Und gewiß wären seine Worte bis in die entferntesten Winkel des Certosaplatzes gedrungen (das Gesicht des Abgeordneten war bei der Anstrengung violett geworden), wenn sich nicht im selben Augenblick lärmend ein Motorrad, aus der Via Borso kommend, genähert hätte, eine *Vespa,* um genau zu sein, eine der ersten, die man nach dem Kriege in der Stadt sah. Das Auspuffrohr der Vespa war offenbar mit keinerlei Schalldämpfer versehen. Ja, wenn man das auffällige, verchromte Beiwerk recht betrachtete, das die linke Seite des Rollers zierte, bemerkte man, daß es, statt das Knattern des Motors zu dämpfen, gerade dem entgegengesetzten Zweck diente und die Explosionen des Motors noch abgehackter und metallischer klingen ließ, wie sie denn auch der unaufhörlich in Bewegung befindlichen jugendlichen Hand, die diese Explosionen auslöste, besser entsprachen.

In seinem rhetorischen Aufschwung unterbrochen, schwieg der Abgeordnete Bottecchiari. Die buschigen weißen Augenbrauen hochgezogen, richtete er den Blick in den Hintergrund des Platzes. Er war weitsichtig, und da er nicht gut erkennen konnte, was dort vor sich ging, nahm er sich nun mit einer nervösen Bewegung seiner dicken Hand, die stets ein wenig zitterte, sein Pincenez ab. Sofort gewahrte er ein Mädchen auf einer Vespa, das aus der Via Borso gekommen war und jetzt in langsamerem Tempo den Bogen der Friedhofsarkaden entlangfuhr, hinter der im Halbkreis versammelten Menge. Das Mädchen mußte noch sehr jung sein, aus guter Familie übrigens – dies drückte der Mund des Abgeordneten Bottecchiari mit einer bekümmerten Grimasse aus. Aber wer konnte es sein, wessen Tochter?, fragte seine mißtrauische, gereizte Miene, als ob er, während er die gebräunten, kräftigen Beine der Fünfzehnjährigen betrachtete – gebräunt von zwei Monaten in Cesenatico oder in Marina di Cervia (die Bourgeoisie nahm, nachdem die Stürme des Krieges vorüber, eine nach der anderen ihre alten Gewohnheiten wieder auf!) – im Geiste das Register der gutbürgerlichen Familien der Stadt durchging, in dem übrigens auch sein Name, Bottecchiari, ungeachtet aller sozialistischen Überzeugungen, stets gestanden hatte. »Welche Taktlosigkeit!« wetterte er alsdann laut, mit der Erbitterung eines Mannes, der sich verletzt und unverstanden fühlt. »Ich möchte wirklich wissen«, fügte er hinzu und zeigte mit ausgestreckter Hand auf die junge Rollerfahrerin, die mit schmächtigem, fast männlichem Oberkörper, in ziemlich eng anliegender schwarzer Seidenbluse und mit einem roten Band im Haar, aufrecht im Sattel saß, »ich möchte wirklich wissen, ob man sich noch flegelhafter benehmen kann!« Und langsam wandte die Menge – mit Hunderten von entrüsteten Gesichtern – die Augen in jene Richtung und begann pst! zu machen. »Pst!«

Das Mädchen verstand nicht oder wollte nicht verstehen – man weiß ja, wie respektlos die jüngste Generation ist. Denn es erschien ihm, obwohl es nun an der Stelle des Platzes angelangt war, die offenbar sein Ziel war (der Abgeordnete Bottecchiari, der es hinter einer Mauer von Menschen hatte verschwinden sehen, die um der Zeremonie besser folgen zu können, auf die den Platz vor der Kirche begrenzenden Prellsteine gestiegen waren, hatte vergeblich darauf gewartet, daß es wieder zum Vorschein kam), es erschien ihm nicht nur überflüssig, den Motor abzustellen, sondern es setzte, im Gegenteil, auch jetzt noch, da es nicht mehr fuhr, unbeirrt sein Spiel fort, alle Augenblicke kurz und mit Getöse Gas zu geben.

»Sie soll damit aufhören! Im Namen Gottes!« schrie der Abgeordnete Bottecchiari verzweifelt.

»Pst!« wiederholten energisch im Chor die auf den Prellsteinen Stehenden, drehten die Köpfe und warfen strenge Blicke auf eine Szene, die Bottecchiari, wie sehr er sich auch auf die Zehenspitzen stellte, nicht sehen konnte. Doch niemand sprang von seinem Stein hinunter, niemand war da, der es, um dem Skandal ein Ende zu machen, riskiert hätte, seinen guten Platz zu verlieren!

Bruno Lattes, der auf den Stufen vor der Kirche saß und so vorzüglich in der Lage war, alles zu überblicken – dort den Abgeordneten Bottecchiari, der darauf wartete, seine Ansprache fortsetzen zu können, und hier, nur ein paar Schritte von ihm entfernt, das Mädchen mit der Vespa, dessen Blick – aus blauen Augen – ihn in diesem Moment traf –, Bruno Lattes fuhr, gleichsam erschrocken, zusammen. Neben ihm, auf der gleichen Stufe, saß ein junger Mann von etwa siebzehn Jahren, den Tennisschläger unter den Arm geklemmt, einen weißen Pullover mit den Ärmeln um den Hals geschlungen, auch er wie das Mädchen hellblond und mit dem gleichen harten und gefühllosen Ausdruck in den klaren Augen. Bei laufendem Motor, einen Fuß auf den Boden gestellt, begann sich das junge Mädchen mit dem jungen Tennisspieler zu unterhalten. Augenscheinlich hatten sie sich hier, auf dem Platz der Certosa, verabredet, denn wenn in Ferrara zwei junge Menschen »miteinander gehen«, wie man bei uns dazu sagt, dann fangen sie es immer so an, und so wird es auch in Zukunft bleiben. (Aber wer war das Mädchen, wer waren seine Eltern?, überlegte sich Bruno Lattes, während er wie gebannt auf das rote Band starrte, mit dem das junge Mädchen sein Haar gebunden hatte. War es denkbar, daß der Krieg, daß die Jahre, in denen er ein Junge, sie ein kleines Mädchen gewesen waren – die letzten Jahre der Clelia Trotti! –, kein Zeichen auf ihrer Stirn, keinen Schatten von Erfahrenheit in ihren Augen zurückgelassen hatten? War es möglich, daß die neue Generation überall, auch in Ferrara, so war, als käme sie geradenwegs aus den Seiten eines amerikanischen Magazins?)

»Ich warte schon fast eine halbe Stunde auf dich«, sagte der Junge ohne aufzustehen.

»Na und?« fragte das Mädchen und wies mit einer kleinen ironischen Grimasse auf den überfüllten Platz. »Hier kann dir doch die Zeit nicht lang geworden sein.«

»Pst! Ruhe!« mahnten zum drittenmal die Männer auf den Prellsteinen.

»Du stellst besser den Motor ab«, sagte der junge Mann. »Laß uns lieber fortgehen. Du wirst doch wohl nicht hier bleiben wollen«, beschwerte sich das junge Mädchen. Doch gleichzeitig stieg sie von der Vespa, stellte den Motor ab und setzte sich auf die Treppenstufe neben ihren Freund.

»Vor diesem Sarg, der die sterblichen Überreste Clelia Trottis birgt, unserer unvergeßlichen Clelia Trotti«, nahm der Abgeordnete Bottecchiari den Faden wieder auf – und im Ton seiner Stimme kündigten sich bereits die dicken Tränen an, die bald seine apoplektischen Wangen netzen würden –, »kann ich, Genossen, Freunde, Mitbürger, nicht umhin, in meiner Erinnerung den Weg in unsere gemeinsame Vergangenheit zurückzugehen. Wir lernten uns, wenn ich mich recht erinnere, im April des Jahres 1904 kennen . . .«

Bruno Lattes wandte langsam den Blick zu dem Redner. Aber von neuem fuhr er zusammen. Er kannte doch den kleinen Mann da unten, der schwarzgekleidet, steif und kerzengerade neben dem Redner stand. War das nicht am Ende Cesare Rovigatti, der Flickschuster von der Piazza Santa Maria in Vado, der dort, auch er wie unberührt geblieben vom Ablauf der Zeit, ganz wie der Abgeordnete Bottecchiari und die ihn umringende Gruppe wie eine Nachbildung seiner selbst in Wachs dastand?

Wieviel Zeit war vergangen, überlegte er, seit er, Bruno, nach dem 25. Juli 1943, dem Sturz Mussolinis, Ferrara im August des gleichen Jahres verlassen hatte, nach Rom gegangen war und von dort, knapp zwei Jahre später, in die USA gereist war! In dieser Zeit waren seine Eltern, die nie etwas von

Flucht, nie etwas von der Beschaffung falscher Papiere hatten wissen wollen, von den Deutschen deportiert worden. Jetzt standen ihre beiden Namen zusammen mit fast zweihundert anderen auf der Gedenktafel, die die israelitische Gemeinde an der Fassade der Synagoge in der Via Mazzini hatte anbringen lassen. Er hingegen hatte Ferrara verlassen, in dem Augenblick, in dem es noch möglich war, um nicht zusammen mit seinen Eltern verhaftet zu werden (es war alles umsonst gewesen, unmöglich, sie zum Fortgehen zu bewegen!), oder vielleicht auch, um nicht von den Salò-Republikanern[9] erschossen zu werden – und jetzt, da er erst knapp ein Jahr in Amerika war, las er drüben an der Universität über Literatur. Natürlich war er einstweilen nur ein Lehrbeauftragter, ein *lecturer in Italian.* Aber sicherlich würde er bald eine ordentliche Professur erhalten, und das wäre dann der erste Schritt auf dem Wege zum Erwerb der amerikanischen Staatsangehörigkeit, die die notwendige Voraussetzung für jede gute Karriere war.

Vier Jahre, die soviel wie ein ganzes Leben zählten. Rovigatti jedoch, wiederholte Bruno sich mit einer Art bitterer Genugtuung, als hätte er gerade das von dem Flickschuster von der Piazza Santa Maria in Vado erwarten dürfen, – Rovigatti schien, abgesehen von einigen weißen Haaren, die sich in das Braun seiner Schläfen einzuritzen begannen, um nichts älter geworden. Nicht anders als der ehrenwerte Bottecchiari und die übrigen Teilnehmer an der Trauerfeier für Clelia Trotti, die er, Bruno, gekannt hatte und mit der er häufig zusammen gewesen war; nicht anders als die Stadt selbst, die ihm, von den durch die Luftbombardements verursachten Schäden abgesehen, die übrigens rasch beseitigt wurden, zunächst unverändert, so wie er sie verlassen hatte, erschienen war (sogar sein Haus in der Vai Madama war ihm, wenn auch seiner ge samten Einrichtung beraubt, zurückgegeben worden, intakt wie eine leere Hülse) – so schien auch für Rovigatti die Zeit stillgestanden zu haben.

Da war sie denn wieder, die alte kleine Welt, die er hinter sich gelassen, von der er sich gerade noch rechtzeitig abgesetzt hatte. Da waren sie tatsächlich alle wieder, und alle waren sich gleich geblieben. Aber Clelia Trotti?

Als er sie zum letzten Mal gesehen hatte, war es hier gewesen, auf dem Platz der Certosa, beinahe an der gleichen Stelle, an der jetzt ihr Sarg stand, einen Tag vor seinem Aufbruch. Und in all diesen Jahren war sein Erinnerungsbild von Clelia Trotti gleich geblieben.

Wie gern hätte er jetzt auch sie hier wiedergefunden, ein Wachsbild, eine bewegungslose, kleine, groteske Statue, über die er nach seinem Wunsch verfügen, mit Spott und Mitleid zugleich über sie lächeln durfte, um es besser zu verwinden. Wie gern hätte er ihr sagen können: »Sehen Sie, daß ich recht hatte, als ich Ihnen versprach wiederzukommen? Sehen Sie, daß Sie unrecht hatten, als Sie mir nicht glauben wollten?«

Daß auch sie sich nie veränderte und immer so bliebe, wie er sie das letzte Mal gesehen hatte, bevor er fortgegangen war, bevor er das Weite gesucht und sich in Sicherheit gebracht hatte ... Das hätte er auch von ihr gefordert, wäre sie nicht inzwischen gestorben.

2

Wir müssen bis ins Jahr 1940 zurückgehen, ein paar Monate nach Kriegsbeginn. Oder noch weiter zurück, vielleicht sogar bis zum Spätherbst des Jahres 1939, ungefähr ein Jahr nach der Bombe der Rassengesetze. Jedenfalls war es Rovigatti gewesen, der Flickschuster, einer der wenigen Menschen in der Stadt, die mit Clelia Trotti in regelmäßiger Verbindung geblieben waren, der Bruno Lattes mit der alten Lehrerin in Kontakt gebracht hatte.

Zu jener Zeit war Clelia Trotti, nach allem, was Bruno über

sie gehört hatte, eine vertrocknete, ungepflegte alte Jungfer von beinahe sechzig Jahren, die aussah wie eine alte Betschwester, von der man, wenn man ihr auf der Straße begegnet wäre, kaum Notiz genommen hätte. Zweifellos auch deswegen weil ihr selbst nach ihrer Rückkehr aus der Konfinierung[10] daran gelegen war, in Vergessenheit zu geraten, gab es nur noch sehr wenige Menschen in Ferrara, die behaupten konnten, sie persönlich zu kennen, oder sich überhaupt ihrer Existenz erinnerten. Nicht einmal Bottecchiari, der sie doch in seiner Jugend gut gekannt hatte, da er am Anfang seiner politischen Karriere gemeinsam mit ihr die berühmte *Volksfackel*, die »Fiaccola del Popolo«, geleitet hatte (wie es hieß, hatten sie auch ein Liebesverhältnis miteinander, mindestens bis zum Ausbruch des Ersten Weltkrieges – darauf war der Rechtsanwalt an die Front gegangen . . .), nicht einmal er also schien genau zu wissen, wo sie jetzt wohnte.
»Da ist ja unser kleiner Lattes!« hatte hinter seinem schweren Renaissance-Schreibtisch der Abgeordnete ausgerufen, als Bruno damals zu ihm in die Kanzlei gekommen war, um von ihm etwas über Clelia Trotti zu erfahren. »Klein den Jahren nach, aber nicht von Gestalt«, hatte er fröhlich hinzugefügt, als er sah, wie Bruno zögernd auf der Schwelle stehen blieb. »Aber komm doch herein!« fuhr er fort und musterte ihn von Kopf bis Fuß, als wollte er feststellen, wieviel er in den letzten Jahren gewachsen war. »Wie geht's dem Papa?«
Er hatte sich halb aus dem Lehnsessel erhoben und ihm die mächtige Hand entgegengestreckt, als Ermutigung und zum Gruß. Aber als er den Namen Clelia Trotti hörte, befleißigte er sich sogleich einer vorsichtigen Zurückhaltung.
»Ach ja . . . warte mal«, erwiderte er verlegen, »ich glaube, gehört zu haben, daß sie in der Gegend der Via Saraceno, in der Via Belfiore wohnt . . .«
Sofort lenkte er das Gespräch auf andere Gegenstände, auf die *drôle de guerre* [11], auf den vermutlichen Kriegseintritt Italiens vielmehr Mussolinis, und die möglichen nächsten »Coups«

Hitlers. »Ach ja«, schienen seine Augen indessen zu sagen, »zwanzig Jahre habt ihr mich mit Mißtrauen beobachtet, habt auch *ihr* mich als Antifaschisten, als Umstürzler und Gegner des Regimes gemieden und verachtet, und jetzt, da dieses gleiche Regime *euer* Regime, euch hinauswirft, jetzt kommt ihr zu mir!«

Mittlerweile sprach er von ganz anderen Dingen, ohne dabei das Feld der internationalen Politik zu verlassen, womit er das Gespräch begonnen hatte, und ohne von dieser Sorte strategischer Erörterung abzulassen – die die Faschisten verächtlich »hohe Strategie« nannten –, von denen bereits damals, wenn der Rundfunk seine täglichen Nachrichten über den an der Maginot-Linie festgefahrenen Krieg brachte, sogar im Caffè della Borsa die Gespräche beherrscht waren. Zumindest an diesem Tag wollte er ganz offenbar nicht, daß ihre Unterhaltung dieses Gleis verließ. Der Ton liebenswürdigen Einverständnisses in seiner Stimme durfte Bruno nicht täuschen. Er berief sich vor allem auf die Freundschaft, die ihn, Bottecchiari, seit dem Gymnasium mit Brunos Vater, dem Anwaltskollegen verbunden hatte, eine Freundschaft oder, mehr als Freundschaft, die selbstverständliche gegenseitige Achtung wohlhabender Bürger, die überdies Kollegen waren, eine Achtung, auf Grund deren sie in stillschweigendem Einvernehmen auch nach dem Marsch auf Rom und nach der Ermordung Matteottis fortfuhren, sich feierlich-freundschaftlich zu grüßen, wobei sie sich, altem Brauch gemäß, von einem Bürgersteig des Corso Giovecca zum anderen hinüber zulächelten ... So kam es, daß es später, am Ende ihres »angenehmen Plauderstündchens«, für Bruno eine außerordentliche Überraschung war, als Bottecchiari, schon im Begriff, seinen Besucher zu verabschieden, von selbst auf das Thema Clelia Trotti zurückkam.

»Falls es dir gelingt, ihrer habhaft zu werden, dann grüß sie von mir ...«, sagte er, das Gesicht zu einem herzlichen Lächeln verzogen, und schlug ihm, durch die schon halb angelehnte Tür, auf die Schulter. Mit leiser Stimme fügte er hinzu.

»Kennst du nicht Rovigatti, Cesare Rovigatti, den Flickschuster, der seinen Laden neben der Kirche an der Piazza Santa Maria in Vado hat?«

»Wir haben immer unsere Schuhe bei ihm besohlen lassen«, antwortete Bruno und fühlte, wie er plötzlich rot wurde. »Aber warum?«

»Der kann dir sagen, wo die Trotti wohnt. Geh zu ihm und frage ihn. Aber Vorsicht!« fügte er sogleich hinzu. Er flüsterte (er hatte die Tür mit den Milchglasscheiben schon bis auf einen Spalt geschlossen): »Denke daran, daß Clelia überwacht wird.«

Der Ehrenwerte hatte sich nicht getäuscht, Clelia Trotti wohnte in der Gegend der Via Saraceno, nur nicht, wie er meinte, in der Via Belfiore, sondern in der Via Fondo Banchetto, und zwar in einem kleinen zweistöckigen Haus an der Ecke der Via Coperta. Der alte Volkstribun hatte sich damit begnügt, den »kleinen Lattes« auf die Fährte zu setzen, ihm die Richtung zu weisen. Bei einem Verhör würde der Junge nie behaupten können, etwas mehr von ihm erfahren zu haben.

Noch am selben Abend ging Bruno, gleich von der Kanzlei Bottecchiaris aus, zu Rovigatti.

Es war sieben Uhr, die Stunde, zu der auf dem Domplatz das abendliche Gedränge am dichtesten war. Er hatte deshalb unten, am Fuß der Treppe, eine Weile gezögert und in einem Winkel des Hausflurs auf einen günstigen Moment gewartet, um unauffällig das Haus verlassen zu können. Endlich entschloß er sich. Er schlüpfte wie ein Missetäter hinaus, überquerte dann, die Hände tief in die Taschen seines Regenmantels versenkt, den Platz und ging unter den Kolonnaden des Doms weiter.

Unterwegs dachte er über den zweideutigen Empfang nach, den er bei Bottecchiari gefunden hatte. Er sah sein Gesicht wieder vor sich, wie er es zuletzt durch den Türspalt wahrgenommen hatte. »Rovigatti«, hatte er gesagt und ihm dabei mit einem entschieden und übertrieben vulgären Ausdruck zugeblinzelt. Was hatte der Ehrenwerte mit diesem Blinzeln des Einverständnisses sagen wollen? Wollte er sich mit dem Zwinkern und dem geflüsterten Namen nur stillschweigend dafür entschuldigen, daß er sich während ihrer Unterhaltung allzu sehr in Allgemeinheiten bewegt hatte, und wollte er nun seine Unfreundlichkeit im letzten Augenblick mit einer klaren Selbstkompromittierung wiedergutmachen? Oder hatte er nur (und bei diesem Gedanken spürte er plötzlich, wie sich ihm vor Ekel der Magen umdrehte – so schützen also auch die weißen Haare nicht vor Torheit!) diskret auf die Beziehung anspielen wollen, die ihn einst mit der alten Parteigenossin verbunden hatte? Eine Anspielung, die selbstverständlich genügte, um auch dem wenigen, was er gesagt hatte, jeden vertraulichen *politischen* Charakter zu nehmen. Und war das nicht die in Ferrara übliche Art, sich zu benehmen (in Ferrara: diesem provinziellen Sündenpfuhl, in dem jedes Laster und jeder Zynismus zu Hause waren!), wenn sich »ordentliche« Männer augenzwinkernd von Mann zu Mann, halb stolz, halb beschämt, die Beziehung zu einem Mädchen aus dem Volke gestanden? Doch andererseits: wie brachte es Bottecchiari, der ehemalige sozialistische Abgeordnete, ein Mann, der sich nie gebeugt hatte, der eine weiße Weste hatte, und der sich unter allen Umständen von der konformistischen Herde mit ihrem kommandierten finsteren Gesichtsausdruck unterschied, die frech von Straße und Café, von Kino und Tanzsaal, vom Sportplatz und sogar den Bibliotheken Besitz ergriffen hatten und gewaltsam jeden ausschlossen, der anders war, der anders zu sein schien als sie – wie brachte es Bottecchiari über sich, auch nur für einen Augenblick, ob aus Vorsicht, im Scherz oder aus Koketterie, die Manieren und die albernen, grausamen Grimassen dieser Herde anzunehmen? War es nicht wirklich so gewesen, als hätte auch er jede Hilfe und jedes Engagement ablehnen wollen? Als hätte auch er sich, aufgerufen, seine Wahl zu treffen, am Ende auf die Seite derer gestellt – sich in die geschlossene feindselige Phalanx der guten Familien von

Ferrara eingereiht –, denen es so leicht gefallen war, ihre Haustür nach dem Herbst 1938 Bruno und allen Juden zu verschließen? Die Wahrheit war – so schloß Bruno voller Bitterkeit –, daß es nicht einmal dem ehrenwerten Bottecchiari gelungen war, dem Druck jener Jahrzehnte von 1915 bis 1940, die eine allgemeine und fortschreitenden Entartung gebracht hatten, zu widerstehen, ohne an seinem Charakter Schaden zu nehmen und seine aufrechte, stolze Jugend zu verleugnen. Nichts, auch gar nichts – auch nicht der Sozialismus und was es sonst noch gab – hatte sich rein und intakt zu bewahren vermocht! Freilich schnaubten die faschistischen Kollegen Bottecchiaris vor Wut, wenn er sie in seinen Plädoyers vor Gericht jeden Augenblick fühlen ließ, was er vom Faschismus hielt. Gewiß hätte mehr als einer von ihnen ihn gern beim Wickel genommen, ihn am Kragen gepackt (aber dazu war damals nicht einmal Sciagura imstande gewesen, denn bereits 1922 wog Bottecchiari neunzig Kilo ...) und ihm dabei ins Gesicht geschrien: »Nicht wahr, Sie haben sagen wollen, daß ... Stimmt's? Geben Sie es nur zu!« Aber das Ende war, daß sie ihn reden ließen, zufrieden damit, den alten Kämpen geradezu gezwungen zu haben, etwas zu sagen und wieder nichts zu sagen, zu diesen fortgesetzten, pausenlosen Anspielungen, die bei ihm mit den Jahren zu einer wahren Manie, zu einer krankhaften Angewohnheit, zu seiner zweiten Natur geworden waren. Nein, kein Zweifel war möglich. Wenn es sich Bottecchiari trotz seiner Vergangenheit jederzeit und auch nach der Machtübernahme des Faschismus leisten konnte, jeden Tag vor den Augen von Freund und Feind über den Corso Giovecca zu gehen, wenn er von seiner Kanzlei oder vom Gericht heimging, schon von weitem an seiner stolz wehenden schlohweißen, fast leuchtenden Mähne erkenntlich (es waren die Jahre, in denen Bruno geboren und aufgewachsen und in denen Clelia Trotti eine alte Frau geworden war, die sich selbst überlebt hatte), dann war dies alles nicht möglich gewesen, ohne daß auch er im Innersten etwas aufgegeben hatte.

Mit solchen Gedanken, die ihm das Herz abschnüren wollten, war er, im Gedränge gegen Passanten stoßend und von ihnen gestoßen, langsam durch die Via Mazzini und die Via Saraceno gegangen. »Wie ekelhaft, wie widerlich!« brummte er vor sich hin und schleuderte Blicke der Verachtung um sich. Die funkelnden Schaufenster und die Menschen davor, die die ausgestellten Waren betrachteten, und die Kaufleute vor der Tür ihrer Läden, ähnlich den Megären der Via Colomba oder Via Sacca, die jeden Studenten, der in Hörweite vor ihren Haustüren vorbeikam, anriefen, und selbst die Frauen und Mädchen, die ihn auf ihrem Weg zur Piazza delle Erbe streiften, ohne ihn zu bemerken: alles, was er um sich erblickte, trug den Stempel eines verborgenen Lasters, das schlecht verheimlichte Zeichen der Verderbtheit. »Was für ein Sumpf! Wie schändlich ist das alles!« stöhnte er.

Und doch schwanden nach und nach sein Mißbehagen und sein Ekel, als er weiterging und die Straßen enger und die Lichter weniger hell wurden und er sich, mit anderen Worten, vom Zentrum entfernte und in die halbverlassenen, engen, beschotterten Gassen der Altstadt kam, in denen Clelia Trotti wohnte, und die sie, wie es hieß, niemals verließ. Er war nun bis zur Via Belfiore gekommen und stand im Begriff, die Straße zu überqueren, um auf der anderen Seite auf gut Glück weiterzugehen. Aber nur spärlich drang hier und dort gelbliches Licht durch die geschlossenen Fenster, zumindest bis zu der Stelle, wo die Gasse eine Biegung machte. An wen konnte er sich um diese Stunde noch wenden, an welcher Tür läuten? Es war die Stunde des Abendessens. Zu Hause wurde er jetzt schon erwartet. »Das häusliche Liebesmahl«, murmelte er grinsend vor sich hin. Schließlich entschloß er sich, links in die Via Borgo di Sotto einzubiegen.

Plötzlich lag wie ein Nebelmeer die Piazza Santa Maria in Vado vor ihm – mit der dunklen Fassade der Kirche auf der einen Seite, dem Durchblick auf die Bastionen des Stadtwalls gegenüber und dem kleinen Springbrunnen in der Mitte des Platzes, von flüsternden Frauen umlagert, mit den armseligen Läden und Häusern rundum, aus denen schwacher Lichtschein drang und ein Geruch nach gerösteten Maronen und Kastanienkuchen kam – die Gerüche der Kindheit – und ab und zu ein schwaches Geräusch zu hören war: kraftlose Schläge auf einen Amboß, ein leises Kinderweinen, ein »Gute Nacht« und »Auf morgen!«, von zwei älteren Männern in einem unsichtbaren Torgang gesprochen; ein Gläserklingen…, all die friedlichen, stillen Geräusche, mit denen bei Handwerkern und Arbeitern hier ein Tag zu Ende geht. Brunos Blick war sogleich auf ein kleines Schaufenster gefallen, das ein wenig heller als die anderen erleuchtet war. Dort saß Rovigatti an seinem Schustertisch. Bruno vermochte die vertraute Gestalt kaum hinter der trüben Fensterscheibe zu erkennen. Er trat näher heran. Und es war, als käme ihm das Bild ihres alten Flickschusters aus dem Nebel unverändert entgegen (er hatte sich überhaupt nie verändert; Bruno erinnerte sich, ihn seit seiner Kindheit immer so gesehen zu haben), immer klarer und deutlicher mit jedem Schritt, den er tat.

Er trat ein, nahm den Hut ab, reichte die Hand über den Schustertisch und setzte sich Rovigatti gegenüber. Er erhielt sofort – ohne jede Schwierigkeit, sogar mit einer gewissen betonten Bereitwilligkeit – die genaue Adresse der Lehrerin: Via Fondo Banchetto 36, bei Codecà. Dann aber sprachen sie von einer Unmenge anderer Dinge. So daß auch an diesem Abend Bruno wieder einmal erst nach Hause kam, als die Mahlzeit längst vorüber war.

Am folgenden Abend ging er wieder zu Rovigatti, und dann fast an jedem Abend in diesen letzten Wochen des Jahres 1939. Bis wann? Gewiß noch eine lange Zeit.

Den Tag darauf hatte er mit Zittern und Zagen an der Tür des Hauses Via Fondo Banchetto 36 geläutet. Und wäre er nun sogleich empfangen worden und hätte nicht vielmehr eine dicke Dame in schwarzer Satinschürze mit dem faschistischen Parteiabzeichen am Busen, mit Haaren von Pfeffer-und-Salz-

Farbe und mit mißtrauischer Miene (»das ist ihre Schwester«, sollte ihm Rovigatti lakonisch erklären) die Tür geöffnet und ihm gesagt, daß die Lehrerin nicht zu Hause sei – und wenn nicht immer wieder nur sie erschienen wäre und ihm mitgeteilt hätte, daß die Lehrerin eine Stunde gebe und deshalb niemand empfangen könne –, oder am folgenden Tag, daß es ihr nicht gut gehe, am nächsten, daß sie nach Bologna gereist sei und vor der kommenden Woche nicht zurückkomme, und so durch Wochen und Wochen, dann hätten er und Rovigatti aller Wahrscheinlichkeit nach nicht die Zeit gehabt, Freunde zu werden. Er hatte sofort begriffen, daß er antichambrieren mußte. Aber für wie lange noch? Wer weiß. Solange jedenfalls, bis Clelia Trotti oder der, der für sie die Entscheidungen traf, den Zeitpunkt für gekommen hielt, ihn zu empfangen. (Aber wußte sie überhaupt von seinen Versuchen, sie kennenzulernen? War sie davon unterrichtet worden, daß er beinahe täglich kam?)
Er hatte jedesmal Herzklopfen, wenn er auf den Klingelknopf drückte; und jedesmal wurde er von neuem enttäuscht. Die Ausrede war ganz offenkundig! Aber er wurde darum nicht böse, wenn ihm auch, die Wahrheit zu sagen, die Schwester – sie war die Signora Codecà – nicht besonders sympathisch war. Er trat jedesmal den Rückzug in die nahe Piazza Santa Maria in Vado an: so als müßte er sich, da ihm der Zugang zum Wunderland versperrt blieb, damit begnügen, an seiner Schwelle zu warten. Bei Rovigatti, der diese Wunderwelt, obwohl er es vermied, von ihr zu sprechen, intim kannte, ja, zu ihr gehörte, bei Rovigatti würde er nie die Türe verschlossen finden. Darauf durfte er sich verlassen. Sie knarrte nur ein klein wenig, wenn er sie mit zwei Fingern öffnete. Rovigatti war immer da, wie die Gnomen, an die das Volk noch heute glaubt, ein wenig boshafte, aber gutmütige Schutzgeister. »Guten Abend, junger Herr, wie geht's?« begrüßte er ihn mit einem angedeuteten Lächeln und betrachtete ihn dabei von unten nach oben, ihn mit seinen dunklen, wie fiebernden

Augen musternd (er war in Wahrheit der Wächter, der gutmütige, diplomatisch-verschwiegene Hüter des Hauses, zu dem ihm der Zutritt versagt war!). Nach und nach wurde es ihm zu einer unentbehrlichen Gewohnheit, zu einem täglich zu zelebrierenden Ritus, bei Rovigatti zu sitzen, sich mit ihm zu unterhalten und zu warten, bis die Dunkelheit kam.
Als Wächter und Hüter, als eine Art Pförtner in seiner Loge – so sah ihn Bruno damals. Aber nicht als Menschen von geringem Rang, nicht als subaltern. Das nicht.
Sobald Bruno seinen Laden betreten hatte, setzte er sich auf den Schemel Rovigatti gegenüber. Er blieb dort ganze Stunden und sah ihm fasziniert bei seiner Arbeit zu. Welche Kraft, welches Selbstbewußtsein schien dem Schuster gerade aus der Ausübung seiner manuellen Arbeit zu erwachsen! Er hatte sich den Zwirn um beide Hände gewickelt, die so hart waren, wie das Leder, aus dem er gerade die Form einer Sohle herausgeschnitten hatte, und zog ihn mit gemessener Kraftanstrengung an sich. Im Munde hatte er eine Handvoll Nägel, die Zunge und Lippen je nach Bedarf pünktlich wieder ans Licht förderten. Der Hammer schlug mit der Präzision eines Automaten auf die stumpfe Oberfläche des Schuhs, den er dabei fest wie in einem Schraubstock zwischen den Knien hielt. Wie geschickt und wie sicher er war! Und wenn er auch während des Gesprächs fortfuhr, seine Hände zu gebrauchen – große, geschwärzte Hände, die dort, unter der niedrig herabhängenden Lampe jeden Tag vom Morgen bis zum Abend tapfer ihre bescheidene Schlacht schlugen –, so störten ihn die zu seiner Arbeit gehörenden Bewegungen dabei keineswegs. Ebensowenig lenkten sie ihn ab. Im Gegenteil. Wenn er mit einem einzigen Hammerschlag einen Nagel in das dicke Leder trieb, schien ihm das zuweilen besser geeignet, seinen Standpunkt zu bekräftigen, als jedes weitere Argument.
Dennoch, meinte Bruno, konnte es nur Rovigattis Arbeit sein, die zwischen ihnen stand und schuld war, daß er noch immer nicht das volle Vertrauen des Schusters besaß. »Denn«, schien

Rovigatti sagen zu wollen, wenn er sich mit der Hand durch die glänzend schwarzen Haare fuhr, die ihm auf der einen Seite in einem Büschel noch recht jugendlich in die bleiche Stirn fielen, »sind Sie trotz aller Rassengesetze nicht immer noch ein junger Herr, ein Signorino? Eine Krähe hackt der anderen kein Auge aus. Erzählen Sie mir doch nichts!«

So kam es, daß, wenn Bruno von Politik sprach (es war für ihn im Grunde nur ein Mittel, Rovigatti auf seine Seite zu ziehen, sich ihm näher zu fühlen, und vor allem, zu erreichen, daß er sich bei Clelia Trotti für ihn verwendete, damit ihm die Tür zu ihrem Reich ein wenig früher als ursprünglich vorgesehen geöffnet wurde), sich Rovigatti zumeist auf das Zuhören beschränkte oder aber ihm in einem ruhigen, leidenschaftslosen Ton mit geradezu übertriebener Objektivität zu antworten. Redete sein junger Gast gar zu ungereimtes Zeug, neigte er den Kopf über seine Arbeit oder blickte rasch und verstohlen hinaus, auf den Platz, als fürchtete er, daß sich ein Geheimagent der Politischen Polizei im Schutze der Dunkelheit unerkannt bis auf wenige Meter genähert habe und plötzlich draußen stehe, das Ohr an die Hauswand gepreßt, und alles, was sie sagten, belausche. Einmal ging er sogar so weit, ihm zu entgegnen: »Aber nicht doch, das würde ich nicht sagen. Etwas Gutes haben auch *die* gemacht.« Während Bruno ihn verblüfft betrachtete, funkelte in den Augen des Schusters ein boshaftes Lachen. Er genoß offenbar seinen Triumph. Der Signorino Bruno, der Sohn aus dem herrschaftlichen Haus in der Via Madama, für dessen Familie er seit beinahe zwanzig Jahren die Schuhe besohlte, war in sein Haus gekommen und machte ihm Besuche! Aber der Triumph konnte nicht vollständig genannt werden, wenn er sich nicht jetzt, an diesem Punkt der Entwicklung (es war klar, daß das Schiff an allen Stellen leck zu werden begann), den Luxus leisten durfte, dem Gegner von gestern auch ein kleines Verdienst zuzuerkennen. *Er* war kein Signore, er war auf dieser Seite der Barrikade geboren und aufgewachsen, auf der Seite der Armen,

der Unterdrückten und Verfolgten. Und jetzt? Nur, weil Cesare Rovigatti nichts weiter als ein Flickschuster war, erwartete man jetzt von ihm blinden Haß, stumpfsinnigen Groll und unterschiedslose Feindseligkeit? Ach nein, das wäre zu bequem! Die Zeit war vorbei, in der sich die Reichen und Mächtigen des arbeitenden Volkes als einer Masse bedienten, die sich beliebig manövrieren ließ, sich selbst aber das Monopol der erhabenen Gefühle vorbehielten! Vorbei war die Zeit der Mißverständnisse und Zweideutigkeiten! Und wenn sich wirklich noch jemand der Selbsttäuschung hingab, das in der Vergangenheit übliche Spiel wiederholen zu können und der Arbeiterklasse die vornehme Aufgabe anzuvertrauen, die Kastanien aus dem Feuer zu holen (Kastanien, die sie gar nichts angingen), nun, dann war ihm nicht zu helfen. (Wenn er diese Dinge sagte oder zu verstehen gab, daß das seine Meinung war, wurden seine Pupillen hart und feindselig, und über den mit alten Schuhen bepackten Tisch schleuderte er Bruno einen raschen Blick voll argwöhnischer Ironie zu, der den jungen Mann erschauern ließ. Es war der gleiche Blick, mit dem er ihn durchbohrt hatte, als auch Bruno sich erkühnte, die Kommunisten »unsere lieben Vettern« zu nennen, wobei er damit rechnete, daß Rovigatti, als Romagnole und sozusagen geborener Anarchist ein leidenschaftlicher Antikommunist, an seiner Ironie Gefallen finde.)
Jedenfalls schien es Rovigattis Eitelkeit besonders zu befriedigen, wenn es ihm gelang, die Unterhaltung auf unpolitische Themen zu lenken. Zum Beispiel auf die Literatur.
Liebte Bruno Victor Hugo? Was für ein unübertreffliches Buch war »1793«! Und »Die Elenden«, und »Der Mann, der lacht«, und »Die Arbeiter des Meeres«? Im Italien des neunzehnten Jahrhunderts hatte auf dem Gebiet des Romans nur Francesco Domenico Guerrazzi etwas Ähnliches geleistet, wenn auch auf einem sehr viel tieferen Niveau. Aber im ganzen genommen war es um die italienische Literatur, wenn man sie vom Standpunkt des Proletariats aus betrachtete, traurig bestellt, zumal

wenn man dabei die Bildungsstufe berücksichtigte, auf die das italienische Proletariat Anspruch erheben konnte! Von den Dichtern blieb genau genommen nur Dante übrig, »der größte Dichter der Welt«. Die nach ihm gekommen waren, hatten statt für das Volk für die Herren geschrieben. Petrarca, Ariost, Tasso, Alfieri, jawohl, auch Alfieri, und Foscolo: lauter Zeug für eine »Elite«. Und »Die Verlobten« von Manzoni? Das roch zu sehr nach Sakristei und Reaktion. Nein, wenn man wieder einmal etwas Wertvolles lesen wollte (vielleicht war es bescheiden, aber wertvoll), mußte man sich gleich an Carduccis »Liebessang« oder an gewisse soziale Polemiken Stecchettis halten. Übrigens: was geschah auf literarischem Gebiet heute, im zwanzigsten Jahrhundert, abgesehen von diesem degenerierten D'Annunzio und abgesehen von Pascoli? Leider fehlte es ihm an der nötigen Zeit, um sich über die Entwicklung zu unterrichten. Die Stadtbibliothek wurde um sieben Uhr abends geschlossen. Das war bedauerlich, denn wenn sie auch in den Abendstunden geöffnet bliebe, würde er, der ja keine Familienverpflichtungen habe, gewiß wie viele andere nach der Arbeit von dieser »öffentlichen Einrichtung« Gebrauch machen. Aber der junge Herr Bruno hatte ja studiert und studierte noch, ja, obwohl noch nicht Doktor (unterrichtete er denn nicht schon jetzt an der israelitischen Schule in der Via Vignatagliata?), durfte man ihn bereits heute Professor nennen. Vielleicht dachte er sogar daran, selbst einmal Bücher zu schreiben. War es nicht so? Nun gut, er, der unzweifelhaft ein gebildeter Mensch war und als Literat auch die letzten Neuerscheinungen verfolgen mußte, möge ihm bitte eine offene Antwort geben: gab es heute gute Schriftsteller? Plötzlich von einem tiefen Gefühl der Vergeblichkeit ergriffen, wie von einem Versagen seiner Kraft, antwortete Bruno nicht. »Auf diesem Felde wird bestimmt nichts Schönes oder Nützliches mehr geschaffen!« schloß Rovigatti, überzeugt die Lippen aufeinanderpressend und aufrichtig betrübt den Kopf schüttelnd. Brunos Widerstreben, ihn über den gegenwärtigen

Stand der italienischen Literatur zu unterrichten, und seine Miene, wenn er auf Rovigattis Fragen nicht antworten mochte (»Warum bin ich nur hier?« fragte sich Bruno; er hoffte kaum noch auf den endlichen Lohn, der ihm als Preis für die lange Quarantänezeit in der Piazza Santa Maria in Vado zuteil werden sollte) – auch das ließ Rovigatti begreifen, daß er die Dinge richtig beurteilte, daß er recht hatte.

Aber das Gesprächsthema, bei dem sich Rovigatti im Grunde am wohlsten fühlte, war sein eigenes Handwerk. Es war, wie er sagte, ein bescheidenes, ja, ein überaus bescheidenes Handwerk. Dennoch hatte es ihm immer erlaubt, nicht nur sich auf anständige Weise durchzuschlagen, sondern auch all diese Jahre zu überstehen, ohne je den Rücken krumm gemacht zu haben. Übrigens, glaubte Bruno etwa nicht, daß auch das Handwerk eines Flickschusters seine interessanten Seiten habe? Jede menschliche Tätigkeit hatte sie, man mußte sie nur gern ausüben, mußte »darinstecken« und ihre Geheimnisse kennen. Nun sprach er endlich ganz ohne Ironie und ohne Bosheit, und Bruno vergaß beim Zuhören allmählich seinen eigenen Kummer und war beinahe glücklich.

In Rovigattis Hand wurde ein ausgetretener Schuh etwas Lebendiges. Aus der Art, wie ein Kunde den Absatz heruntergetreten, das Oberleder deformiert, die Schuhspitze durchgestoßen hatte, verstand es Rovigatti mit einer wunderbaren Intuition, die Bruno entzückte, den Charakter des Besitzers zu erraten. Bevor er an die Reparatur eines Schuhs ging, pflegte er ihn dicht unter die Lampe zu halten, mit dem nachsichtigen Lächeln des Künstlers, der sein eigenes Geschöpf betrachtet und bereit ist, ihm die ärgsten Streiche nachzusehen, wenn er ihm dafür um so besser ins Herz schauen kann und es ihm dafür ganz lebendig wird.

»Sehen Sie, bei diesem Herrn werde ich nur schwer zu meinem Geld kommen«, sagte er zum Beispiel und hantierte dabei mit einem Paar sehr enger Lackschühchen, die wie neu aussahen, jedoch unter den scharfen Spitzen nicht geringe Zeichen der

Abnützung trugen; und die vorsichtige Gebärde, mit der er sie Bruno unter die Augen hielt, damit er sie mit dem gebührenden Interesse prüfen könne (es war die Vorsicht eines Schlangenbeschwörers!), ließ ihn vollkommen den Eigentümer dieser Schuhe erkennen, einen jungen Müßiggänger und stadtbekannten rücksichtslosen Zuhälter.

»Und du, schöne Blonde, achte gut auf den Weg!« brummte er mit einem Lächeln der Sympathie und fuhr mit dem schwieligen Daumen über den hohen Absatz, der spitz wie ein Dolch war und den ein kraftvoll triumphierender Gang an den Rändern stark beschädigt hatte.

Einmal zeigte er Bruno auch die Schuhe des Abgeordneten Bottecchiari, des »Fürsten unserer Anwaltschaft«, wie sich Rovigatti tatsächlich, nicht ganz ohne Ironie, ausdrückte; doch in seinen Augen leuchteten, als er die Schuhe nachdenklich betrachtete, der alte Kampfgeist und seine unerschütterliche Treue.

»Auch er mag seine Fehler haben, das ist selbstverständlich«, erklärte er, »aber er ist ein Mensch, auf den man sich noch verlassen kann. Was hat es schon zu sagen, daß er immer mehr verbürgerlicht? Er verdient Geld, viel Geld. Er hat ein schönes Haus, eine schöne Frau – schön gewesen, natürlich. Ihre fünfzig hat sie auch schon auf dem Buckel! Mit seinem Geist und seiner Rednergabe hat er es dazugebracht, daß ihn die Faschisten respektieren und ihm den Hof machen. Aber worauf es ankommt, ist dies: Als sie ihm im vergangenen Jahr die Mitgliedskarte der Partei geben wollten, wissen Sie, was er ihnen da gesagt hat? Er hat sie ihnen ins Gesicht geworfen!«

Und während er sprach, hörte er nicht auf, die Schuhe Bottecchiaris in seinen schwieligen Händen hin und her zu wenden (ein Paar braune Schuhe mit quadratischer Spitze, die Schuhe eines Sanguinikers und Optimisten von einem Körpergewicht von mehr als einem Doppelzentner), die Schuhe Bottecchiaris, an dessen Seite er in seiner Jugend in den Reihen der Italienischen Sozialistischen Partei Giacomo Matteottis und Filippo Turatis marschiert war und mit dem zusammen er 1924 im Konsumverein der Eisenbahner und Trambahnangestellten überfallen worden war, wobei sich beide nur wie durch ein Wunder durch einen Notausgang hatten retten können.

Er wies mit dem Kinn nach draußen, in die Richtung der Via Fondo Banchetto.

Allerdings, fügte er hinzu, kamen weder er noch die anderen Freunde seit etwa zwanzig Jahren noch mit dem Rechtsanwalt Bottecchiari zusammen. Aber als er ihn kürzlich, es war knapp eine Woche her, auf der anderen Seite des Corso Giovecca aus der entgegengesetzten Richtung kommen sah (auf der anderen Seite der Barrikade, dachte Bruno, und fühlte sich wie noch nie mit Rovigatti, mit Clelia Trotti und mit all den armen Leuten in Stadt und Land, die er im Geiste hinter ihnen sah und die vergessen und verraten worden waren, solidarisch – stolz und froh, auf ihrer Seite, und für immer, zu stehen), da hatte ihm der ehemalige Abgeordnete, jovial und natürlich, wie er immer gewesen war, von weitem zugerufen:

»*Ciao*, Rovigatti!«

3

Eines Tages öffnete sich die Tür zu dem Haus in der Via Fondo Banchetto, ohne daß der Eingang sogleich von der untersetzten Gestalt der Signora Codecà verstellt worden wäre. Es war ja auch ganz natürlich und selbstverständlich, daß es schließlich einmal dahin kommen mußte. Jedes bessere Märchen (es mochte drei, halb vier Uhr nachmittags sein, und es lag tatsächlich etwas Unwirkliches in der Stille dieser vollkommen menschenleeren Straße) endet zumeist mit dem Verschwinden oder der Metamorphose des Ungeheuers. Mit einemmal war der Bann gebrochen und Frau Codecà verschwun-

den. Nun, wer anders konnte die Frau sein, die an ihrer Stelle die Tür geöffnet hatte, wenn nicht Clelia Trotti? Gewiß war sie es, sagte sich Bruno, es konnte nur sie sein, die vertrocknete, ungepflegte alte Jungfer, so etwas wie eine alte Betschwester, wie die Leute sagten. Um sich zu vergewissern, daß sie Clelia Trotti war, brauchte er ihr nur in die Augen zu sehen. Es waren immer noch die herrlichen Augen des schönen jungen Mädchens aus der Gefolgschaft Anna Kulischoffs, die Augen der ungestümen Heldin der Arbeiterklasse, die der Abgeordnete Bottecchiari in seiner Jugend geliebt hatte . . .
Nachdem sie die Drachenhaut abgestreift und wunderbarerweise ihr wahres Gesicht wiederhatte, lächelte denn auch Clelia Trotti so hold wie die Prinzessin im Märchen über die Verblüffung – und Lächeln und Verblüffung waren gleichfalls obligatorisch, sie gehörten zum Stil des Märchens –, die sich in der Miene des unbekannten jungen Mannes ausdrückte, der dort auf dem Straßenpflaster vor ihrer Tür stand. An diesem Punkt der Geschichte hätte ein: »Treten sie bitte näher, nehmen Sie Platz! Ich weiß bereits, was Sie herführt«, genügt, und das Märchen hätte, mit der kleinen Tür, die sich geheimnisvoll hinter ihnen schloß, vor der wie wattierten Stille der Via Fondo Banchetto, sein richtiges und geziemendes Ende gefunden. Jedoch diese Worte wurden nicht gesagt. Wie um auszudrükken, daß das Lächeln, dieses liebenswürdige Lächeln, das übrigens in gewisser Weise durch den forschenden Blick ihrer scharfen, hellblauen Augen wieder Lügen gestraft wurde, ein Lächeln reiner Höflichkeit war und weiter nichts. Ein fragendes Lächeln, liebenswürdig, aber doch Antwort heischend. Plötzlich begriff Bruno die Zusammenhänge. Weder Frau Codecà noch Rovigatti hatten ihr je seinen Namen genannt! Er mußte sich also vorstellen, über die ihm noch immer verwehrte Schwelle hinweg, mußte deutlich buchstabierend Vornamen und Familiennamen, »Bruno« und »Lattes«, nennen. Jetzt war das Erstaunen in der Miene Clelia Trottis zu lesen – wirkliches Erstaunen und Vertrauen und Entgegenkommen, während der

forschende Ausdruck in der hellen Iris ihrer Augen wie in einer Welle edler Trauer unterging. Wie auch immer, soviel genügte, damit das Märchen sich in ganz anderer Weise vollendete: es verflog vor der Wirklichkeit, und die Wirklichkeit nahm wieder den ihr zukommenden Platz ein.

»Denke daran, daß sie überwacht wird«, hatte ihn Bottecchiari, die Stimme senkend, gewarnt, als befürchtete er, daß selbst die Luft Ohren habe. Er wollte damit auf die Politische Polizei, die OVRA, anspielen. Aber wieder einmal stellten sich die Dinge, sobald man sie aus der Nähe betrachtete, ganz anders dar.

»Kommen Sie, wir wollen im Wohnzimmer weitersprechen«, flüsterte die alte Lehrerin, nachdem sie Bruno in den Flur gelassen hatte.

Sie ging ihm auf Zehenspitzen durch den dunklen, feucht riechenden Korridor voran. Während er ihr folgte, auch er bemüht, möglichst geräuschlos zu gehen, und dabei beobachtete, wie sie sich mit aller ihr nur möglichen Vorsicht bewegte, erriet er wieder leicht den wahren Sachverhalt. Wenn Clelia Trotti überwacht wurde, so vor allem im eigenen Hause, nicht draußen. Ihre wahren Kerkermeister waren Signora Codecà und ihr Mann (er Kassierer bei der Landwirtschaftskasse, dem Hort der Agrarbourgeoisie der Stadt; sie ordentliche Volksschullehrerin, ohne Beschränkung im Dienst). Und die Polizei? Die Polizei wußte natürlich genau, was sie tat. Indem sie die unter Polizeiaufsicht stehende sechzigjährige Frau der häuslichen Kontrolle dieser beiden würdigen Ehegatten überließ – Leuten, die offenbar zuviel gesunden Menschenverstand besaßen, um zuzulassen, daß ihr ungelegener Gast verdächtige Besuche empfing –, konnte die OVRA es dabei bewenden lassen, sich nur gelegentlich zu zeigen, und im übrigen ruhigen Gewissens schlafen.

Sie betraten das Wohnzimmer im Erdgeschoß. Bruno musterte den Raum. Hier also verbrachte Clelia Trotti einen großen Teil ihrer Tage und mühte sich ab mit Stundengeben für die Kinder der Nachbarschaft. Dies war ihr Gefängnis.

Die Möbel aus hellem Holz, billig, dabei nicht ganz ohne einen lächerlichen Anspruch; die grüne, tintenbefleckte Decke auf dem Tisch in der Mitte des Zimmers, der Kronleuchter aus falschem Murano-Glas; das Kaufmannsdiplom, auf dem in gotischen Lettern der Name des Hausherrn, Evaristo Codecà, zu lesen war und das zwischen unbedeutenden Bildchen, Gebirgslandschaften und Seestücken hing; die Pendeluhr, ebenfalls aus hellem Holz, mit ihrem abgehackten Ticktack, bedrückend wie eine Drohung; sogar der winterliche Sonnenstrahl, der durch das einzige offene Fenster drang, das auf den kleinen Gemüsegarten hinter dem Hause ging, und der auf dem Sofakissen einen Pferdekopf, gemalt in der Farbe geronnenen Bluts, grausam zum Erglühen brachte: in diesem Brunnengrund, in dieser verdächtigen Höhle, sprach alles von Langeweile, von Unlust und von langen Jahren kleinlicher, unrühmlicher Absonderung und Vergessenheit. Und dort, ihm gegenüber am Tisch, die alte Revolutionärin, die noch immer lächelte, über sich, über Bruno und über alles (ein Lächeln, das auch um Entschuldigung bat, um ein wenig Nachsicht!), die alte Revolutionärin, die noch mit eigenen Augen Anna Kulischoff und Andrea Costa gesehen und mit Filippo Turati, mit Giacomo Matteotti und Massarenti, dem Apostel von Molinella, über Sozialismus diskutiert hatte, und die 1913 eine wichtige Rolle in der berühmten Roten Woche in der Romagna spielte. So weit war es nun mit ihr gekommen, daß sie mit erstickter Stimme sprach, in einem kaum mehr verständlichen Gezischel, wobei sie von Zeit zu Zeit die Augen zur Decke hob, wie um anzudeuten, daß von dort oben, vom oberen Stockwerk, jeden Augenblick ihre Schwester oder ihr Schwager herunterkommen konnten, um ihr Gespräch zu unterbrechen, wenn sie nicht gänzlich schwieg, die eine Hand geöffnet und halb erhoben, den Zeigefinger der anderen Hand aber an die Lippen gelegt (in einer dieser Pausen schlug heiser die Uhr, und gleichzeitig hörte man vom Garten her leise das Gackern der Hühner), ganz wie eine Schülerin, die fürchtet, ertappt zu werden! Dies war die Wirklichkeit, dachte Bruno. Er war sinnlos, sich Illusionen hinzugeben! War es dann aber, alles in allem, wirklich der Mühe wert gewesen, daß sie ihr Leben in einer so ganz anderen Weise als Bottecchiari geführt hatte, wenn dann doch die unvermeidliche Krankheit, die Zeit, die alles zerstört und entstellt, auch hier ihr Werk so weit führen konnte?

Clelia Trotti hatte sich nie gebeugt und sich ihre Seele rein bewahrt. Der ehrenwerte Bottecchiari hingegen hatte sich, auch wenn er die Mitgliedschaft in der faschistischen Partei abgelehnt hatte, dennoch im reiferen Alter vollkommen in die Gesellschaft eingefügt. Er gehörte zum Beispiel dem Verwaltungsrat der Landwirtschaftskasse an, und zwar ohne daß irgend jemand daran Anstoß nahm oder sich darüber beschwerte. Nun gut, wer von den beiden hatte es, wenn man sich die Resultate ansah, im Leben richtig gemacht? Und was hatte er, Bruno, hier gesucht, er, der zu spät gekommen war, als der unwiderruflich Letzte, wenn nicht, um sich darüber klar zu werden, daß die bessere Welt, die ehrlichere und anständigere Gesellschaft, deren Zeugnis und Relikt zugleich Clelia Trotti war, nicht mehr wiederkommen würden? Er sah sie an, die berühmte Sozialistin, die mitleiderregende Gefangene, und er brachte es nicht fertig, seinen Blick von dem kaum erkennbaren, dunklen Streifen zu nehmen, der, nur ein wenig unterhalb des weißen Haars, das sie im Nacken geknotet trug, rund um ihren mageren runzligen Hals lief. Welche Hilfe, welchen Schutz, fragte er sich, während er unbarmherzig den Blick auf diesen armen, schlecht gewaschenen Hals heftete, welch nützlichen Beweis von Solidarität, welche reale Hoffnung konnte er sich von Clelia Trotti, von Rovigatti und anderen bescheidenen Freundschaften aus der Welt Rovigattis erwarten, wie sie die Lehrerin insgeheim gewiß noch pflegte? Am besten brach er sofort auf und machte dieser grotesken Unterhaltung ein Ende! Aber davon abgesehen: warum hatte er nicht dieses eine Mal auf seinen Vater gehört, der ihm seit dem September 1938 zuredete, Ferrara zu verlassen und nach »Eretz« auszuwandern, wie man sich rasch angewöhnt hatte zu sagen, oder in die USA oder auch nach Südamerika? Warum hatte er ihm nicht gefolgt? Er war jung, wurde sein Vater nicht müde zu wiederholen, er hatte sein Leben noch vor sich. Er *mußte* emigrieren und anderswo heimisch werden. Wenn er wollte, gab es noch immer die Möglichkeit dazu. Bis zum nächsten Sommer würde Italien noch nicht im Kriege sein, und einem Juden, dem Angehörigen einer diskriminierten Rasse, würde man den Paß gewiß nicht verweigern. Wollte er wetten? Die Diskriminierung, die ihm so verachtungswürdig schien, würde sich für die Erlangung des Passes sehr nützlich auswirken ...

»Sie müssen mich entschuldigen«, sagte indessen Clelia Trotti, wobei sie mehr denn je die Stimme dämpfte, »aber dies ist nur in gewisser Weise mein Haus. Streng genommen kann davon gar keine Rede sein. Meine Schwester und mein Schwager«, fügte sie hinzu – und in ihren blauen Augen, die sie in die Augen Brunos senkte, stand wieder die Freude, sich jemandem anvertrauen zu können, und die Gewißheit, daß ihr Vertrauen sie nicht täuschte, »meine Schwester und mein Schwager haben mich, seitdem ich aus der Verbannung zurückgekommen bin, und das heißt, seit mehreren Jahren, hier aufgenommen. Sie haben es sich in den Kopf gesetzt, mich davon abzuhalten«, – und jetzt lachte sie, amüsiert den Kopf schüttelnd – »weitere Dummheiten zu begehen. Sie überwachen mich und stecken ihre Nase in alles, was ich tue, und sie verlangen, daß ich mindestens schon zwei Stunden vor Einbruch der Dunkelheit nach Hause komme. Glauben Sie mir, es ist schlimmer, als wenn ich ein Kind wäre! Natürlich ist mir klar, daß für Menschen, die nicht wie *wir* denken ... die vielmehr ganz andere politische Vorstellungen haben als *wir* ... übrigens gute Menschen, müssen Sie wissen, mit einem goldenen Herzen ... also es ist mir klar, daß ihnen ihr Verhalten mir gegenüber als ganz berechtigt erscheinen mag. Sie tun alles zu meinem Besten, sagen sie, und vielleicht stimmt das. Aber« – und hier drückte ihre Miene tiefen Überdruß aus, und ihr Blick war unvermittelt ernst, fast streng geworden – »wie langweilig ist dieses Leben!«

»Ist die Dame, die immer die Tür aufmacht, Ihre Schwester?«

»Ja, allerdings, aber warum?« fragte sie beunruhigt. »Wollen Sie vielleicht damit sagen, daß Sie heute nicht zum ersten Mal gekommen sind, um mich zu sprechen? Ach, Sie Ärmster!« Sie faltete die kleinen, knochigen Hände, und man sah den nikotinbefleckten Zeige- und Mittelfinger der Rechten. »Wer weiß, wie oft Giovanna Sie den Weg umsonst machen ließ!«

»Einmal sagte sie mir dies, das andere Mal das. Ich begriff sehr wohl, daß es Ausreden waren. Aber ich konnte nicht ahnen, daß Sie nicht auf dem laufenden waren. Und nun ...«

»Ach, Sie Ärmster!« wiederholte Clelia Trotti. »Und ich versuche sie noch zu rechtfertigen! Aber diesmal werden sie von mir etwas zu hören bekommen. Das schwöre ich Ihnen. Etwas lasse ich mir gefallen, aber was zuviel ist, ist zuviel!«

Eine Weile schwieg sie, wie um über diese Eigenmächtigkeit nachzudenken, mit der ihre Verwandten sie behandelten, und darüber, wie sie ihre Rechte wahren könnte. Aber gleichzeitig – man sah es ihr an –, gleichzeitig dachte sie auch an etwas anderes. Und das mußte etwas sein, das ihr gegen ihren Willen ein gewisses Vergnügen bereitete.

»Aber hören Sie, wie sind Sie zu meiner Adresse gekommen? Ich kann mir vorstellen, daß es Ihnen gar nicht so leicht gefallen ist, sie sich zu besorgen.«

»Im November vergangenen Jahres bin ich deswegen bei dem Rechtsanwalt Bottecchiari gewesen«, erklärte Bruno, wobei er es vermied, sie anzusehen. Und da sie nichts entgegnete, fügte er hinzu:

»Rechtsanwalt Bottecchiari ist ein alter Freund unserer Familie. Ich nahm an, daß er mir Ihre Adresse besorgen könne, aber er konnte oder wollte mir nichts Genaues sagen. Doch riet er mir, mich an Rovigatti zu wenden, an Cesare Rovigatti, wissen Sie, den Flickschuster gleich nebenan an der Piazza Santa

Maria in Vado. Glücklicherweise kannte ich ihn sehr gut, und so . . .«

»Unser Cesarino, ja, ein so lieber Mensch. Aber ich begreife nicht, wieso . . . Er hätte mir doch von Ihnen erzählen können! Sehen Sie? Aus irgendeinem Grunde glaubt sich jeder zu dem verrücktesten Benehmen mir gegenüber verpflichtet. Und andererseits verstehen sie nicht, daß sie mir mit diesen Methoden, mit denen sie allmählich eine Wüste um mich her schaffen, sozusagen die Luft zum Atmen rauben. Dann schon lieber gleich das Zuchthaus!«

Müdigkeit, Ekel und Verzweiflung lagen im Ton dieser letzten Worte. Bruno sah ihr ins Gesicht. Aber ihre leuchtend blauen Augen, ruhig und trocken unter den grauen, hochgezogenen Brauen, blickten voller Hoffnung. Wie wenn sie an allem und jedem zweifelte, nur nicht an ihm.

Plötzlich ging die Tür auf. Jemand zeigte sich – Signora Codecà. »Hast du Besuch?« fragte die bekannte, verhaßte Stimme, noch bevor der Pfeffer-und-Salz-farbene Kopf neugierig hereinschaute.

Der mißtrauische Blick Signora Codecàs traf den Blick Brunos. »Ach so«, sagte sie kühl. »Ich wußte nicht, daß du Besuch hast.«

»Oh, es ist ein Freund! Signor Lattes«, beeilte sich Clelia Trotti aufgeregt zu erklären, Bruno Lattes!« – »Sehr erfreut«, sagte Signora Codecà, ohne einen Schritt näherzutreten. »Endlich haben Sie sie angetroffen, wie?« fügte sie mit einem säuerlichen Lächeln hinzu, jedoch ohne Bruno anzusehen.

Sie ging ein wenig beiseite, und aus dem Dunkel des Korridors trat mit verängstigtem Gesicht ein kleiner Junge von acht oder neun Jahren. Er trug eine kleine schwarze Schürze, die auf der Brust drei waagrechte weiße Streifen zeigte.

»Komm nur herein!« ermutigte ihn Signora Codecà. Und dann sagte sie, an die Schwester gewandt:

»Bemühe dich nicht. Ich bringe Signor Lattes hinaus.« Als sie an der Stelle angelangt waren, an der sie beide schon so oft gestanden hatten: sie, mit ihrer massigen Gestalt den Eingang blockierend, er auf der Straße, zu ihr hinaufsehend, begann Signora Codecà:

»Ich weiß nicht, ob meine Schwester daran gedacht hat, es Ihnen zu sagen, aber sie muß tatsächlich spätestens übermorgen verreisen. Ja, verreisen, und ich nehme an, ziemlich lange. Wie lange sie fort sein wird? Nun, ein paar Wochen ... vielleicht ein paar Monate ... Kurz und gut, es ist im Augenblick zwecklos, daß Sie wiederkommen, glauben Sie mir! Es ist jetzt wirklich zwecklos. Tun Sie mir den Gefallen, Signor Lattes, und seien Sie vernünftig! *Ich sage es auch in Ihrem Interesse ...*«

Im Sprechen verlor ihr Gesichtsausdruck immer mehr an Härte, und ihre Stimme klang immer unsicherer.

Die letzten Worte begleitete sie mit einem betrübten, flehenden Blick. Als sie sich schließlich zurückzog und langsam die Tür hinter ihm schloß, fügte sie im Flüsterton hinzu: »Wir werden überwacht, wissen Sie es nicht?«

In dieser Nacht wurde Bruno, als er wie immer sehr spät heimkam, sogar ohne gegen acht Uhr zu Hause angerufen zu haben, daß man nicht mit dem Essen auf ihn warten solle, vom Schnee überrascht. (Er war erst im Kino gewesen, dann hatte er in einer Bar vor der Porta Reno neben dem Billard gesessen und als freiwilliger Aushilfsmarkör die Punkte notiert). Zuerst war es eine Art feiner Staub, der leicht um die Straßenlaternen wirbelte. Aber als er in der Via Madama den Schlüssel in das Schloß der Haustür zu stecken suchte, fiel der Schnee bereits in dichten, schweren Flocken. Als er aufblickte, fühlte er ihn auf dem Gesicht. Während er mit dem Schlüssel hantierte (wegen der Dunkelheit dauerte es jedesmal lange, bis er das Haustor geöffnet hatte), lauschte er angestrengt auf die Schläge der Uhr vom Kastell, die in diesem Augenblick begonnen hatte zu schlagen. Eins, zwei, drei, vier. Vier Uhr. Aber das, meinte er, konnte nicht der Grund sein, daß sein Vater das Licht gelöscht hatte und schlafen gegangen war. Für gewöhnlich machte er das Licht aus, wenn er Bruno auf Zehenspitzen an der Tür des Schlafzimmers vorbeikommen hörte und er ihm, mit Husten und ein paar gemurmelten Worten, zu verstehen gegeben hatte, daß er bis jetzt wach und in Sorge um ihn gewesen war. Seine Lippen verzogen sich zu einem Ausdruck der Ungeduld. Um so besser! Heute nacht hatte er wirklich keine Lust, wieder die dumme alte Komödie des auf Zehenspitzen im Dunkel Tappens zu spielen. Wenn sein Vater nicht schlief, würde er gewiß sogleich zu ihm ins Zimmer kommen. Er wußte schon, wovon er sprechen würde.

Aber als er im Hausflur war – er hatte das Treppenlicht nicht eingeschaltet und konnte hinter dem Gitter im Garten die in der Dunkelheit schwarzen Pflanzen erkennen –, bemerkte er einen Lichtschein, der unter der Tür des Zimmers im Erdgeschoß lag, das er als sein Arbeitszimmer eingerichtet hatte. Er trat an die Tür und öffnete sie behutsam. Sein Vater saß in dem grünen Plüschsessel am Tisch .Er schlief, in ein Plaid gewickelt, und sein Kopf war ihm auf die Schulter gesunken. Von seinen Knien war eine aufgeschlagene Zeitung halb auf den Boden geglitten.

Lautlos trat er ein und lehnte sich an die Wand neben der Tür.

So spät wie heute war er allerdings noch nie heimgekommen, dachte er. Vielleicht war deshalb sein Vater, der sich einerseits nicht dazu entschließen konnte, das Licht zu löschen, andererseits aber auch nicht länger im Bett wach bleiben mochte, wieder aufgestanden und war so, wie er war, im Nachthemd und in Hausschuhen, ins Erdgeschoß hinuntergegangen. Vielleicht war es ihm auch in den Sinn gekommen, er könne die Gelegenheit dazu benützen, einmal gründlich mit ihm die Frage seiner Auswanderung nach Palästina oder Amerika zu besprechen, eine Frage, auf die er bisher bei jedem Versuch, sie zur Diskussion zu stellen, nur kühle und gleichgültige Antworten bekommen hatte. Und in Voraussicht eines Streits, bei dem die Mutter gewiß wach geworden wäre und sich erschrocken und unter Tränen vom Nebenzimmer aus eingemischt hätte, mochte er es für praktischer gehalten haben, den Sohn unten in seinem Studio zu erwarten, wo sie sprechen und schreien konnten soviel sie wollten, ohne fürchten zu müssen, daß sie jemand störten.

Grinsend trat er auf Zehenspitzen näher. Schon war er im Begriff, an die linke Hand des Schlafenden zu rühren, die wie tot auf der aufgeblätterten Zeitung ruhte (die Rechte, auf die sein Vater die Stirn stützte, hielt er instinktiv so, daß sie die halbgeschlossenen Lider vor dem Licht der Tischlampe schützte), als ihn plötzlich eine Empfindung, die beinahe wie ein stechender körperlicher Schmerz war, in seiner Bewegung innehalten ließ. So blieb er denn stehen, mit ausgestreckter Hand, die beinahe die wächserne Hand seines Vaters berührte, und musterte aufmerksam diese eingefallene Schläfe, die zerbrechliche Schläfe, mehr aus Knorpel als Knochen bestehend, eines enttäuschten, gescheiterten Menschen (seit dem September 1938 war wenig mehr als ein Jahr verstrichen: aber es hatte genügt, aus dem Rechtsanwalt Lattes einen alten Ghettojuden zu machen!), und seine weißen Haare, die so weiß und leicht wie Federn waren, von der gleichen Gewichtlosigkeit und Weiße wie die Haare Clelia Trottis. Wie lange würde sein Vater noch leben? Wie lange würde Clelia Trotti noch leben? Durften sie, bevor sie starben, noch das Ende der Tragödie erleben, die die Welt aus den Fugen riß?

Obwohl am Ende, obwohl dem Tode nahe, hörte keiner von beiden auf, von der Freiheit zu träumen, jeder auf seine Weise. In ihrem Gefängnis der Via Fondo Banchetto träumte Clelia Trotti von der Wiedergeburt des Sozialismus dank der Zuführung frischen Blutes in die müden Adern der Partei, dem Blut der Jungen wie Bruno (sie hatte es ihm von den Augen abgelesen; und im Grunde war es das, wozu er selbst bereit gewesen war!). Und der Rechtsanwalt Lattes in seinem Ghetto der Via Madama, in dem er sich vorsätzlich und mit einer schmerzlichen Wollust eingesperrt hatte (er war sogar aus dem Klub der Kaufleute ausgeschlossen worden; nun war er immer zu Hause und vertrieb sich die Zeit damit, Zeitungen zu lesen und Radio London zu hören), der Rechtsanwalt Lattes ließ, obwohl für seine Person so voll Resignation, keinen Augenblick davon ab, von der »glänzenden Karriere« zu phantasieren, die seinen Sohn, wenn er nur wollte, mit Sicherheit in Amerika oder Palästina erwartete. Und was würde Bruno nun tun? Würde er bleiben? Oder fortgehen? Sein Vater machte sich Illusionen über die wirkliche Bedeutung der Rassendiskriminierung. Auch wenn er einen Paß beantragte, würde er ihn nicht erhalten. Und was den Krieg betraf, so hatte er kaum begonnen. Er mochte wer weiß wie viele Jahre dauern, und außerdem ließ sich keineswegs voraussehen, wie er einmal endete. Nein, die Alternative zwischen Bleiben und Fortgehen bestand nicht. Es gab nur einen einzigen Weg: den, der jeden ohne Ausnahme einer unausweichlichen Zukunft entgegenführte. Und jetzt, da sich die Falle geschlossen hatte und jedes Entkommen unmöglich geworden war, schritt man ebenso gut auf der eingeschlagenen Straße weiter und teilte guten Willens, sei es auch nur aus Mitleid und Bescheidenheit, die einsamen Phantasien seiner Weggenossen, ihre verzweifelten Spiele und ihre tristen, erbarmungswürdigen Träume, wie sie Gefangene träumen.

Auf Zehenspitzen trat er ans Fenster und öffnete ein wenig die beiden Flügel. Es schneite noch immer. In wenigen Stunden würde der Schnee hoch liegen und über die ganze Stadt, dieses gemeinsame Gefängnis und Ghetto, sein bedrückendes Schweigen ausgebreitet haben.

4

Nun war sogar Signora Codecà zufriedengestellt. Sie hatte verlangt, daß aus ihrem Haus kein Verschwörernest gemacht werde; und endlich hatte sie ihr Spiel aufgedeckt, hatte ihre armseligen Karten auf den Tisch geworfen als die zweifellos eifrige, aber nicht perfide, nur verängstigte Kerkermeisterin.
Was auch immer sie sagte oder dachte, alle Wahrscheinlichkeit sprach dafür, daß die Politische Polizei praktisch das Haus in der Via Fondo Banchetto 36 vergessen hatte. Es war schon lange her, seit sich das letzte Mal ein Individuum von olivgrünem Teint, mit dem Schnurrbärtchen des Südländers und den Filzhut auch im Sommer tief über die Augen gezogen, gegen Abend gemeldet hatte, um sich zu vergewissern, daß sich die »unter Polizeiaufsicht stehende Trotti, Clelia« wie vorgeschrieben im Hause befand. Und doch, dachte Bruno, war es besser, Signora Codecà nicht zu widersprechen. Besser, wenn sie sich an die Rolle der strengen, unbestechlichen Aufseherin hielt, die sie freiwillig übernommen hatte. Sie mußte eine Staatsfeindin, wie ihre Schwester es war, im Auge behalten, die nach ihrer Entlassung aus der Konfinierung für nicht weniger als zehn Jahre unter Polizeiaufsicht gestellt worden war, mit der Verpflichtung, nach Sonnenuntergang das Haus nicht mehr zu verlassen und sich einmal in der Woche im Polizeipräsidium zu melden. Bei jedem Läuten mußte sie an die Tür stürzen, ohne je zu vergessen, das faschistische Parteiabzeichen auf der schwarzen Lehrerinnenschürze an auffälliger Stelle zu zeigen. Nun, auch Signora Codecà hatte das Recht auf ein wenig Spielraum für Illusion und Komödie, wie es jeder zum Leben braucht! Und Clelia Trotti? Vielleicht wollte insgeheim auch sie gar keinen Besuch empfangen? Mit verstohlenen Blicken das Haus verlassen, durch die Jalousien im ersten Stock spähen, rasch in die Via Coperta einbiegen: wenn ihr noch etwas Freude machte, dann mußten es ihre seltenen

Ausbrüche aus dem Hause Codecà sein. Man brauchte also nur zu warten – und jetzt fiel ihm das, leider! sehr viel leichter –, und früher oder später würde sie selbst von sich hören lassen.

Als Bruno eines Morgens, etwa zwei Monate später, in einem Klassenzimmer der israelitischen Schule in der Via Vignatagliata Unterricht gab, sah er mit einemmal, wie die Schuldienerin vorsichtig den Kopf durch die Tür steckte.

»Gestatten Sie?«

»Was gibt es?«

»Eine Dame möchte Sie sprechen.«

Mit ihren Hausschuhen über den Fliesenboden schlürfend, trat die Frau auf das Katheder zu, wie üblich die allgemeine Heiterkeit der Klasse erregend.

»Was soll ich ihr sagen?« fragte sie verlegen.

Sie war eine Frau von unbestimmbarem Alter, klein, rundlich, mit tiefschwarzem Haar, das in glänzenden, fettigen Strähnen ihr verschlafenes Schafsgesicht rahmte. Als es im Oktober 1938 notwendig wurde, die aus den höheren Schulen ausgestoßenen jüdischen Schüler in den Räumlichkeiten des Kindergartens unterzubringen, hatte Ingenieur Cohen diese Frau als Pedellin aus dem Altersheim geholt, wo sie die vergleichsweise jüngste Pensionärin gewesen war.

»Sagen Sie ihr, sie möchte bis zur Pause warten«, antwortete Bruno so kurz angebunden, daß die kleine Schar der Schüler sofort verstummte. »Wie oft soll ich Ihnen noch sagen, daß ich im Unterricht nicht gestört werden will?«

Es war Clelia Trotti, es konnte nur sie sein. Und während Bruno fortfuhr, seine Schüler zu unterrichten und abzuhören, sah er in Gedanken Clelia Trotti draußen auf dem Flur. Sie las die großen Gedenktafeln, die in die Wände zwischen den hellen Türen der Klassenzimmer eingelassen waren und die Namen wohlverdienter Spender trugen. Und sie betrachtete die Gipsbüsten von Viktor Emanuel II., Humbert I., und Viktor Emanuel III., die in Nischen rund um das Siegesbulletin von 1918 aufgestellt waren. Ab und zu trat sie an eines der

beiden einander gegenüberliegenden Flurfenster, die weit offenstanden und auf der einen Seite den fröhlichen Lärm aus dem Ghetto, auf der anderen aber das Zwitschern der Spatzen hereinließen, die sich in der Frühlingssonne auf den Zweigen der kümmerlichen Bäume des Gartens drängten ... Endlich läutete die Glocke. Die Schüler strömten aus den Klassenräumen auf den Gang und stürmten dann die große Mitteltreppe hinab. Als nun auch Bruno auf den bereits wieder menschenleeren Flur trat, war er im ersten Augenblick verwirrt, als er die kleine Frau im grauen Jackenkleid und grauen Hut sah, – die dort hinten stand, mit dem Rücken zu ihm, und in die Proklamation des Generals Diaz vertieft war. Sobald sie ihn kommen hörte, drehte sie sich rasch um und lächelte ihm mit ihrem guten Lächeln zu, das wie ein Lächeln unter Tränen war, und in ihren blauen Augen stand der gleiche, ironische, traurige und großherzige Ausdruck wie damals, als er ihr seinen Namen genannt hatte. Und nun erst erkannte er sie wieder.
»Es sind viele Jahre, die ich das Communiqué vom 4. November 1918 nicht mehr gelesen habe«, erklärte Clelia Trotti mit einer Bewegung des Kinns zur Wand hin, noch bevor sie ihm die Hand gab. »Sie sehen, ich mußte einmal herkommen!«
Sie stellten sich zusammen an das große Fenster, das auf den Garten ging, und stützten die Ellenbogen auf das eiserne Geländer.
»Wie schön das Wetter ist, nicht wahr?« sagte sie und schaute auf das rote Dächermeer, das sich hinter der Gartenmauer vor ihren Blicken ausdehnte.
»Wunderschön«, antwortete Bruno. Er musterte sie. Sie hatte sich sorgfältig zurechtgemacht; er erkannte es daran, daß sie sich bis zum Hals gepudert hatte. Sie hatte sich für ihn schön machen wollen!
»Man fühlt sich richtig wieder aufleben«, fing sie noch einmal an. Sie schloß halb die Augen vor soviel Helligkeit. Nach einer Pause fuhr sie fort, immer noch von dieser Freude, dieser inneren Heiterkeit erfüllt:

»Wie recht hatten wir Sozialisten – obwohl, um die Wahrheit zu sagen, nicht wenige damals anderer Meinung waren –, als wir in den Glocken, die den italienischen Sieg von 1918 grüßten, unsere Totenglocke vernahmen! ›Die Täler, in die sie siegesgewiß hinabgestiegen waren.‹ Was für ein Ton, nicht wahr? Darin ist schon der ganze Faschismus und die hochmütige Rhetorik der letzten zwanzig Jahre enthalten.«

Plötzlich verspürte er aus irgendeiner Bitterkeit heraus den Wunsch, sie zu verletzen, ihr weh zu tun.

»Warum wollen Sie sich einer Illusion hingeben?« stieß er voll Sarkasmus hervor. »Warum fahren Sie fort, sich selbst zu betrügen? In Ferrara waren wir Juden, wie Sie wohl wissen, alle oder so gut wie alle nichts weiter als Bourgeois (ich sage ›waren‹, weil wir jetzt – und vielleicht ist das besser – keiner Klasse mehr angehören, sondern wie im Mittelalter, ob von der Diskriminierung betroffen oder nicht, wieder eine Klasse für uns bilden). Wir waren fast alle Grundbesitzer, große, mittlere und kleine, und daher, Sie wissen es selbst, fast alle Faschisten. Sie können sich nicht vorstellen, wieviele von uns noch glühende Patrioten geblieben sind!«

»Sie meinen: Nationalisten?« verbesserte ihn Clelia Trotti freundlich.

»Nennen Sie sie, wie Sie wollen. Mein Vater zum Beispiel kämpfte als Kriegsfreiwilliger im Karst. Als er 1919 aus dem Krieg heimkehrte, begegnete ihm eine Gruppe von Arbeitern, die ihn anspuckten, weil er die Uniform eines Offiziers trug. Aus diesem Grund und aus keinem anderen wurde er Faschist. Jetzt ist er natürlich kein Faschist mehr ... Auch er denkt jetzt nur noch an Palästina als Vaterland. Und doch möchte ich keinen Eid darauf schwören«, – aber von diesem Augenblick an fühlte Bruno, den die alte Sozialistin mit mildem Vorwurf fixierte, daß er gemein und ungerecht war – »möchte ich keinen Eid darauf leisten, daß die Prosa des Generals Diaz ihre Wirkung auf seine Phantasie und die meisten meiner – wie soll ich sie nennen? – meiner Religionsgenossen verloren hätte.«

»Was Sie mir da sagen, finde ich ganz natürlich«, erklärte Clelia Trotti ruhig, »das ist vollkommen erklärlich.«
Sie schien wirklich nicht enttäuscht, sondern allenfalls nur betrübt.
»Der Krieg«, fuhr sie seufzend fort, »war natürlich ein großes Unglück. Wieviel Irrtümer haben auch wir begangen! Sie aber scheinen mir in jedem Fall allzu pessimistisch zu sein. Gut, im großen und ganzen haben Sie vielleicht recht. Aber warum sprechen Sie nicht auch von sich selbst? Sie sind anders, und Ihr Beispiel genügt, um zu beweisen, daß jede Regel ihre Ausnahme hat, so Gott will. Und außerdem sind Sie jung und haben noch ein ganzes Leben vor sich; und, glauben Sie mir, für die jungen Menschen, die wie Sie unter dem Faschismus aufgewachsen sind, gibt es soviel zu tun!«
Als er sie die gleichen Wendungen wie sein Vater gebrauchen hörte, hob er den Kopf. Sie hatte, während sie sprach, den Blick wieder nach draußen gewandt. Die Zukunft, die sie sah, lag dort, wo die letzten düster rostfarbenen Häuser von Ferrara dem Grün-Blau der sich gegen das Meer hin endlos dehnenden Felder wichen.
Ein paar Monate später brach der Krieg aus.
»Endlich!« rief Clelia Trotti in atemloser Freude, als sie noch am Abend des 10. Juni in aller Eile in das Studio in der Via Madama kam.
»Endlich!« wiederholte sie und ließ sich in den grünen Plüschsessel fallen.
Sie legte den Kopf auf die Rückenlehne und schloß die Augen. Es war nicht das erste Mal, daß sie im Schutz der Verdunkelung und allen Verboten trotzend Bruno in seinem Hause aufsuchte. Aber die fast fieberhafte Erregung, in die sie ihre ersten heimlichen Besuche bei ihm gestürzt hatten, schien noch immer nicht nachlassen zu wollen.
Als ihr Atem wieder etwas ruhiger ging, war das erste, was sie sagte, daß der Faschismus mit seinem wahnsinnigen Entschluß, den Status der *Nonbelligeranza*[12] aufzugeben, nur

seinen eigenen Untergang dekretiert hatte. Sie war davon überzeugt, wie sie versicherte, und begann sogleich mit einem leidenschaftlichen Eifer zu erklären, weshalb sie ihrer Prognose so sicher war.

Bruno musterte sie schweigend. Sie sprach in gutem Glauben, daran war nicht zu zweifeln. Und doch, warum es nicht sehen? Stand nicht in ihren Augen vor allem die Gewißheit, daß er sich nun, nachdem es unmöglich geworden war, Italien zu verlassen, der Aufgabe nicht entziehen könnte, die sie ihm insgeheim schon zugewiesen hatte, ja, daß er ihr nun, kurz gesagt, überhaupt nicht mehr entgleiten könne, wie sie bis gestern noch befürchten mußte? Das war es, jawohl. Auch wenn ihm ein gewisser zärtlicher, skeptischer Ausdruck, der sich um ihren Mund abzuzeichnen begann (nicht doch, so dumm war sie nicht, auch nur im Scherz an solche Dinge zu denken! Sie konnte ja seine Mutter sein!), deutlich sagte, daß sie selbst als erste sich jeden Vergleich, und sei es auch nur den einer Gegenüberstellung zwischen dem jungen Mann vor ihr und Mauro Bottecchiari, dem Kameraden ihrer Jugend, verbot, jenem Bottecchiari, dem damals im Jahre 1915 der Kriegseintritt Italiens den politischen Vorwand geliefert hatte, sich von ihr freizumachen.

In der ersten Zeit wiederholten sich ihre Zusammenkünfte in seinem Arbeitszimmer im Erdgeschoß ziemlich häufig. Natürlich geschah alles wie im Spiel – diesem besonderen, von Bitterkeit und Entbehrung geprägten Spiel von Gefangenen, zu dem auch – und ein wenig freute es Bruno – die Heimlichkeit gehörte, die beinahe erotisch anmutende Heimlichkeit, die zwangsläufig ihre Zusammenkünfte annahm. Da er im voraus wußte, wann sie kam, ging er nach dem Abendessen in sein Studierzimmer, und der Blick, mit dem ihm sein an der Spitze der Tafel präsidierender Vater bis zur Tür des Speisezimmers folgte, war von der halb besorgten, halb neugierigen Art wie immer, wenn er ihn im Verdacht hatte, der Held einer Liebesgeschichte zu sein, oder auch, wenn er ihn nur von einer

Sache in Anspruch genommen fand, über die er nicht völlige Klarheit gewinnen konnte. Zuweilen verspätete sich Clelia Trotti. Da blieb nichts anderes übrig, als auf sie zu warten und sich zu zwingen, ein Buch zu lesen oder eine Unterrichtsstunde vorzubereiten. Wegen der Verdunkelung war es unmöglich, das große Fenster zu öffnen, durch das in vergangenen Sommern der Scirocco Laute und Düfte von den nahen Feldern getragen hatte. Es hatte nach stehenden Gewässern, nach staubigen Straßen und Gras gerochen, und aus der Ferne waren Hundegebell und abgerissene Musik zu hören gewesen. Oder es war auch plötzlich wie eine Explosion im Gewölbe einer Höhle das Lachen von Mädchen erschollen, dazu leise, flüsternde Männerstimmen und die schweren Schritte von Soldaten, die aus der nahegelegenen Kaserne kamen oder, vom Klang des Zapfenstreichs gerufen, in sie zurückkehrten ... Jetzt dagegen hörte man im Zimmer, in dem der Fußboden mit Dielen ausgelegt und die Wände holzgetäfelt waren und die Wärme bei geschlossenen Fenstern bald unerträglich wurde, jetzt hörte man nichts anderes als das immer wiederholte, wie besessene Anfliegen eines Falters gegen die Schreibtischlampe.
Aber da klopfte es leise und verschwörerhaft von draußen an die Fensterläden.
Kaum war Clelia im Zimmer, setzte sie sich in den mit grünem Samt bezogenen Sessel, so daß sich Bruno – was ihn immer in Verlegenheit brachte – gezwungen sah, wieder seinen Platz hinter dem mit Papieren beladenen Schreibtisch einzunehmen, wenn er sich mit ihr unterhalten oder ihr zuhören wollte. Aber manchmal blieb sie auch, ohne wenigstens ihre grauen Baumwollhandschuhe abgestreift zu haben (den Hut setzte sie, obwohl es so heiß war, daß ihr der Schweiß über die Stirn lief, nie ab!) vor einem der vier Bücherschränke stehen, die in symmetrischer Anordnung an den beiden schmalen Wänden standen, und drückte das Gesicht an die Scheibe. Es war eine Art übertriebener Bescheidenheit bei ihr, daß sie keinen Band herausnahm. Sie beschränkte sich darauf, die

Buchtitel durch die Scheiben zu entziffern, wozu sie sich einer beschlagenen Lorgnette bediente, die sie nur bei seltenen Gelegenheiten aus ihrer großen schwarzen Ledertasche holte.

»Aber warum nehmen Sie sich kein Buch mit nach Hause!« forderte Bruno sie auf. »Ich leihe es Ihnen gern.«

»Bei all meinen Stunden hätte ich doch keine Zeit, es zu lesen«, antwortete sie.

»Meine Bildung«, gestand sie ihm eines Abends, »wenn man da von Bildung sprechen darf, ist derart veraltet, daß ich eine so große Anstrengung machen müßte, wie sie meine Kräfte übersteigt, um sie auf den Stand von heute zu bringen. Und schließlich, wozu? Ich habe mir zum Beispiel immer gewünscht, wenigstens ein Buch von Benedetto Croce zu lesen; möglichst eine nicht ganz so schwer verständliche Arbeit von ihm, vielleicht eine seiner historischen Schriften. Von Jahr zu Jahr habe ich es aufgeschoben. Vielleicht habe ich dabei auch ein bißchen an meine Schwester Giovanna gedacht. Stellen Sie sich vor, was für Angst die Ärmste hätte, wenn sie ein solches Buch in ihrem Hause finden müßte. Aber vielleicht ist es auch ein Rest von ... sozialistischem Mißtrauen. So sind aus den Jahren Jahrzehnte geworden, und nun ist es soweit, daß es sich nicht mehr lohnt. Als junges Mädchen war ich begeistert für Philosophie. Damals standen Comte, Spencer, Ardigò und Haeckel, der mit dem ›Monismus‹, hoch im Kurse.« Sie lächelte, sich selbst bemitleidend. Dann fragte sie, mit einer Andeutung von Schüchternheit in den Augen:

»Sie kennen Croces Werke sehr genau, nicht wahr?«

Das war weiter nichts als eine Anspielung auf etwas, was sie wohl wußte und das ihr Bruno selbst einst nicht umhin konnte zu erklären, um es gleich darauf zu bereuen: nämlich, daß er kein Sozialist war und es aller Wahrscheinlichkeit nach auch nie werden würde.

Aber stärker als jeder Schmerz, als alles Bedauern darüber, daß ihr die Voraussetzungen fehlten, ihn etwas zu lehren, war ihre tröstliche Überzeugung, daß gerade das gut und richtig war – daß er gerade *kein* Sozialist war, sondern etwas anderes, etwas Neues. Die Zukunft, die Jahre, die wie eine dunkle Wolke Italien und die Welt nach dem Kriege, der soeben erst begonnen hatte, erwarteten – Jahre, zu denen man erst nach einem, niemand wußte wie hohen Zoll an Blut und Tränen gelangen würde – diese Zukunft, pflegte Clelia zu sagen, würde mit ihnen, den Sozialisten der alten Schule, nichts anzufangen wissen. »Wir sind alt, wir gehören zum alten Eisen«, wiederholte sie, und es war, als ob sie damit behaupten wollte, daß man statt ihrer junge Menschen brauchen würde wie ihn, Bruno, die Sozialisten waren, ohne es zu sein. Nicht etwa, daß sie damit der »Idee« abschwören wollte. Sie war Sozialistin und wollte als Sozialistin sterben, versicherte sie ihm ausdrücklich eines Abends. Aber darum war sie nicht weniger von der Notwendigkeit überzeugt, schon jetzt an etwas ganz Neues und Originelles zu denken, das außerhalb aller üblichen Geleise lag. Allein so wäre es möglich, »danach« den Kommunisten Steine in den Weg zu legen, die ebenfalls, obwohl sie »Giganten« waren (ihre Bewunderung war gewiß aufrichtig, die sogar das Bündnis der Sowjetunion mit Hitlerdeutschland 1939 scheinbar nicht im geringsten trübte; aber der Umstand, daß Alfio Mori, der ebenfalls 1933 aus der Verbannung auf die Trèmiti-Inseln entlassen worden war, sich seit einigen Jahren bemühte, ihr die kleine Gefolgschaft unter den Arbeitern und Bauern, die ihr treu geblieben war, abspenstig zu machen, mußte ihr wohl das Herz mit Bitterkeit und heimlichem Groll erfüllen . . .), die also, obwohl »Giganten«, vor allem mit ihren Methoden, ebenfalls der Vergangenheit angehörten.

Plötzlich, Ende September, war die OVRA wieder lebendig geworden. Eines Tages erschien bei Einbruch der Dunkelheit ein Agent in Zivil und erkundigte sich, ob Signora Trotti zu Hause sei. Atemlos bejahte die Codecà die Frage. Gewiß, ihre Schwester sei zu Hause. Aber irgend etwas, vielleicht die Aufregung der Frau, erregte den Argwohn des Polizeiagenten.

Er wollte nicht fortgehen, bevor er sich nicht, wenn auch unter tausend Entschuldigungen, mit eigenen Augen davon überzeugt hatte, daß alles in Ordnung war. Clelia Trotti befürchtete, daß das unvermutete Erscheinen der Polizei eine Verschärfung der Kontrolle der unter Aufsicht stehenden Personen ankündigte, und entschloß sich daraufhin, für einige Zeit auf ihre nächtlichen Eskapaden zu verzichten. Notfalls konnte sie Bruno am Tage sprechen, natürlich – auch dies eine selbstverständliche Vorsichtsmaßnahme – vermied man für solche Zusammenkünfte nun sein Studierzimmer in der Via Madama. Sie gingen dazu über, sich von Zeit zu Zeit, wenn auch nicht mehr mit der gleichen Häufigkeit wie bisher, auf der Piazza della Certosa zu treffen. Um diese Zusammenkünfte zu verabreden, bedienten sie sich der Vermittlung Rovigattis, der sich, da er auf Clelia Trotti eifersüchtig war, nur ungern dazu bereit erklärt hatte. Von seinem Standpunkt aus hatte Rovigatti nicht unrecht. Was hatten sie sich so Wichtiges, so Dringendes mitzuteilen, daß es das Risiko rechtfertigte, das sie auf sich nahmen? Um von Radio London und Oberst Stevens zu sprechen? Aber wenn ihr Bruno die Bemerkungen des Schusters wiederholte und ihm dabei vorsichtig recht gab, zuckte sie nur verdrossen die Achseln. »Dieser langweilige Mensch!« sagte sie.

»Armer Cesarino!« lachte sie ein anderes Mal und hatte noch nie so jung ausgesehen. »Er sagt das, weil er mich gern hat. Wissen Sie, wie lange wir uns bereits kennen?«

»Wahrscheinlich schon seit der Zeit vor dem Ersten Weltkrieg.« »Oh, viel länger! Seitdem wir zusammen zur Grundschule gingen. Wir wohnten beide im Vicolo del Gregorio.«

»Dann haben Sie Bottecchiari, Rechtsanwalt Bottecchiari, erst später kennengelernt?«

»Sehr viel später«, antwortete sie knapp. Jünger denn je, warf sie ihm einen Blick zu, der nicht frei von Ironie war.

An diesen leuchtenden Spätnachmittagen im September war der große rasenbewachsene Platz vor der Kirche San Cristoforo wie immer in der schönen Jahreszeit von Kindern, Kindermädchen und Liebespaaren bevölkert. Trotz allem, was Rovigatti sagte, gab es in der ganzen Stadt keinen geeigneteren Platz, an dem sich zwei Menschen treffen konnten, ohne allzuviel Verdacht zu erregen, und sei es selbst ein junger Mann mit einer alten Dame, die sicher nicht gekommen waren, um miteinander zu flirten. Sie saßen meist auf den Stufen des Kirchplatzes nebeneinander und unterhielten sich; manchmal saßen sie auch im Gras, am Rande des Schattens, der sich, während die Sonne sank, allmählich bis zum südlichen Ende des Säulengangs, bis zur Einmündung der Via Borso, ausdehnte.

»Schön, finden Sie nicht?« sagte Clelia Trotti und ließ den Blick über den Platz gleiten. »Man glaubt wirklich nicht, auf einem Friedhof zu sein.«

Ein andermal bekannte sie ihm:

»Sehen Sie, ich habe nie begriffen, warum die Toten, wie es bei uns Brauch ist, von den Lebenden abgesondert werden müssen, so daß man beinahe wie im Gefängnis eine Erlaubnis braucht, um sie zu besuchen. Napoleon war zweifellos ein großer Mann, weil er Europa und durch die Zisalpine Republik auch Italien die Errungenschaften der Revolution aufzwang. In seinem Friedhofserlaß jedoch teilte er die Meinung des Autors der ›Sepolcri‹[13]. Ich zum Beispiel möchte gerne hier, auf dieser schönen Wiese, begraben werden, mit diesem ständig rumorenden Leben um mich herum. Auch auf die Gefahr hin«, fügte sie lachend hinzu, »exkommuniziert zu werden. Allerdings«, fuhr sie fort, »habe ich, abgesehen von ein paar Jahren Gefängnis, ein paar weiteren Jahren der Konfinierung und der polizeilichen Überwachung jetzt, nie etwas geleistet, das wichtig genug wäre, um mir ein Grab zwischen den berühmten, wenn auch ketzerischen Söhnen unserer Stadt zu verdienen. Ich bin nicht mal verprügelt worden, man stelle sich das vor! Mir haben die Faschisten mehr Zartgefühl bezeigt. Sie beschränkten sich darauf, mir im Jahre 1922, als ich aus der Elementarschule Umberto I in der Via Bersaglieri del Po kam, eine halbe Unze Rizinusöl einzugeben und mich mit Ruß zu beschmieren. Wären nicht die Kinder gewesen, die dabei zusahen und von denen viele vor Angst weinten, hätte es mir nicht soviel ausgemacht. Es war wirklich nicht nötig, daß sie zwanzig Mann hoch kamen, mit Knüppeln und Dolchen und an den Mützen Totenköpfe, um allein eine Frau zu überwältigen. Ein großes Kunststück! Während ich mein Rizinusöl schluckte, wußte ich bereits, daß die Schwarzhemden die allgemeine Mißbilligung ernten würden.«

Aber am liebsten sprach sie über ihre Vergangenheit als politischer Häftling und als Strafverbannte.

»Das Gefängnis ist eine wahre Schule«, erklärte sie eines Abends, während sie eine *Macedonia*-Zigarette an der andern ansteckte, – übrigens ein Laster, das sie im Gefängnis angenommen hatte – »allerdings nur, wenn die Haft nicht allzu lange dauert und nicht den Charakter zerbricht oder die Widerstandskraft schwächt. Ich für mein Teil bin dem Schicksal dankbar, daß es mir diese Prüfung erspart hat. Die Einsamkeit, die innere Sammlung und der Umstand, daß man ganz auf die eigene Gesellschaft angewiesen ist, das alles hat etwas Wohltuendes. Daß man sich selbst kennenlernt und den Kampf gegen bestimmte Neigungen in sich aufnimmt und immer wieder aufnimmt und manchmal Sieger bleibt, das kann nur in den vier Wänden einer Zelle geschehen. Als ich 1930 aus dem Gefängnis entlassen wurde, verließ ich meine Zelle 36 mit recht melancholischen Gefühlen (sehen Sie das merkwürdige Zusammentreffen? Es ist die Hausnummer meiner Schwester), so als ob ich einen Teil meiner selbst dort zurückgelassen hätte. Jeder Winkel, jede Wand, jede Kleinigkeit da drinnen trugen die Spuren meines Schmerzes. Die Wahrheit ist, daß man gerade die Orte, an denen man geweint und gelitten hat und auch soviel innere Kraft fand, zu hoffen und Widerstand zu leisten, am meisten liebgewonnen hat. Nehmen Sie sich selbst als Beispiel. Sie hätten wie so viele ihrer Glaubensbrüder fortgehen können, und Sie hätten jedes Recht dazu gehabt, nach allem, was Sie erleiden mußten. Aber Sie haben einen anderen Weg gewählt. Sie haben es vorgezogen, hierzubleiben, zu kämpfen und zu leiden. Und jetzt haben Sie sich diesen Boden, diese alte Stadt, in der Sie geboren sind und in der Sie aufwuchsen und groß wurden, doppelt zu eigen gemacht. Sie werden sie, das weiß ich, nie wieder verlassen.«

So ging es immer. Auch wenn sie anfing, von sich und ihrem Leben zu sprechen (von dem ehrenwerten Bottecchiari sprach sie nie aus eigenem Antrieb, vielmehr beschränkte sie sich darauf, Brunos Fragen mit einer gewissen stolzen und sanften Geduld zu beantworten), kam sie am Ende unweigerlich auf Bruno und seine Tätigkeit in naher Zukunft, wie sie sie sich vorstellte, zu sprechen.

Seit längerem plante sie für ihn die Aufnahme nützlicher Kontakte mit den wichtigen Exponenten des Antifaschismus in Ferrara, so erklärte sie ihm. Ja, sie hatte sogar schon Rovigatti beauftragt, reihum seine, Brunos, bevorstehende Besuche anzukündigen. In erster Linie mußte er die Sozialisten kennenlernen. Den Notar Licci – einen ehemaligen radikalen Sozialisten, der ziemlich verbittert und wunderlich geworden war – überließ man vorerst besser sich selbst und wartete darauf, daß er von allein seine Gleichgültigkeit abschüttelte und die alten Freundschaften neu knüpfte. Dagegen war es dringlich, daß er die Rechtsanwälte Baruffaldi, Polenghi und Tamagnini aufsuchte, alle drei Revisionisten und sehr tatendurstig, und daß er wieder den Rechtsanwalt Bottecchiari besuchte, weniger, um mit ihm selber zu sprechen, was ziemlich überflüssig war, als vielmehr, um zu versuchen, seinen Neffen Nino zu »kapern«, der kürzlich als Praktikant in die Kanzlei seines Onkels eingetreten war. Es handelte sich um einen jungen Mann etwa seines Alters, der zweifellos recht aufgeweckt und begabt war und der es verstanden hatte, sich auch im GUF[14] durchzusetzen, in dem er bis vor zwei Jahren einen Posten von einer gewissen Bedeutung bekleidet hatte. An ihn mußte man sobald wie möglich herantreten, falls man es nicht erleben wollte, ihn in Kürze an eine neue »totalitäre Sirene« zu verlieren. Aber außer den Sozialisten mußte er auch die historischen Republikaner kennenlernen: den Zahnarzt Canella, den Schneider Squarcia, den Apotheker Riccoboni. Auch sie hatten letzthin unmißverständlich zu verstehen gegeben, daß sie aktiv werden wollten und bereit waren, im Namen der gemeinsamen Ziele ihres Kampfes die alten antisozialistischen Ressentiments und Vorurteile zu vergessen. Was die Katholiken anging, so bildeten sie, hierin den Kommunisten ähnlich, mehr oder weniger eine Welt für sich, in die man nicht leicht eindrang. Doch zumindest war der Rechtsanwalt Galassi-Tarabini ein einigermaßen aufgeschlossener Charakter. Einst Vertrauter des Grafen Gròsoli wie Don Sturzos, hatte er sich die Feindschaft der Klerikalfaschisten aus jenen Jahren zugezogen, in denen Pius XI. in seinem Lob auf Mussolini so weit ging, daß er ihn den »Mann der Vorsehung« genannt hatte; er war gewiß ein braver Kerl und durfte keinesfalls vernachlässigt werden. Das gleiche ließ sich von Ingenieur Sears sagen, einem weit rechts stehenden Liberalen, der aber ein grundanständiger Mensch war; ebenso wie von Dr. Herzen, der zwar leidenschaftlicher Zionist, vielleicht aber doch für Italien zurückzugewinnen war, zumal wenn ein »Israelit« an ihn herantrat. Es blieb schließlich Alfio Mori, der Gefängniskamerad Gramscis, der Mann, von dem man sich zuraunte, daß der Genosse Ercoli jedesmal, wenn er heimlich aus der Sowjetunion nach Italien kam, am liebsten auf seinen Rat hörte. Mori war der wichtigste von allen und wurde deshalb auch am stärksten überwacht. Er mußte sich bei allem, was er unternahm, der umständlichsten Vorsichtsmaßregeln bedienen. Zum Beispiel: man traf eine Verabredung; er erschien nicht. Man verabredete sich neu, und er kam auch diesmal nicht. Erst bei der fünften oder sechsten Verabredung entschloß sich Mori endlich in Erscheinung zu treten. Wenn Bruno Geduld hatte, war es vielleicht möglich, daß er auch mit ihm eine Unterredung hatte ...

Sie sprach und sprach. Die Schatten der Grabsäulen und Stelen wurden allmählich länger auf dem Rasen, der sich langsam entvölkerte. Ein paar Liebespaare schlugen den Weg zum Stadtwall ein. Eines Abends, als er wie üblich zu Füßen Clelia Trottis im Grase lag, ihren Worten ohne besondere Aufmerksamkeit lauschte und dabei den Blick müßig über den Platz schweifen ließ, bemerkte er plötzlich einen schlanken, großen blonden Jungen, der etwa zwanzig Schritte von ihnen entfernt an sein Fahrrad gelehnt stand. Es sah ganz so aus, als ob er jemanden erwartete (indessen, um sich die Wartezeit zu verkürzen, versenkte er sich in die rosa Seiten der *Gazetta dello Sport*). Und da kam denn auch plötzlich, beinahe im Laufschritt, ein Mädchen, blond und blutjung wie er. Sie fürchtete offenbar, daß ihr jemand folge, denn als sie über die Wiese näherkam, wandte sie sich immer wieder um. Doch sobald sie bei ihrem Freund angelangt war, ließ sie sich sofort ins Gras fallen, wobei sie mit raschen und anmutigen Bewegungen einer Hand ihren plissierten Rock aus weißem Wollstoff sorgsam um die Beine legte, während sie mit der anderen liebevoll den Jungen, der stehengeblieben war, zu sich herunterzog.
Nun saßen die beiden nebeneinander im Gras, neben dem Fahrrad, mit dem Rücken zu ihnen, und ihre Köpfe waren so nahe aneinandergerückt, daß sie sich berührten. Sie schienen kein Wort zu sprechen, wie beglückt von der weichen, milden Luft und zufrieden damit, daß sich ihre Körper berührten. »Wer sind die beiden? Wie heißen sie?« fragte sich Bruno neugierig, während in seinem Ohr die Stimme Clelia Trottis wie ein unverständliches fernes Summen klang. Er glaubte, die beiden zu kennen, den jungen Mann wie das Mädchen, obwohl er trotz aller Anstrengungen nicht auf ihre Namen kam. Nur einer Sache war er sicher, daß sie beide noch Schüler waren, vielleicht Gymnasiasten, und den besten bürgerlichen Familien der Stadt angehörten.
Es waren etwa zehn Minuten vergangen.

Mit einemmal bemerkte Bruno, wie sich der Junge bewegte. Er stand auf. Ruhig nahm er sein Rad, dann reichte er seiner Freundin die Hand. Sie ließ sich von ihm hochziehen und lachte dazu, den Kopf zurückgeworfen, mit träger Koketterie.
Sie entfernten sich quer über die Wiese auf den Stadtwall zu.
»Warum gehen wir nicht auch da hinauf?« fragte Bruno und zeigte mit ausgestrecktem Arm auf die *Mura degli Angeli,* die noch ganz im Sonnenschein lag.
Mitten im Satz unterbrochen, wandte auch Clelia Trotti den Blick dorthin.
»Aber es ist schon spät. Ich fürchte, daß wir nicht mehr die Zeit dazu haben«, antwortete sie. »Sie wissen doch, daß ich mit den Hühnern ins Bett gehen muß!«
»Ach was! Ein einziges Mal ... Sie werden einen wunderbaren Sonnenuntergang zu sehen bekommen.«
Bruno hatte sich schon erhoben. Er streckte ihr die Hand entgegen, um ihr aufzuhelfen. Dann machten sie sich auf den Weg.
Das junge Paar ging ihnen mit einem Vorsprung von ungefähr fünfzig Metern voran. Er war wieder auf sein Rad gestiegen und stützte sich hin und wieder mit der rechten Hand auf ihre Schulter, um das Gleichgewicht zu halten. »Wer sind die beiden, wie heißen sie?« fragte sich Bruno von neuem. Sie waren die Vorbilder, die Prototypen der Rasse! Er sagte es sich mit verzweifeltem Haß und verzweifelter Liebe. Mehr als nur schön, erschienen die beiden ihm wunderbar und unerreichbar. Ihr Blut war besser als sein Blut, und ihre Seele war besser als seine Seele! Das Haar des jungen Mädchens war von einem roten Band zusammengehalten. Und Bruno wollte es scheinen, als ob sich das letzte Licht des Tages allein auf diesem roten Band sammelte.
Ach, trotz allem auf ihrer Seite zu stehen, zu ihnen zu gehören!
»Gut, daß ich auf Sie gehört habe. Oben vom Stadtwall aus werden wir wirklich einen prachtvollen Sonnenuntergang ge-

nießen können«, bemerkte Clelia Trotti ruhig.
Bruno wandte sich nach ihr um. Sie hatte also nichts gesehen, hatte wieder einmal nichts bemerkt. Und jetzt begann sie wieder zu sprechen. Wie für sich allein. Als ginge sie einem Traum nach. Für immer verloren in ihrem einsamen, unaufhörlichen Phantasieren, in den Träumereien einer Gefangenen.
Ein Schauder überlief ihn.
Vielleicht würde der Tag kommen, an dem sie begriff, was für ein Mensch Bruno Lattes wirklich war, dachte er und blickte wieder geradeaus, auf die *Mura degli Angeli,* die hoch im abendlichen Licht, unmittelbar vor ihnen lag. Aber dieser Tag, wenn er überhaupt kam, lag gewiß noch in weiter Ferne.

In einer Nacht des Jahres 1943

Was soll ich euch sagen, eine Vision ist etwas Entsetzliches, aber auch das Leben ist entsetzlich. Ich, mein Lieber, begreife nicht das Leben und fürchte es.

Tschechow

1

Im ersten Augenblick bemerkt man es vielleicht gar nicht. Aber man braucht nur einige Minuten an einem Tischchen vor dem Caffè della Borsa am Corso Roma zu sitzen, vor sich den steil abfallenden Felsen des Uhrenturms von fast dolomitischem Rot, und ein wenig weiter rechts davon die zinnengekrönte Terrasse der Orangerie, und es wird einem sofort ins Auge fallen. Ja, ob bei Tage oder Nacht, ob im Sommer oder Winter, ob es regnet, oder ob die Sonne scheint: da ist keiner, den sein Weg hier vorüberführt, der nicht lieber auf der Seite unter den niedrigen Arkaden ginge, wo im Dämmerlicht das Caffè della Borsa und die alte Apotheke von Barilari nebeneinanderliegen, statt auf der Seite gegenüber, dem Bürgersteig, der genau dem Burggraben folgt. Man probiere es einmal selber aus und gehe zu einer bestimmten Stunde – um ein Uhr mittags zum Beispiel oder gegen acht Uhr abends – unter den Arkaden des Cafés entlang, zu den Stunden also, da man einen Apéritif nimmt oder ein paar Stückchen Kuchen kauft, um sie nach Hause mitzunehmen. Sich dort seinen Weg zwischen den auf diesem engen Raum zusammengepferchten Tischchen zu bahnen, zwischen den Sitzenden und den Stehenden, hier zu grüßen, dort einen Händedruck zu tauschen, gutgelaunt sich im Gedränge stoßen zu lassen und anzustoßen, nach alter Gewohnheit der italienischen Provinz, die der Krieg unterbrochen, aber nicht abgeschafft hat, das ist, im Ernst gesprochen, jedesmal wieder ein kühnes Unterfangen. Trotzdem, ich wiederhole es, geschieht es sehr selten, daß jemand, um schneller vorwärts zu kommen, auf die andere Seite ausweicht. Wenn es aber jemand tut, dann richten sich überraschte, belustigte Blicke von der Café-Terrasse unter den Arkaden auf den Passanten drüben, dann stößt man sich mit den Ellenbogen an und beobachtet ihn genau, achtet auf seine Kleidung und sein Gesicht, um nach so eingehendem Studium seiner Erscheinung Vermutungen darüber anzustellen, woher er kommt, wohin er will und dergleichen mehr. Da gibt es den Touristen, mit dem Zeigefinger im roten Reiseführer vom Touring Club und der Nase in der Luft, versunken in die Betrachtung der vor seinen Augen aufragenden vier Türme des Kastells. Da gibt es den Handlungsreisenden, der mit der Aktentasche unterm Arm und flatterndem Mantel keuchend auf die zum Bahnhof führende Allee zueilt. Dort den Bauern aus der *Bassa*, der zum Markt in die Stadt kam und sich nun, während er auf den Nachmittags-Autobus nach Comacchio oder Codigoro wartet, umschaut, ohne zu wissen, was anfangen mit seinen über Gebühr schwer gewordenen Gliedern, nachdem er mittags in einer Kneipe der Via San Romano gierig seine Mahlzeit mit Wein hinuntergespült hat. Kurz, wenn es sich nicht um ein paar Mädchen aus den Bordellen in der Via Colomba, der Via Sacca, der Via Bomporto oder der Via delle Volte handelt, die eigens zu dem Zweck hierhergeschickt werden, damit sich die Kundschaft durch den Augenschein von der halbmonatlichen Wachablösung überzeugen kann (und auch die sind ja im Grunde Fremde; übrigens, was für ein Austausch von Blicken, Lächeln und manchmal auch gutgelaunten Zoten zwischen den Arkaden und dem Bürgersteig gegenüber findet da statt!), oder gar um Maria Ludargnani, aus der das Alter so etwas wie eine geschminkte, würdevolle Mumie gemacht hat, mit ihrem unvermeidlichen Hündchen an der Leine, das hysterisch alles und jeden ankläfft – die alten Habitués wie die Vertreter der jüngsten Jahrgänge –, um Maria Ludargnani, wie gesagt, die alte Kupplerin persönlich, die schon seit 1947 wieder unbehindert ihr Rendezvous-Haus in der Via Arianuova eröffnen konnte und sich noch nie vor etwas gefürchtet hat, weder vor Gott noch dem Teufel – nun, dann, also in jedem anderen Fall, ist kein Irrtum möglich: wenn sich irgend jemand sonst den Bürgersteig an der roten Mauerbrüstung am Burggraben entlang wagt – eine Linie, der obere Rand dieser Mauerbrüstung, die den Oberkörper eines Mannes ungefähr in der Höhe des Herzens schneidet – und dabei ein Gesicht macht, als hätte er auch nicht den geringsten Grund zu vermuten, es liege in seinem Tun etwas Ungewöhnliches, etwas Besonderes – dann ist's ein Fremder, einer von auswärts, jemand, der es nicht wissen kann.

Der Betreffende also, von allen beobachtet, geht weiter, und die Leute an den Kaffeehaustischen auf der anderen Seite des Corso Roma schauen und grinsen. Gespannt folgen ihm die Blicke, die Zuschauer halten den Atem an. Wenn man den erwartungsvollen und gesammelten Ausdruck der Gesichter sieht, möchte man meinen, daß jeden Augenblick ein sehr ernstes, entscheidendes Ereignis eintreten muß. Wie viele imaginäre Gemetzel gehen nicht auf Konto von Langeweile und Müßiggang der Provinz? Man hat tatsächlich den Eindruck, als ob der graue Stein des Bürgersteigs auf der anderen Seite des Corsos – ein langer, schmaler und wenn die Sommersonne voll darauf scheint, blendender Streifen von parischem Marmor, – plötzlich durch die Explosion einer Mine, an deren Sprengkapsel der ahnungslose Fremde mit dem Fuße stieß, aufgerissen werden könnte. Oder als ob eine jähe Salve des gleichen faschistischen Maschinengewehrs, das genau von dieser Stelle aus, unter den Arkaden des Caffè della Borsa, auf eben jenem Bürgersteig dort drüben, in einer Dezembernacht des Jahres 1943, elf Mitbürger niedergemäht hatte, die zum Teil aus dem Gefängnis in der Via Piangipane, zum Teil aber auch aus ihren Wohnungen geholt worden waren, jetzt den unvorsichtigen Passanten zu dem gleichen kurzen, grauenhaften aus Zuckungen und Verdrehungen des Körpers bestehenden Tanz veranlassen könnte, den jene Männer vollführten, bevor sie entseelt übereinander zu Boden stürzten. Es wa-

ren die Männer, die die Geschichte nun zu den, chronologisch gesehen, ersten Opfern des italienischen Bürgerkriegs erklärt hat.
Natürlich geschieht nichts dergleichen. Es wird keine Mine explodieren, und kein Maschinengewehr wird wieder die Mauerbrüstung dort drüben durchlöchern. So daß der auswärtige Besucher, der, nehmen wir einmal den Fall an, nach Ferrara kam, um seine Kunstdenkmäler zu bewundern, sich soviel Zeit lassen kann, wie er will, wenn er über den Bürgersteig geht, auf dem vor mehr als zehn Jahren elf blutbefleckte Leichen lagen, und auch an den kleinen Marmortafeln vorüberkommt, mit den eingravierten Namen der Füsilierten, die die Stadt 1945 gleich nach der Befreiung an drei verschiedenen Stellen an der Brustwehr des Burggrabens anbringen ließ – genau an den Stellen, wo die Leichen wie Puppen auf einen Haufen geworfen lagen und wo man sie am Morgen des 15. Dezember entdeckte –, ohne daß er, der Fremde, im mindesten in seinen Gedanken gestört würde. Aber die Spuren der Geschosse, die schwach, aber deutlich erkennbar trotz einer kürzlich erfolgten Ausbesserung noch hier und dort wie Narben auf der alten Mauerbrüstung, vor die sich die zum Tode Verurteilten aufstellen mußten, zu sehen sind? Nun, die Epoche der großen Massaker liegt schon so weit zurück, daß es nicht erstaunlich ist, wenn ein zerstreuter Blick, der über diese Spuren hinweggleitet, ihre Herkunft nicht erkennt und sie ausschließlich dem Wirken der Zeit zuschreibt, die ja nichts verschont, nicht einmal altes Gemäuer. Klug und zweckmäßig also eine Ausbesserung der Schäden – dies sei nebenbei bemerkt –, die unter Außerachtlassung der kleineren Ritzen und Spalten nur vorsah, die größeren Löcher zu stopfen, wenn es nämlich stimmt, daß der Tourist, ein mit aller Rücksicht zu behandelndes, von Natur romantisches Wesen, dankbar ist, wenn man ihm Stoff für zartsinnige Träumereien gibt, nach denen seine romantische Seele dürstet.
Und doch geschieht zuweilen, wenn auch sehr selten, etwas, das allein – und besser als das Gefühl von Ehrfurcht oder

Grauen vor der Stätte des Todes – genügt, um den hartnäckigen Widerstand unserer Mitbürger zu erklären, den Bürgersteig gegenüber dem Café zu benützen.

Wenn jemand an der Mauerbrüstung am Burggraben entlanggeht, hört man an einem bestimmten Punkt eine Stimme, nicht gerade laut, aber doch klar genug – eine Stimme, vielleicht nicht vernehmlich für den ahnungslosen Passanten am Burggraben, doch gewiß für die Leute im Café. Es ist eine helle Sopranstimme, etwas brüchig, wie sie zuweilen Knaben an der Schwelle der Pubertät haben, mit einer leicht lispelnden Aussprache. Und da die Stimme aus der schmächtigen Brust Pino Barilaris kommt, des Besitzers der Apotheke gleichen Namens, der sich an einem Fenster der über seiner Apotheke gelegenen Wohnung zeigt, dabei jedoch unsichtbar bleibt für jeden, der unter dem Fenster steht, da er durch die Arkaden verdeckt wird, – kommt für ihn diese Stimme wie vom Himmel. Sie sagt: »Aufgepaßt, junger Mann!« oder »Schauen Sie, wohin Sie Ihre Füße setzen, Signore!« Oder einfach: »Achtung!« Oder auch nur ein »Hallo!« Und, ich wiederhole, diese Worte werden keineswegs herausgebrüllt, o nein. Eher handelt es sich um eine Warnung, um einen Ratschlag, in einem Ton erteilt, als rechnete der, der ihn gibt, von vornherein nicht mit seiner Befolgung, und als legte er auch keinen großen Wert darauf, sich Gehör zu verschaffen, so daß er spricht, ohne die Stimme allzu sehr zu erheben. Der Erfolg ist denn auch der, daß der Tourist, oder wer sonst in diesem Augenblick auf der von allen gemiedenen Straßenseite geht, für gewöhnlich seinen Weg fortsetzt, ohne zu erkennen zu geben, daß er, was ihm da mitgeteilt wurde, gehört habe.

Dagegen hören es, wie gesagt, die Gäste im Caffè della Borsa ganz ausgezeichnet. Sobald der nichtsahnende Tourist aus der Salita del Castello in den Corso Roma eingebogen ist, werden die Gespräche im Café unter den Arkaden leiser. Man richtet die Blicke auf ihn und hält den Atem an. Wird der Fremde, der in diesem Augenblick auf der anderen Seite den Corso herunterkommt, bemerken, daß er, nur indem er auf jener Seite geht, etwas tut, was er besser nicht getan hätte? Wird er an einer bestimmten Stelle, so als ob ein elektrischer Strom durch seinen ganzen Körper ginge, den Kopf hochreißen und von seinem Fremdenführer aufblicken? Vor allem: wird die ironische und traurige Stimme des unsichtbaren Pino Barilari zu hören sein? Vielleicht, vielleicht auch nicht. Die allgemeine Spannung hat etwas Atemberaubendes wie bei einem Pferde- oder Hunderennen.

»Hallo!«

Da ist plötzlich das Bild des Apothekers an einem der Fenster in der Wohnung im oberen Stock. Er ist also da, wie immer: auf seinem Posten, die mageren, weißen, haarigen Arme in Augenhöhe gehoben und die funkelnden Linsen seines Feldstechers auf den nichtsahnenden Passanten gerichtet. Er lächelt verstohlen in sein dünnes, amerikanisch gestutztes Schnurrbärtchen. Und im Herzen der Menschen, die sich im schützenden Schatten der Arkaden drängen, wächst jedesmal die Genugtuung, sich an dieser Stelle zu befinden und nicht drüben, schutzlos, am Pranger.

2

Als man im Sommer 1939 – in diesem für die Geschicke Italiens und der Welt so entscheidendem Jahr – zuerst auf den Mann aufmerksam geworden war, der beharrlich an einem Fenster des Corso Roma zu erscheinen pflegte: im Pyjama, in einem Sessel sitzend, mit zwei Kissen im Rücken, gab es nicht viele Leute in der Stadt, die von ihm und seinen Lebensumständen mehr als nur das Allgemeinste erzählen konnten.

Nicht, daß nicht jeder gewußt hätte, wer er war. Unsere Stadt ist klein und bildet so etwas wie eine große Familie; und in einer Familie ist alles möglich, nur nicht, daß einer gar nichts vom andern weiß. Er war der einzige Sohn von Dr. Francesco Barilari, der ihm nach seinem Tode im Jahre 1936 eine der besten Apotheken von Ferrara hinterließ. Das war natürlich ein allgemein bekannter Umstand. Sogar den jungen Leuten der jüngsten Generation bekannt, auf denen so oft, als wollte er die Eigenschaften und Möglichkeiten eines jeden von ihnen genau abwägen, der ironische und durchdringende Blick Bilancinos geruht hatte, wenn sie am Morgen im Laufschritt zur Schule eilten, unter den Arkaden am Café vorbei, und dabei den letzten Zug an der bis auf ein winziges Endchen schon aufgerauchten Zigarette taten, – »Bilancino«, das war der Spitzname, den sie dem alten, immer in Gedanken versunkenen, spindeldürren Apotheker gegeben hatten. Aber außer daß er ein angesehener Freimaurer vom höchsten Grade war, der anfänglich eine gewisse Sympathie für den Faschismus gezeigt hatte (eine Sympathie, die er ihm sehr bald wieder entzog), und daß er seit undenklichen Zeiten verwitwet war, wußte man herzlich wenig über ihn.

Auch die Informationen über den jungen Barilari, wenn man einen Mann von einunddreißig Jahren noch jung nennen kann, gingen über das bereits Gesagte kaum hinaus. Als der alte Freimaurer 1936 starb, zum Beispiel, war die Überraschung allgemein, unmittelbar darauf den Sohn den Platz des Vaters hinter dem Ladentisch einnehmen zu sehen. In seinem vorschriftsmäßigen schneeweißen Kittel bediente er die Kunden mit vollendeter Sicherheit und ließ sich von ihnen, ohne mit der Wimper zu zucken, als Doktor anreden. Er hat also studiert, flüsterten erstaunt die Leute. Aber wo? Und wann? Wer waren seine Studienkameraden?

Eine weitere Überraschung und allgemeines Erstaunen löste 1937 die gänzlich unvermutete Heirat des Zweiunddreißigjährigen mit der blonden, erst siebzehn Jahre alten Anna Repetto aus, der Tochter eines Wachtmeisters der Carabinieri, der aus Chiavari stammte und seit einigen Jahren mit seiner Familie in Ferrara stationiert war.

Sie war sehr temperamentvoll und hatte schon mehr als einem Kameraden vom Gymnasium den Kopf verdreht; man sah sie immer mit dem Fahrrad unterwegs oder auch beim Tanz in den Jugendclubs mit einem ganzen Gefolge von Altersgenossen, während die Blicke vieler Männer von ferne ihren Evolutionen folgten. Ein zu sehr im Blickfeld stehendes, zu auffälliges Mädchen, und in einem gewissen Sinne zu repräsentativ, als daß sich nicht mehr oder weniger jeder betrogen und verraten fühlte, da es ihm von einem so unbedeutenden Mann wie Pino Barilari vor der Nase weggeschnappt wurde.

Und so kam es nach dieser Hochzeit zu neuen Redereien über Pino. Aber natürlich vor allem über seine blutjunge Frau.

Ihr waren in Ferrara allgemein die ungewöhnlichsten Dinge prophezeit worden. Zum Beispiel, daß irgendein großes Tier sie im Badeanzug am Strand von Rimini oder Riccione sehen und sich auf der Stelle in sie verlieben und sie heiraten werde. Oder daß ein Filmproduzent sie nach Rom mitnehmen und einen Star erster Ordnung aus ihr machen werde... Wie konnten sie ihr nun verzeihen, daß sie der Versuchung einer bescheidenen bürgerlichen Ehe erlegen war? Sie warfen ihr eine kleinliche, armselige, provinzielle Gesinnung vor, ja, sogar Undank gegenüber ihrer Familie. Als knickerige Ligurer, die sie waren, mochten sie eine schöne Enttäuschung erlebt haben, die Ärmsten! Und etwas anderes: wann hatten sich die beiden gesehen, bevor sie heirateten? Wo hatten sie sich getroffen, wenn sie zusammen sein wollten? Man hätte sie doch wenigstens einmal in der Gegend der Piazza della Certosa, auf den Bastionen des Stadtwalls oder auf dem Exerzierplatz, das heißt, an allen den Orten, die für gewöhnlich von Liebespaaren aufgesucht werden, entdecken müssen, wenn das Ganze nicht von Anfang an eine wahrscheinlich jeweils telefonisch verabredete kleine Schweinerei gewesen wäre. Auch diesmal also hatte sich dieser Duckmäuser Pino Barilari mit einer bei ihm unvermuteten Geschicklichkeit benommen. Er verkroch sich in seine Apotheke und ließ es zu, daß andere draußen ihrer Bewunderung für

Anna Ausdruck gaben, wenn sie auf dem Fahrrad vor dem Caffè della Borsa auf und ab fuhr, das blonde Haar über die Schultern fallend, die schwellenden Lippen sehr rot gemalt und unbekümmert ihre sonnengebräunten bis hinauf zu den Oberschenkeln nackten Beine zeigend. Im richtigen Augenblick hatte er dann das Netz zugezogen. Übrigens, warum auch hätte er es nötig gehabt, mit einem so unabhängigen, vorurteilslosen Mädchen wie Anna Repetto spazierenzugehen – einem Mädchen, das überdies stets und überall die Aufmerksamkeit auf sich zog –, wenn ihnen nach dem Tode seines Vaters über der Apotheke eine ganze Wohnung zur Verfügung stand? Wer hätte es merken können, wenn sie etwa um zwei Uhr nachmittags, wenn die Julisonne senkrecht auf die braunen Markisen des Caffè della Borsa schien und jeder zum Essen gegangen war und unter den Arkaden nur die Fliegen übrig geblieben waren, die sich um ein paar Krümel stritten, wenn sie dann rasch in die Apotheke geschlüpft wäre? Nun, jedenfalls hatten sie geheiratet, das allein war wichtig. Und Anna wurde mit einem Schlage Signora Barilari und zog in das Haus ihres Mannes am Corso Roma ein. Was ihn betraf, so war allmählich alles Gerede verstummt, nachdem man ihn ein paarmal mit seiner Frau im Kino oder auch gegen Abend auf dem Corso Giovecca gesehen hatte (sie kräftig, lebensvoll, strahlend; er dagegen, der an ihrer Seite wie ein Schiffbrüchiger wirkte, der sich an den Rettungsring klammert, im Vergleich zu ihr noch unbedeutender, ja nahezu verschwindend). Es war das Schweigen der Gleichgültigkeit, die seine bläßliche Gestalt von jeher umgeben hatte.
Erst die plötzliche Lähmung seiner Beine, die ihn keine zwei Jahre später befallen hatte – zweifellos war es Rückenmarksschwindsucht –, mit der Folge, daß er von nun an, nur mit einem Pyjama bekleidet, dort oben wie in einer Proszeniumsloge über der belebten Bühne des Corso Roma saß, als Brustbild gleichsam, hatte von neuem die Aufmerksamkeit auf ihn lenken können. Von da an hatte man für seine junge Frau zwar Bedauern aber kein besonderes Interesse mehr. Man

sprach wieder von Pino und allein von ihm. Aber war es nicht das, was er selber wollte, wenn er sich den Blicken aller darbot? Jetzt saß er immer am Fenster, von morgens bis abends, bereit, jeden Passanten mit einem Blick zu fixieren, in dem jetzt ein neues Leuchten war. Doch, ein neuer Glanz war es, wie von Frechheit und Schamlosigkeit. Und Heiterkeit, obendrein. So als ob erst die Krankheit, die so viele Jahre hindurch heimtückisch in seinem Blut geschlummert hatte und jetzt mit einemmal erwacht war, um seine Beine zu lähmen, endlich aus seinem farblosen Leben etwas Deutliches gemacht hätte, etwas, das er selbst verstand, mit anderen Worten: etwas Wirkliches. Jetzt fühlte er sich stark, zum erstenmal in seinem Leben, und man sah es ihm an. Geradezu neugeboren. »Seht ihr, wohin eine kleine Jugendsünde führen kann?« schien er sagen zu wollen. »Dahin, seht ihr?« Aber in seinen glänzenden Augen war nicht ein Schatten von Traurigkeit.

Um zu verstehen, welche Verlegenheit und welch instinktiven Argwohn eine solche Haltung bei vielen unserer Mitbürger erweckte (vielleicht begann man von dieser Zeit an, den Bürgersteig gegenüber dem Café sorgfältig zu meiden), mag es dienlich sein, sich die Atmosphäre des Jahres 1939 wieder zu vergegenwärtigen: dieses Gefühl von Ratlosigkeit, Unsicherheit und allgemeinem Mißtrauen, das sich seit Beginn des Sommers in der bürgerlichen Gesellschaft Italiens, und in Ferrara zumal, ausbreitete.

Die Stadt hatte sich für einen großen Teil unseres politisch gemäßigten Bürgertums seit dem Monat Mai von einem Tag zum anderen in ein Inferno verwandelt.

Da war zuerst die Geschichte mit den Gymnasiasten, dieser Gruppe von Jungen, deren keiner älter als achtzehn Jahre war, und die sich, angestiftet von ihrem Philosophieprofessor, der dann eiligst in die Schweiz flüchtete, zu dem ausgesprochenen Zweck, Panik und Unruhe in die Bevölkerung zu tragen (alle Einzelheiten des »Komplotts« waren schon von den ersten im Polizeipräsidium angestellten Verhören an in die

Stadt gedrungen), das schöne Ziel gesteckt hatten, nacheinander alle Schaufenster, und zwar eins in jeder Nacht, einzuschlagen. Und es war ein besonderes Polizeiaufgebot nötig gewesen (zu dem noch, von Carlo Aretusi, dem bekannten Kämpfer aus der Frühzeit des Faschismus, aufgestellte freiwillige Streifen von etwa zwanzig alten »Squadristi«, Angehörigen der ersten faschistischen Kampf- und Stoßtrupps, kamen), damit die jungen Leute auf frischer Tat ertappt wurden! In der Nähe des Kastells hatte es vierzehn Tage lang nachts keinen Hausflur, keinen dunklen Winkel gegeben, in dem nicht die Zigaretten der dort auf der Lauer stehenden Männer aufgeleuchtet wären ... Dummejungenstreiche, meinetwegen! Sogar die Politische Polizei unternahm trotz der leidenschaftlichen Bekenntnisse der Verhafteten zum Kommunismus geradezu heroische Anstrengungen, um diesen Bubenstreichen soweit wie möglich die politische Bedeutung zu nehmen – die Verhöre gingen indessen im Gefängnis in der Via Piangipane weiter –, aber irgendetwas bedeuteten sie in jedem Fall. Die Zeiten waren schlechter geworden, das war es. Überall gab es Defaitisten, Saboteure, Spione. Sogar unter höheren Schülern, den Söhnen von Ingenieuren, Rechtsanwälten und Ärzten, begann der Kommunismus, Proselyten zu machen! Und daß die Dinge nicht zum besten standen, sah man an den Gesichtern gewisser Leute. Zum Beispiel an denen mancher Juden, denen man noch heute auf der Caféterrasse unter den Arkaden begegnen konnte (man sollte sie lieber allesamt wieder ins Ghetto sperren, und Schluß mit allem »Mitleid«, das ganz fehl am Platze war!); oder auch an denen einiger unbelehrbarer Antifaschisten – wie zum Beispiel Rechtsanwalt Polenghi und Rechtsanwalt Tamagnini oder der ehemalige sozialistische Abgeordnete Bottecchiari –, die sich im Caffè della Borsa nur sehen ließen, wenn etwas schief ging, und denen man jetzt wieder fast täglich begegnete wie wahren Unglücksvögeln, und obendrein stets zur Stunde der Radionachrichten! Man müßte blind sein, um nicht die hämische Freude zu bemerken, die ihnen unter der gewohnten Maske der Indifferenz aus allen Poren ihrer Haut spritzte. Und man müßte taub sein, um nicht in der Stimme, mit der der ehrenwerte Bottecchiari schon von weitem seinen üblichen *Punt e mès* bei Giovanni bestellte (eine kräftige, ruhige, die Silben skandierende Stimme, die die Leute von einem Ende des Cafés zum andern zusammenfahren ließ), um in dieser Stimme nicht schon den Hohn dessen zu vernehmen, der in seinem Herzen bereits von der Revanche träumt, der seine Rache schon im voraus kostet! Und was in aller Welt konnte diese plötzliche, absurde Manie Pino Barilaris bedeuten, sich zur Schau zu stellen, wenn nicht, daß auch er, ein Antifaschist und Staatsfeind, die Niederlage des Vaterlandes herbeiwünschte? Mußte man nicht in der Schamlosigkeit, mit der er seine unschickliche Krankheit zur Schau trug, eine versteckte Absicht, zu beleidigen und zu provozieren, erkennen, neben der sogar die vierzehn Schaufensterscheiben, die nacheinander unter den Steinwürfen der sogenannten Gymnasiumsbande in Scherben gegangen waren, in die zweite Linie rückten?

Diese Besorgnisse griffen weiter um sich und drangen allmählich auch in höhere Regionen.

Nur daß Carlo Aretusi, *Sciagura*[15] mit Spitznamen, ein skeptisches Gesicht machte, als er davon hörte und von dem kleinen Hofstaat von Getreuen, der täglich um ihn war, nach seiner Meinung gefragt wurde.

»Nun wollen wir nicht anfangen zu übertreiben!« erklärte er mit einem Lächeln.

Seit nunmehr zwanzig Jahren residierte er, in unzertrennlicher Gemeinschaft mit Vezio Sturla und Osvaldo Bellistracci, nahezu in Permanenz an demselben Tisch im Caffè della Borsa. Und ihm als dem angesehensten Mitglied des berühmten faschistischen Triumvirats von Ferrara in der Zeit der Stoßtrupps, ihm als dem persönlichen Freund Balbos, Buonaccorsis, Mutis und Morigis – der große Morigi, der berühmte

Pistolenschütze und Olympiasieger aus Ravenna! – wurden stets als erstem die heikelsten Fragen unterbreitet. (Nicht ohne Grund zog ihn sogar der Federale[16], Konsul Bolognesi, zu Rate, wenn aus Rom irgendeine Unannehmlichkeit zu gewärtigen war).
Sciagura lächelte noch immer, mit einem Ausdruck der Ungläubigkeit und zugleich sehnsüchtiger Erinnerung. Wie hartnäckig auch die andern auf ihn einredeten, vermochten sie ihn nicht davon zu überzeugen, daß Pino Barilaris Verhalten etwas Bedrohliches hatte.
»Diese Niete ein Staatsfeind?« lachte er schließlich laut heraus. »Aber er war doch 1922 mit uns zusammen im Rom!«
So geschah es – ein denkwürdiger Umstand, da er sich bisher nicht eben häufig eingestellt hatte –, daß das Grüppchen der Intimen aus Sciaguras Munde, dem Anlaß entsprechend zu einer pathetischen Grimasse verzogen, allerlei Einzelheiten unter anderen auch über den Marsch auf Rom erfuhr.
Ach ja, seufzte Sciagura. Er hatte bisher nie gern über den Marsch auf Rom gesprochen!
Warum auch, erklärte er sogleich mit großem Nachdruck, sollte er sich in Geschwätz über ein Ereignis einlassen, das vielleicht für viele die Machtergreifung bedeutet hatte, mit einer angemessenen Regelung der persönlichen Angelegenheiten in seiner Folge, jedoch für ihn und so manchen gleich ihm – und hier nickten Sturla und Bellistracci in stummer Zustimmung – nur eins bedeutet hatte: das Ende der Revolution, den endgültigen Untergang der ruhmreichen Epoche der Stoßtrupps?
Und schließlich, wenn man es recht besah, was war denn das Ganze anderes gewesen als eine Art von Militärtransport nach Rom, der auf jeder Station hielt, um Trupps von Faschisten aufzunehmen (auf der Strecke von Bologna nach Florenz gab es damals noch nicht die Tunnels der heutigen Schnellverbindung), und zu dessen Schutz auf der ganzen Strecke ein wahres Heer von Carabinieri und Königlicher Stadtpolizei

aufgestellt war? Aber bei den Strafexpeditionen, die sich 1919 bis nach Molinella mitten in der roten Zone gewagt hatte, um dort das Gewerkschaftshaus, den Sitz der Arbeitskammer, in Brand zu stecken, hatte es keine Carabinieri als Beschützer gegeben – übrigens ein Unternehmen, das zum erstenmal die Aufmerksamkeit ganz Italiens auf die Federazione di Ferrara gelenkt hatte, und von dem, genau genommen, die ersten Reibereien zwischen Ferrara und Bologna herrührten. In Bologna betrachtete man das Unternehmen von Molinella als eine »provokante Einmischung« und brachte es sogar unmißverständlich zum Ausdruck! Damals war der Faschismus noch anarchistisch, noch vom Geiste Garibaldis geprägt! Im Gegensatz zu dem, was heute geschah, zog man damals noch nicht die Bürokraten den Revolutionären vor. Wenn zum Beispiel der junge Sciagura (so hatten ihn die bolschewistischen Arbeiter aus der Vorstadt hinter Porta Reno getauft, und er war auf den Spitznamen stolz gewesen und hatte ihn von jeher wie eine Auszeichnung getragen), wenn also der junge Sciagura oder der junge Bellistracci oder der junge Sturla, nur mit Stöcken, Schlagringen oder, wenn es hoch kam, einem alten, aus dem Krieg stammenden Armeerevolver bewaffnet, nachts durch die Porta Reno zogen, um Streit mit den kommunistischen Arbeitern zu suchen, die die Kneipen von Borgo San Luca bevölkerten, dann durften sie damals keineswegs auf die volle Unterstützung der Polizei rechnen, wie man es nach 1922 stets konnte! Nach 1922, man stelle sich das vor!, ging man einfach in das Kastell, bevor man zu einer Strafexpedition aufbrach – zum Beispiel nach Codigoro, um dort die Arbeiter vom Speicherkraftwerk zur Räson zu bringen –, wo man unten im Hof die Lastautos und Privatwagen zu sammeln pflegte. Jetzt sollte man einmal sehen, wie sich die Bourgeois beeilten, ihre Wagen zur Verfügung zu stellen, und wie es sie ehrte, auf diese Weise der »Sache« dienen zu können!

Aber um auf den Marsch nach Rom und den Sohn Doktor Barilaris zurückzukommen, so stellte sich heraus, daß der Junge

im Grunde für das einzige Vergnügen auf der ganzen Reise gesorgt hatte. Recht bedacht, war er es gewesen, der den ganzen Marsch auf Rom erträglich gemacht hatte.
Sie hatten ihn erst im letzten Moment entdeckt, als sich der Zug bereits in Bewegung setzte. Er lief und lief den Bahnsteig entlang, und die Augen traten ihm aus dem Kopf vor Angst, er müsse zurückbleiben, so daß man ihm eine Hand aus der Abteiltür entgegenstreckte und ihn hereinzog. Bekleidet war er folgendermaßen: mit einem feldgrauen Mantel, der wohl seinem Vater gehörte und ihm bis zu den Kniekehlen reichte; mit Wickelgamaschen, die sich alle Augenblicke lösten; gelben Halbschuhen und einem Fes, den er sich weiß Gott wo besorgt hatte. Wenn er ihn sich ins Gesicht drückte, bekamen seine Ohren Ähnlichkeit mit denen einer Fledermaus, daß es zum Totlachen war. Und was konnte man anderes tun als lachen, wenn immerfort ein Paar staunend aufgerissener Augen einen musterte, so als ob er, Sciagura, so etwas wie Tom Mix[17] und die anderen die Truppe des Sheriffs wären. »Wer bist du? Bist du nicht der Sohn von Doktor Barilari?« hatten sie ihn gefragt, nicht weil sie ihn vom Sehen gekannt hätten, sondern wegen seiner Ähnlichkeit mit dem Vater. Er nickte bejahend mit dem Kopf, da er vom Laufen zu sehr außer Atem war, um anders antworten zu können. »Aber weiß denn dein Papa, daß du mit uns kommst?« Jetzt schüttelte er verneinend den Kopf, und gleichzeitig betrachtete er sie der Reihe nach mit den Augen eines Kindes, das einen Abenteuerfilm erlebt.
Aber er war siebzehn Jahre alt und wirklich kein Kind mehr. Und doch war es schlimmer, als wenn er noch ein Kind gewesen wäre. Ungeachtet dieses Alters war er keusch geblieben. Und da der Zug auf jeder Station hielt, auf der Hinfahrt wie auf der Rückfahrt (manchmal, so in Bologna und Florenz, dauerte der Aufenthalt zwei bis drei Stunden), und sie jeden Aufenthalt ausnutzten, um ein Bordell aufzusuchen, und Pino sich jedesmal so hartnäckig wie ein Maulesel sträubte, sie zu

begleiten, endete es damit, daß sie ihn nahezu mit Gewalt mitzerrten – schließlich mußte man doch versuchen, ihn zu entjungfern, nicht wahr? Er sträubte sich und stemmte sich mit den Füßen gegen den Boden, er beschwor sie mit gefalteten Händen und weinte. »Was hast du denn? Angst, daß sie dich fressen?« fragten sie ihn. »Komm wenigstens mit, um es dir einmal anzusehen. Ehrenwort, daß wir dich nicht zwingen, mit einer ins Zimmer zu gehen!«

Aber er traute ihnen nicht. Immer mußte erst Sciagura kommen und ihn lächelnd, mit einem Augenzwinkern geheimen Einverständnisses, beiseite nehmen und ihm ein paar Worte ins Ohr flüstern wie: »Willst du wirklich nicht mitkommen?« Oder: »Los, sei nicht blöd!« Aber es lag nicht an den Worten, sondern am Ton.

Denn nun erst, als ob er in ihm seinen einzigen wahren Freund sähe, entschloß sich Pino mitzukommen. Um sich dann, wenn er mit den andern den Empfangssaal betreten hatte, in einen Winkel zu verkriechen und aus schreckgeweiteten Augen um sich zu blicken. Und die Mädchen? Sie strengten sich, begeistert und gerührt von seiner Angst (übrigens, davon abgesehen, hatten sie für die Faschisten immer eine große Schwäche gehabt!), um die Wette an, ihn an sich zu ziehen und zu hätscheln. Wenn es nach ihnen gegangen wäre, hätte sich das Bordell in ein Heim für obdachlose Kinder verwandelt. Dem mußte natürlich die Frau des Hauses zuvorkommen. »Meine Damen, was machen wir da? Einen Betrieb für Sehleute?« So wurde das Ganze jedesmal eine Komödie, eine regelrechte Posse.

Aber die tollste Szene hatte sich auf der Rückreise in Bologna zugetragen, und zwar in den »Specchi« in der Via dell 'Oca.

Die Strecke über den Apennin, die Porrettana, nahm kein Ende. Sie hatten es bei der Herfahrt erlebt, wie langweilig sie war. So waren sie zu zweit oder dritt in Pistoia, vor der Überquerung des Apennins, ausgestiegen und hatten sich mit Chianti-Flaschen versehen. Im Gebirge war es kalt und so neblig, daß man keine zehn Meter weit sah. Um sich die Zeit zu vertreiben, blieb nichts weiter übrig als zu trinken und, versteht sich, das gesamte Repertoire an Liedern abzusingen. Die Folge war, daß, als sie nachts in Bologna ankamen (und der Schnellzug nach Ferrara ging erst um zwei Uhr fünf), alle vollkommen betrunken waren, einschließlich Pino.

In der Via dell'Oca wiederholte sich vor dem Bordell Pinos soundsovielter Versuch zum Widerstand, indem er sich mit dem Rücken gegen die voller Nägel steckende kleine Tür stemmte – als ob er sie sich, dieser Narr, ins Fleisch bohren wollte! Und da – Sciagura wußte selbst nicht, wie es kam: war es der Wein, die Langeweile der Reise oder der Ärger, daß er an dieser großen Hanswurstiade, als die sich der Marsch auf Rom nun herausstellte, als eine bloße Nummer teilgenommen hatte (in Rom waren sie zwei Tage geblieben, die meiste Zeit davon in einer Kaserne, und den *Duce* hatten sie nicht einmal von weitem gesehen, weil er, wie es hieß, damit beschäftigt war, mit dem König über die Bildung der Regierung zu verhandeln)? – da stand plötzlich Sciagura mit der Pistole in der Hand vor Pino und hielt sie auf einen Punkt unterhalb seines Halses gerichtet. Wenn Pino nicht auf der Stelle aufhörte zu flennen und nicht sofort mit ihnen hereinkam und (als sie oben im Empfangssalon angelangt waren) falls er sich jetzt wie üblich weigern wollte, ein Mädchen auf sein Zimmer zu begleiten: dann könnte er sich diesmal etwas anderes als bloß die Syphilis holen – falls er sie sich überhaupt heute holen sollte, worauf er erst mal die Probe machen sollte!

Er führte die beiden selbst in ein Zimmer, um zu kontrollieren, ob sie, Pino wie die Frau, bis zum Ende ihre Pflicht taten. Und ein Glück, betonte Sciagura wiederholt, ein Glück, daß sich Pino auch dagegen nicht mehr gesträubt hatte! Sonst, ganz im Ernst, den Revolver schon angelegt und betrunken, wie er damals war, wäre alles möglich gewesen.

3

Wer in Ferrara erinnert sich nicht an die Nacht des 15. Dezember 1943? Wer kann jemals in seinem Leben die endlosen Stunden jener Nacht vergessen? Es war für alle eine angstvoll durchwachte, nicht enden wollende Nacht gewesen; mit brennenden Augen hatten sie durch die Jalousien auf die in der Düsternis der Verdunkelung liegenden Straßen gestarrt, und jede Minute hatte sich ihnen das Herz zusammengekrampft bei dem Geknatter der Maschinengewehre oder dem plötzlichen, noch lärmenderen Vorbeifahren von Lastwagen mit bewaffneten Männern.

Wir haben keine Angst vorm Tode,
Es lebe der Tod, hoch lebe der Friedhof ...

sangen sie auf ihren Wagen, unsichtbar im Dunkeln, wenn sie durch die menschenleeren Straßen fuhren. Es war rhythmischer, aber nicht kriegerischer Gesang – voller Verzweiflung auch er.

Die Nachricht von der Ermordung des Konsul Bolognesi, des einstigen *Federale*[18] – desselben, der im September nach dem Zwischenspiel der Badoglio-Regierung den Auftrag zur Reorganisierung der Federazione erhalten hatte –, diese Nachricht hatte sich am frühen Nachmittag des 15. Dezember in der Stadt verbreitet. Bald darauf brachte der Rundfunk Einzelheiten: Man hatte seinen *Topolino*[19] auf einer Landstraße in der Gegend von Copparo gefunden; die linke Tür stand offen, und der Kopf des Opfers lag über dem Steuerrad, »wie wenn er schliefe«. Es war der »klassische« Genickschuß, »enthüllender, als eine Unterschrift es gewesen wäre«. Dann wurde die Entrüstung erwähnt, »die Welle grenzenloser Entrüstung«, welche die Nachricht sogleich nach ihrem Bekanntwerden in Verona, im Schoße der konstituierenden Versammlung der *Repubblica Sociale*[20] ausgelöst hatte, die dort im Castel Vecchio, der alten Skaligerburg, tagte. Gegen Abend konnte man sogar (ein fahler Abend; und alle Geräusche gedämpft vom Nebel und vom Schnee, der mit Unterbrechungen während des ganzen Tages gefallen war; und menschenleere Straßen, denn die Sperrstunde war auf fünf Uhr nachmittags festgesetzt worden), gegen Abend konnte man im Radio eine Originalübertragung der Sitzung in Verona hören. Eine dünne, durchdringende Stimme – das zornige und klägliche Schreien eines kleinen Kindes – hatte mit einemmal die tiefe, betrübte Stimme des ersten Sprechers verdrängt, der nach der Nachricht vom Tode des Konsul Bolognesi diesem den Nachruf hielt. »An alle in Ferrara!« hörte man ihn deutlich rufen. »Laßt uns den Kameraden Bolognesi rächen!« Kaum hatte man den Apparat abgestellt und sah sich erschrocken an, als schon durch die Fensterscheiben, die leise zu klirren begannen, das dumpfe Dröhnen näherkommender Lastautos und das schneidende Tacktack der ersten Maschinengewehrsalven drangen. Draußen war es schon Nacht, die Ausgehsperre hatte bereits vor einer ganzen Weile begonnen.

Niemand ging zu Bett, niemand schlief. Kein Bürger Ferraras – auch nicht unter denen, die auf Grund ihrer früheren konformistischen Haltung gegenüber dem am 25. Juli 1943 gestürzten Regime die Wiederkehr des Faschismus ohne allzu große Sorge aufgenommen hatten –, der nicht fürchtete, sein Haus könne jeden Augenblick von den Rächern heimgesucht werden. (Besonders Ängstliche gingen so weit, sich in einer Rumpelkammer einzusperren und mit Schränken und Kommoden den Eingang verstellen zu lassen.) Aber auch in den anderen bürgerlichen Häusern sprach und diskutierte man wie nie zuvor; in den langen Pausen während einer Bridge – oder Pokerpartie, die man nur begonnen hatte, um sich selbst und den andern die eigene Angst nicht einzugestehen und um die Zeit zu verkürzen; oder auch, während man, ohne etwas Besonderes zu tun, um den Eßtisch unter dem Kronleuchter versammelt war, an dem man zur üblichen Stunde vergebens versucht hatte, wie sonst zu Abend zu essen, und der nun – voller

Krümel und schmutzigem Geschirr auf dem Tischtuch – halb abgedeckt geblieben war.

Was ging vor, und was würde noch geschehen?

In den konservativ gesinnten Kreisen gingen – wie es natürlich ist – je nach Temperament und Erfahrung die Vermutungen auseinander. Doch durfte man sicher sein, daß hier die weniger katastrophalen Voraussagen häufiger waren, und sei es nur, um sich selber ein wenig Mut zu machen.

Die Stadt hallte von Schüssen und schauerlichen Liedern wider, in denen von Tod und Friedhof die Rede war. Aber darum mußte man noch nicht im Ernst annehmen, daß die Faschisten, die bisher seit September alles in allem eine bemerkenswerte Mäßigung bewiesen hatten, indem sie sich bei der Razzia auf die etwa hundert Juden beschränkten, deren sie noch habhaft werden konnten, und nur knapp ein Dutzend der erbittertsten Antifaschisten der Stadt in das Gefängnis der Via Piangipane warfen, nun plötzlich andere Saiten aufziehen und eine vollkommene Drehung um hundertachtzig Grad vollführen wollten. Sie waren ja schließlich auch Italiener, die Faschisten, alles, was recht war! Und sogar, um die Wahrheit zu sagen – und hier war das Lächeln und Sichzublinzeln schon obligatorisch geworden –, italienischer als so mancher andere, der nur den Mund mit dem Wort »Freiheit« vollnahm und sich in Wirklichkeit nur danach drängte, den Invasoren die Schuhe zu putzen. Nein, nein, das war kein Grund zur Beunruhigung. Zugegeben, sie spielten sich etwas auf, die Faschisten; diese wilden Gesichter; und an der Mütze trugen sie den Totenkopf. Aber mehr als alles andere wollten sie damit nur die Deutschen hinhalten, die, wenn man ihnen freie Bahn gäbe (und im Grunde konnte man auch ihnen nicht allzu sehr unrecht geben, denn Krieg ist Krieg, und für gewisse Verrätereien mußte man im Krieg stets büßen!), es sich keine Minute überlegen würden, Italien nach dem Muster Polens oder der Ukraine zu behandeln. Arme Teufel waren die Faschisten! Man mußte sich ein bißchen auch einmal an ihre Stelle versetzen!

Man mußte versuchen, ihren inneren Konflikt zu verstehen, auch das persönliche Drama Mussolinis, der, wenn er sich noch nicht ins Privatleben zurückgezogen hatte, was sich der arme Kerl vielleicht wünschte und was für ihn gewiß das angenehmste wäre, so nur um Italiens willen. Dagegen der König! Am 8. September[21] hatte er nichts Besseres zustande gebracht, als mit Badoglio nach Bari zu fliehen. Mussolini aber, als guter Romagnole, im Grunde großmütigen Herzens (die Savoyer und Badoglio waren Piemontesen, und die Piemontesen waren nun mal, daran ist nichts zu ändern, von jeher kleine Geister und nicht ganz aufrichtig gewesen!), Mussolini hatte keinen Augenblick gezögert, in der Stunde des Sturms wieder auf die Kommandobrücke zu steigen und, das Gesicht den Sturzseen zugewandt, das Steuer wieder in die Hand zu nehmen ... Und, offen gesagt, was sollte man von dem Mord an Konsul Bolognesi halten – übrigens ein Familienvater, ein Mann, der in seinem Leben keiner Fliege etwas zu Leide getan hatte. Kein anständiger Mensch, kein echter Italiener konnte ein solches Verbrechen gutheißen, das, wie nur allzu klar war, bezweckte, in sklavischer Nachahmung des französischen und jugoslawischen Beispieles, auch bei uns die Flammen des Partisanenkriegs auflodern zu lassen. Die Vernichtung aller Werte der mediteranen und der abendländischen Kultur, der geistigen, religiösen ebenso wie der materiellen, in einem Wort der Kommunismus, das war das letzte Ziel des Partisanenkrieges. Wenn die Jugoslawen und Franzosen trotz der noch nicht weit zurückliegenden Erfahrungen in Spanien den Kommunismus wollten, dann konnten sie ja, bitte sehr, ihren Tito und ihren de Gaulle behalten! Die Italiener hatten jetzt nur eine Pflicht: zusammenzustehen und zu retten, was noch zu retten war.

Nach Gottes Willen wurde es wieder hell. Und mit dem Tageslicht hörten die Lieder und Schüsse auf.

Es endete auch plötzlich das pausenlose Geschwätz hinter Türen und Fenstern. Aber die Sorgen – nein, die nahmen kein Ende. Das Tageslicht, das jedem, auch dem Blindesten, den

Sinn für die harte Wirklichkeit wiedergab, ließ sie nur noch heftiger empfinden. Was bedeutete diese plötzliche Stille? Was verbarg sich hinter ihr, oder was bereitete sich hinter ihr vor? Es konnte sich ja auch um eine Falle handeln: um die Bevölkerung zu verleiten, die Häuser zu verlassen, um eine Razzia auf sie zu veranstalten oder sonst was mit ihr zu tun. So verstrichen mindestens zwei Stunden – Stunden untätiger, quälender Erwartung –, bevor allmählich, wie von selbst, einige vage Nachrichten von dem Blutbad in die Häuser drangen.

Die Zahl der Opfer der Vergeltungsmaßnahme betrug danach zehn, zwanzig, fünfzig, hundert ... Wenn man den ärgsten Vermutungen Glauben schenkte, mußte man sich darauf gefaßt machen, daß nicht nur der Corso Roma, sondern das ganze Zentrum der Stadt mit Toten übersät war. Es dauerte noch eine ganze Weile – es war inzwischen halb zehn, zehn Uhr geworden –, ehe man die genaue Zahl und die Namen der Ermordeten erfuhr.

Es waren elf, und sie lagen in drei Haufen vor der Mauerbrüstung am Burggraben auf dem dem Caffè della Borsa und der Apotheke von Barilari gegenüberliegenden Bürgersteig. Um sie zählen und identifizieren zu können, mußten die ersten, die sich an sie herangewagt hatten (aus der Entfernung schienen es keine menschlichen Körper zu sein, sondern nur armselige Lumpen oder Kleiderbündel, die da in der Sonne im Schneematsch lagen), die auf dem Bauch liegenden Leichen herumdrehen und andere, die miteinander zu Boden gestürzt waren und nun ein engverschlungenes Durcheinander steif gewordener Glieder bildeten, voneinander trennen. Und es blieb kaum Zeit, sie zu zählen und ihre Identität festzustellen. Denn bald darauf war, vom Corso Giovecca einbiegend, ein kleines Militärfahrzeug gekommen und hatte mit kreischenden Bremsen vor der kleinen Menschenansammlung gehalten, die sich um die Toten gebildet hatte. »Weg da! Weg!« schrien die Insassen des Wagens bereits, noch bevor sie – vier Angehörige der Schwarzen Brigade – das Auto verlassen hatten und auf die Straße gesprungen waren. Von ihren Schreien bedroht, blieb den Anwesenden nichts anderes übrig, als sich langsam auf die beiden äußersten Enden des Corso Roma zurückzuziehen. Und von dort aus teilten sie, während sie die vier Milizangehörigen im Auge behielten, die, mit der Maschinenpistole im Arm, unter der nun bereits hoch am Himmel stehenden Sonne ihre Totenwache hielten, der ganzen Stadt telefonisch mit, was sie gesehen und dabei gewagt hatten.

Entsetzen, Mitgefühl und wahnsinnige Angst – das war die erste Wirkung, die in jedem Haus von den Namen der Erschossenen ausging. Gewiß, es waren nur elf. Aber sie waren in der Stadt zu bekannt, und nicht nur dem Namen nach, sondern auch mit all ihren physischen und moralischen Eigenschaften (bei diesem war es das Gesicht, seine Art zu lachen und hinter den kleinen Pincenezgläsern mit den blauen Augen zu zwinkern, bei jenem der schleppende Gang und das vorzeitig ergraute Haar, bei einem Dritten seine Art zu grüßen, mit der Hand zu winken und schon von weitem einen Gruß zu rufen; man wußte von ihren Gewohnheiten und kleinen Manien, der Spielleidenschaft des einen, dem Geiz des andern, der Verschwendungssucht, der Bosheit, der Liebe zur eigenen Frau, zur Geliebten, zu den Kindern und so weiter ...: elf Menschen, von denen man alles wußte oder beinahe alles, zusammen aufgewachsen und plötzlich zusammen niedergemetzelt auf dem Bürgersteig gegenüber den Arkaden des Caffè della Borsa), noch einmal: sie waren allzu gut bekannt, zu sehr verbunden mit jedermann in der Stadt durch tausend Bande, diese elf Opfer – allzu verflochten war ihr bescheidenes Leben mit dem bescheidenen Leben der anderen –, als daß man nicht ihr Ende als ein furchtbares Ereignis von fast unvorstellbarer Grausamkeit empfand. Und es mag seltsam berühren, daß der – warum es nicht sagen – so gut wie allgemeine Abscheu vor diesem Mord einhergehen konnte mit dem sofortigen allgemeinen Entschluß, den Mördern ein freundliches Gesicht zu zeigen, ihren Gewaltmethoden öffentlich zuzustimmen und sich ihnen zu unterwerfen. Aber gerade so war es, und es ist zwecklos, es verheimlichen zu wollen, ebenso wie es wahr ist, daß fortan in keiner Stadt Norditaliens der republikanische Faschismus eine so imponierend hohe Zahl von Parteimitgliedern aufweisen konnte. Seit dem Morgen des 17. Dezember (in der Nacht hatte es begonnen, in Strömen zu regnen) sah man lange Schlangen schweigender Menschen im Hof der *Casa del Fascio*, des Parteihauses im Viale Cavour, anstehen, die darauf warteten, daß sich die Parteibüros öffneten. Gebeugt, verschüchtert, niedergedrückt, in abgetragenen Mänteln aus »autarken«[22] Stoffen, auf die ein erbarmungsloser Regen niederging, waren es dieselben Menschen, die den Nachmittag zuvor dem Trauerzug für Konsul Bolognesi den ganzen Weg über den Corso Giovecca, die Via Palestro, die Via Borso bis zur Piazza della Certosa langsam gefolgt waren; und in ihren schreckensfahlen Gesichtern hatten die wenigen, die zu Hause geblieben waren und durch die angelehnten Fensterläden spähten (was für eine Menschenmenge! Gab es soviel Leute in Ferrara?), schaudernd das eigene Gesicht wiedererkannt. Was blieb übrig, als nachzugeben? Die Deutschen und die Japaner würden, auch wenn sie für den Augenblick so taten, als zögen sie sich zurück, zu guter Letzt mit ihren Geheimwaffen von unerhörter Wirksamkeit die Situation in ihr Gegenteil verkehren und mit wenigen Schlägen den Krieg gewinnen. Nur ein einziger Weg blieb offen.

Wer aber war für die Schlächterei verantwortlich? Kein Zweifel, die unmittelbaren Täter, die persönlich Verantwortlichen waren jene Männer in den Lastautos, von denen vier das Nummernschild VR (Verona) trugen und zwei PD (Padova), und die die Stadt die ganze Nacht hindurch von ihrem Singen und ihren Schüssen widerhallen ließen und gegen Morgen verschwanden, als ob das Dunkel, mit dem sie gekommen waren, sie wieder verschluckt hätte – mit anderen Worten: die vom Rundfunk angekündigten Rächer. Wer am Abend des 15. Dezember, da im Besitz eines besonderen Passierscheins, noch nach der Sperrstunde auf der Straße war, hatte Gelegenheit gehabt, von weitem die eigenartigen blauen Hemden (Typ Spanische Legion), den Totenkopf an den Mützen und die umgehängten Maschinenpistolen zu erkennen, nicht zu vergessen die Handgranaten deutscher Herkunft, mit langem Stiel, die neben Dolch und Pistole unter dem ledernen Koppel staken. Nun brauchten sie – um zu wissen, wo die Via Piangipane liegt – nicht unbedingt aus Ferrara zu sein oder sich von einem Ortskundigen führen zu lassen. Ein Blick auf den Stadtplan genügte. In der Tat standen die aus Venetien kommenden *Squadristi* um zwei Uhr morgens vor dem Gefängnistor in der Via Piangipane. Sie waren es und niemand sonst, die mit der Waffe in der Hand den Direktor zwangen, ihnen die Liste der politischen Gefangenen zu zeigen und die Rechtsanwälte Polenghi und Tamagnini, beide Sozialisten und ehemalige Gewerkschaftsorganisatoren, sowie die Rechstanwälte Galimberti, Fano und Ferraresi von der Aktionspartei auszuliefern, die alle fünf seit September in Untersuchungshaft saßen.

Aber, wie um das Gerücht Lügen zu strafen, das sofort verbreitet wurde – ein absichtsvoll in Umlauf gebrachtes Gerede, das war klar –, nach dem keiner aus Ferrara an dem Massaker beteiligt war und sich mit dem Blut jener Opfer befleckt hatte, waren die anderen sechs Toten: der Nationalrat Abbove, Doktor Malacarne, Diplomkaufmann Zoli, die beiden Cases, Vater und Sohn, und der Arbeiter Felloni alle aus ihren Wohnungen geholt worden, die nun gewiß auf keinem Stadtplan eingetragen waren – man kann hier den Arbeiter Felloni ausnehmen, denn sein Fahrrad, das man am Morgen des 16. an der roten Mauer des Konzertsaals in der Via Boldini entdeckte, schien anzuzeigen, daß der Unglückliche, ein unbekannter Arbeiter des Elektrizitätswerks, nur deshalb der Gruppe der zu Erschießenden hinzugestellt worden war, weil er, als er nichtsahnend zur Arbeit fuhr, einer der vielen Streifen in die Hände fiel, die den Zugang zum Stadtzentrum absperrten. Das war seine ganze Schuld. Aber niemand, der nicht aus Ferrara war und sich obendrein sehr gut in der Stadt auskannte, wäre imstande gewesen, mit solcher Sicherheit den Nationalrat Abbove nicht etwa in seinem Haus am Corso Giovecca zu suchen, sondern in seiner Junggesellenwohnung, die er sich erst kürzlich in der stillen, einsam gelegenen Via Brasàvola in einem kleinen, aus dem Mittelalter stammenden und für wenig Geld erstandenen Kloster hatte ausbauen lassen. In diese Wohnung, die er mit den verschiedenartigsten Kunstgegenständen vollgestopft hatte (Bilder, Teppiche, Raritäten und Kuriositäten aller Art – ein *bric à brac* von erlesenem Geschmack im Stil d'Annunzios), in diese Wohnung pflegte sich der feine, weißhaarige Lebemann von Zeit zu Zeit zurückzuziehen. Niemand, der nicht aus Ferrara war und außerdem nicht völlig auf dem laufenden über die letzten Ereignisse in der Stadt, hätte von den geheimen Zusammenkünften während der fünfundvierzig Tage der Badoglio-Periode in eben dieser *Garçonnière* des Nationalrats etwas wissen können. (Ständige Teilnehmer waren Doktor Malacarne und Diplomkaufmann Zoli gewesen, wie wenigstens das Gerücht behauptete, während der alte Sciagura die Teilnahme stets abgelehnt hatte . . .) Die Zusammenkünfte hatten den Zweck gehabt, eine gemeinsame Linie für alle jene Faschisten festzulegen, die nach dem Sturz des Regimes nichts anderes wünschten, als dem König »den Ausdruck ihrer bedingungslosen Treue« zukommen zu lassen und, schlicht gesagt, so schnell wie möglich das Mäntelchen nach dem Winde zu drehen. Was die beiden Cases, Vater und Sohn, betraf, zwei von den wenigen Juden, die der großen Razzia vom September entgangen waren (sie betrieben einen Lederhandel, und nie in ihrem Leben hatten sie an Politik gedacht) und die seitdem auf dem Dachboden ihres Hauses im Vicolo Torcicoda wohnten, wo sie allein die Frau und Mutter, eine absolut arische und katholische Frau, durch ein Loch im Fußboden versorgte – wer anders als jemand, der ihr Versteck kannte (also ein Ferrarese!) hätte den fünf Mordbuben, die ausgesandt waren, um die beiden zu holen, den Weg über dieses staubige Labyrinth baufälliger Treppen weisen können? Wer anders als . . .

Ja, Carlo Aretusi, Sciagura! Und es hätte, um sofort allen Verdacht auf ihn zu lenken, genügt (seit dem Morgen des 16. hatte er wieder die Befehlsgewalt in der Federazione übernommen, und von da an wurde sein Name nur noch, wie einst vor 1922, im Flüsterton genannt), es hätte, wie gesagt, genügt, sich daran zu erinnern, wie er am Nachmittag desselben Tages beim Begräbnis des Konsuls Bolognesi erschienen war.

Er hatte nie an den heimlichen Zusammenkünften teilnehmen wollen, die im vergangenen August mehrmals im Hause des Nationalrats Abbove abgehalten wurden, im Gegenteil, er ließ den einstigen Kameraden sagen, daß er keine Lust habe teilzunehmen, weil er – wie er wörtlich sagte – nicht die Absicht habe, mit fünfzig Jahren das zu verleugnen, was er mit zwanzig Jahren getan hatte. Und so schien wirklich, während er an der Spitze des unabsehbaren Leichenzugs schritt – unmittelbar hinter der Lafette, auf der die Bahre mit dem toten Konsul Bolognesi ruhte – und fortwährend Blicke des Hasses und der Verachtung auf die Häuser des Corso Giovecca und der Via Palestro (all diese Reihen geschlossener Fensterläden) schleuderte, so schien denn wirklich wie durch ein Wunder – abgesehen natürlich von seinen grauen Schläfen – der Jüngling wiedergekehrt zu sein, der er mit zwanzig Jahren gewesen war: schlank, trotz der Kälte nur im schwarzen Hemd und die Milizmütze schief aufgesetzt. »Verdammte Wühlmäuse, Maulwürfe, feiges Bürgerpack! Ich werd's euch zeigen . . . Ich will euch aus euren Schlupflöchern treiben . . .«, drohten seine wütenden Blicke, sein verzerrter Mund. Auf der Piazza della Certosa hatte er, bevor der Sarg des Konsul Bolognesi in die Kirche getragen wurde, in diesem Ton eine Ansprache an die Menge gehalten. Und die graue Menge, die sich träge um ihn

gedrängt hatte, lauschte ihm; und er redete sich immer mehr in Zorn, und zwar, wie es schien, gerade wegen ihrer Trägheit.
»Die Leichen der elf Verräter, die heute morgen auf dem Corso Roma füsiliert worden sind«, schrie er gleichsam zum Abschluß, »werden erst dann entfernt, wenn ich den Befehl dazu gegeben habe. Wir wollen erst die Gewißheit haben, daß das Beispiel die erwünschten Früchte gezeitigt hat!«
Es fehlte wirklich nicht viel, daß er sich im Paroxysmus seines Zorns das Verdienst angemaßt hätte, eigenhändig den Scharfrichter gespielt zu haben.
Was aber sollte man zu seinem Auftreten kurz danach auf dem Corso Roma sagen, wo bei seinem plötzlichen Erscheinen die vier Angehörigen der schwarzen Brigade, die noch immer bei den Erschossenen Wache hielten, mit einem Ruck Haltung annahmen – von diesem Auftreten, das zunächst so sehr im Widerspruch zu seinem Verhalten noch vor einer halben Stunde auf dem Platz der Certosa stand, aber, wenn man es sich recht überlegte, mehr als hundert Geständnisse zusammen wert war?
Mit finsterer Miene stieg er aus seinem Wagen, kaum, daß er einen Blick auf die Leichen auf dem Bürgersteig warf. Sofort trat eine der Wachen einen Schritt vor und meldete ihm, was vorgefallen, offenbar erfreut, daß er im rechten Augenblick gekommen war. Den ganzen Tag über sei es ihnen vieren gelungen, die Leute, die sich herandrängen wollten, zurückzuhalten. Freilich hätten sie mehr als einmal, um sie zu zerstreuen (es handelte sich höchstwahrscheinlich um die Angehörigen der Verräter: weinende, heulende Frauen, Männer, die Verwünschungen ausstießen; es war nicht leicht gewesen, sie zum Rückzug zu bewegen!), in die Luft schießen müssen, mit dem Erfolg, daß sie bis zu den beiden Enden des Corsos zurückwichen, zum Domplatz und zur Ecke des Corso Giovecca, wo auch jetzt noch, wie sich Kamerad Aretusi überzeugen könne, ein paar Leute standen. Was aber, fragte er, sollten sie tun – und hier hob er den Arm und zeigte auf das Fenster,

hinter dem die bewegungslose Gestalt Pino Barilaris zu erkennen war –, was sollten sie mit diesem Herrn dort oben anfangen, einem wirklich nicht ganz zurechnungsfähigen Burschen, den keine Aufforderung oder Drohung, nicht einmal eine Salve aus der Maschinenpistole, auch nur um einen Millimeter von seinem Platz zu rücken vermochte? Vielleicht war er taub. Wären nicht die Rolläden der Apotheke dort unter den Arkaden heruntergelassen, wäre bestimmt einer von ihnen schon hinaufgegangen, um ihn aus der Nähe, im Guten oder im Bösen, dazu zu bewegen, sich fortzuscheren . . .

Wie von der Viper gebissen, fuhr Sciagura zusammen und blickte zu dem Fenster hinauf, auf das der Mann wies. Auf der Straße war es inzwischen dunkel geworden. Der Nebel, der aus dem Burggraben aufstieg, wurde von Minute zu Minute dichter, und auf dem ganzen Corso Roma (in einer Häuserreihe von wenigstens hundertfünfzig Meter Länge sah man nur dunkle Bürofenster von Banken, Anwaltskanzleien und so weiter) war das Fenster da oben das einzige, das erleuchtet war.

Sciagura, der, die Lippen zusammengekniffen, noch immer hinaufblickte, entfuhr ein halb unterdrückter Fluch, den eine zornige Gebärde begleitete. Dann wandte er sich um, und mit veränderter Stimme – kaum mehr als einem erschrockenen Flüstern – bedeutete er den vier Wachen, die Männer, die er schicken wollte, damit sie die Leichen fortbrächten, und die in etwa zwanzig Minuten eintreffen würden, diese Männer ungehindert ihre Arbeit verrichten zu lassen.

4

Man malte sich in der Phantasie so allerlei aus.

Vor allem einmal die Wohnung über der Apotheke, in die noch nie jemand aus der Stadt den Fuß gesetzt hatte, wobei nicht einmal die Logenbrüder des verstorbenen Doktor Francesco ausgenommen waren, denen es, soweit man wußte, nie gelungen war, auch nur die Schwelle zu dem Raum hinter dem Laden zu betreten. Eine Wendeltreppe führte von dem Hinterraum zum oberen Stockwerk. Hier konnte sich außer dem Speisezimmer, dem Salon und dem ehelichen Schlafzimmer – natürlich ohne die Räume für das Personal zu rechnen – nur noch das kleine Zimmer befinden, das Pino in seiner Kindheit bewohnt hatte und in dem er vermutlich seit seiner Lähmung wieder schlief. Aber niemand war je dort gewesen, keiner wußte etwas Genaues. Doch durch die Kraft der Vorstellung war es genau so, als ob man einen Plan von der Wohnung gesehen oder gar sich persönlich in ihr aufgehalten hätte. So daß man anzugeben wußte, an welcher Wand im Speisezimmer die Porträtfotografie Bilancinos hing, im schweren Goldrahmen im Geschmack des vorigen Jahrhunderts; oder die Form des Kronleuchters beschreiben konnte, der sein weißes, grelles Licht auf das grüne Tuch des Spieltischs und die Karten der allabendlichen Patience ergoß; oder sich darüber unterhalten konnte, wie in einer solchen Umgebung die hier und da verstreuten, aber auf alle Fälle im Schlafzimmer häufiger anzutreffenden modernen Möbel und sonstigen Dinge wirkten, die die Frau dort aufgestellt hatte. Und sich dann ausführlich über das an das eheliche Schlafzimmer anschließende kleine Zimmer verbreitete (beide gingen auf einen Innenhof), in das sich Pino gleich nach dem Abendessen zurückzog, nur um dort zu schlafen: es enthielt ein kleines Bett, das in einem Winkel stand, einen ebenfalls kleinen Schreibtisch an der einen Wand, während an der anderen ein Schrank stand; und am Fußende des Bettes befand sich der große Lehnstuhl mit

der rotblau karierten schottischen Decke, den jeden Morgen Signora Anna selbst in das Speisezimmer transportierte und dort an das sonnige Fenster rückte, wo Pino dann bis zum Abend sitzen blieb. Und wenn man wollte, hätte man alle Verfasser der Bücher nennen können, die in dem zwischen der Tür und der Zentralheizung befindlichen Bücherschrank standen: Salgari, Verne, Ponson du Terrail, Dumas, Mayne Reed, Fenimore Cooper und so weiter. Es gab sogar »Die Abenteuer Gordon Pyms« von E. A. Poe, in einer Ausgabe, die auf dem Buchumschlag das große weiße Gespenst mit der Sense zeigte, das sich steil über der winzigen Schaluppe des Forschungsreisenden aufrichtete. Aber dieser Band stand nicht bei den anderen, sondern lag auf dem Nachttisch, und zwar so, daß man das Bild auf dem Umschlag nicht sah (man brauchte das Buch nur auf die andere Seite zu legen, dann machte einem das weiße Gespenst, auch wenn es noch immer da war, keine Angst mehr!), zusammen mit dem Briefmarkenalbum, einem Bündel von Farbstiften in einem Glas, einem billigen Taschenmesser und einem halb aufgebrauchtem Radiergummi ...
Man malte sich noch viele andere Dinge aus.
»Wohin gehst du«, hatte zum Beispiel Pino am Abend des 15. Dezember 1943 gefragt und den Kopf von seiner Patience gehoben. Seine Frau war vom Tisch aufgestanden. Ohne ihm zu antworten, ging sie bereits auf die Tür zu. Erst von dem dunklen Korridor her, von der Stelle, wo sich die Falltür zur Wendeltreppe öffnete, kam ihre ruhige Stimme zu ihm.
»Wohin soll ich schon gehen! Nach unten, um die Haustür zuzusperren ...«
Vielleicht hatte er das Radio am frühen Nachmittag nicht gehört, mit der Übertragung aus Verona. Jedenfalls aber schien es ganz normal, daß um neun Uhr, wenn die Glockenschläge der Burguhr mit einer wie segnenden Sanftheit über der Stadt verhallt waren (dan – dan – dan: sicher waren es der Schnee und Nebel, die sie so deutlich hallen ließen; aber unter diesem Ton wuchs ein anderer hervor: ein noch fernes Brummen sich

nähernder starker Motoren), daß um diese Zeit Pino bereits, mit angezogenen Knien, in seinem alten Kinderbett lag und, die Decke bis über die Ohren hochgezogen, fest schlief. Man sah ihn, gerade als ob es einem vergönnt wäre, wie ein Schutzengel am Kopfende seines Bettes zu stehen. Nur schlafen, die Augen schließen sobald wie möglich ... Woran sonst hätte Pino denken können, wenn er hörte, wie sich seine Frau vom Tisch erhob, um in die Apotheke hinunterzugehen (da unten gab es immer etwas zu tun, die Tagesabrechnung zu machen und, zuletzt, die Rolläden herunterzulassen), und sie dann nur noch von hinten sah, schon im Begriff, die Schwelle des Speisezimmers zu übertreten, groß, schön und voller Gleichgültigkeit? Was sonst hätte er beanspruchen können? Schlafen, ja, die Augen schließen, und an diesem Abend – ob er nun am Nachmittag den Rundfunk gehört hatte oder nicht – noch früher als sonst.

Natürlich stellte man sich auch das Weitere vor, bis zum Ende und bis in die kleinsten Einzelheiten.

Die elf Mann, in drei Gruppen vor die niedrige Mauer des Burggrabens gestellt; das Hin- und Hergelaufe der Legionäre im blauen Hemd zwischen den Arkaden und dem gegenüberliegenden Bürgersteig; das von Verzweiflung verzerrte Gesicht des Rechtsanwalts Fano, als er einen Augenblick vor den Schüssen Sciagura, der, ein wenig abseits stehend, im Begriff war, sich eine Zigarette anzuzünden, das Wort »Mörder!« entgegenschleuderte (der gellende, grauenhafte Schrei war in einigen Häusern am Domplatz und am Corso Giovecca vernommen worden: in einer Entfernung also von nicht weniger als hundert Metern); dann diese starke Helligkeit, diesen unglaublichen Mondschein, der von Mitternacht an, nachdem plötzlich der Wind umgesprungen war, aus jedem Stein in der Stadt ein Stück Glas oder Kohle machte; und Pino Barilari endlich, den nur der Schrei des Rechtsanwalts Fano im letzten Moment aus seinem tiefen Kinderschlaf zu reißen vermochte und der nun da oben, auf seinen Krücken, sich zitternd ans Fenster preßte, das über der Szene hing ... Und so, Monat um Monat, während der ganzen Zeit, die der Krieg vom Dezember 43 bis zum Mai 45 noch brauchte, um langsam den Weg über die ganze Halbinsel zurückzulegen. Wie wenn die kollektive Phantasie – so wie jemand, um sich selbst zu strafen, eine schlecht verheilte Wunde immer wieder zum Bluten bringt – immer wieder zu dieser grauenhaften Nacht zurückkehren und nacheinander die Gesichter der elf Erschossenen wiedersehen mußte, die im Augenblick ihres Todes nur Pino Barilari hatte sehen können.

Es kam schließlich die Befreiung und der Friede – und für viele unter uns, ja, für so gut wie alle, der jähe Wunsch nach Vergessen.

Aber kann man vergessen? Und genügt es, daß man es sich wünscht?

Die Menschen mußten jedenfalls noch warten – es kamen weitere Monate, voll Wut und unterdrückter Ungeduld –, ständig auf der Suche nach einem Vorwand, nach einem beliebigen Anlaß, auszubrechen.

Bis im Sommer 1946, als im Sitzungssaal der ehemaligen Casa del Fascio im Viale Cavour der Prozeß gegen etwa zwanzig Personen begann, die an dem Massaker von vor drei Jahren schuldig sein sollten – zum größten Teil stammten sie aus Venetien; man hatte sie aus Gefängnissen und dem Konzentrationslager von Coltano geholt – und auch Sciagura, den der junge und höchst aktive Provinzialsekretär der Partisanenvereinigung, Nino Bottecchiari, in der Toskana aufgespürt hatte, wo er in einem ärmlichen Hotel in Colle Val d'Elsa unter falschem Namen gelebt hatte, in den Käfig der Angeklagten geführt wurde, schien dies die beste Gelegenheit, fortan endgültig einen Strich unter die Vergangenheit zu ziehen. Gewiß, es war, leider!, nur allzu wahr, daß in keiner Stadt Norditaliens die Republik von Salò[23] mehr Anhänger gefunden hatte und daß sich nirgendwo die Bourgeoisie mehr beeilt hatte, ihren Kotau zu machen vor den gräßlichen Bannern, den Maschinenpistolen und Dolchen all dieser Milizen und Spezialkorps, als da waren Schwarze Brigaden, Legionäre der *Decima,* Fallschirmjäger oder Tupin. (Es war in der Tat kein Zufall, daß Ferrara von 1945 an allein von Kommunisten verwaltet wurde und so viele fähige Personen noch in der Blüte ihrer Jahre und ihrer Kraft praktisch von jeder politischen Tätigkeit ausgeschlossen blieben!) Und doch würde eine Kleinigkeit genügen, damit der Rechenfehler, den viele unter dem Druck der außergewöhnlichen Ereignisse gemacht hatten – dieser einfache und so menschliche Irrtum, aus dem die Kommunisten jetzt einen ewigen Makel abzuleiten suchten – zusammen mit allem übrigen zu einem bösen Traum wurde, zu einem grausigen Alpdruck, aus dem man schließlich hoffnungsvoll erwacht, voller Vertrauen auf sich selbst und auf die Zukunft. Es genügte die exemplarische Verurteilung der Mörder, Sciaguras im besonderen: und bald würde jede Erinnerung an die Nacht vom 15. Dezember 1943, diese so entscheidende und verhängnisvolle Nacht, wie ausgelöscht sein.

Der Prozeß ging sehr langsam vor sich, bei Hitze und in einer Stimmung des Überdrusses, und er weckte im Publikum, das zahlreich zu jeder Sitzung erschien, ein wachsendes Gefühl der Nutzlosigkeit und Ohnmacht.

Die Angeklagten, eingesperrt in den an einer Wand des Saals zwischen zwei Fenstern aufgestellten Käfig, antworteten, einer nach dem andern, dem Gerichtshof – dem übrigens die Lautsprecher, die das Nationale Befreiungskomitee unten auf der Straße angebracht hatte, mit Abzweigungen, die bis in das Stadtzentrum, bis auf den Corso Roma führten, ein nervöses Unbehagen bereiteten – immer wieder dasselbe: daß sie an der Strafexpedition vom Dezember 1943 nicht teilgenommen hätten, ja, überhaupt noch nie in Ferrara gewesen wären. Sie waren so überzeugt, daß sie nichts zu fürchten hatten und noch einmal davonkommen würden, schlimmstenfalls aus Mangel an Beweisen, daß es der eine oder andere sogar wagte, zu scherzen und zu witzeln. Zum Beispiel war da jemand aus Treviso, etwa vierzig Jahre alt, braun, mit langem, gelocktem Haar, das kräftige Kinn unrasiert, der trotz der Hitze einen schwarzen Rollkragen-Pullover anhatte und erklärte, freilich sei er einmal in Ferrara gewesen, aber vor zwanzig Jahren, mit dem Fahrrad, um seine Braut zu besuchen – eine Bemerkung, die dem Vorsitzenden, stets geneigt, sich der Atmosphäre von revolutionärem Volksgerichtshof zu entziehen, mit der man den Prozeß umgeben hatte, ein amüsiertes, typisch neapolitanisches Lächeln gutmütigen Verständnisses entlockte. (Wenn der Vorsitzende überhaupt zugestimmt hatte, die Verhandlung in den Räumen der ehemaligen Casa del Fascio zu führen, so nur, weil der Wiederaufbau des Justizpalastes, durch einen Bombenangriff 1944 halb zerstört, noch nicht vollendet war).

Was Sciagura betraf, so leugnete auch er nicht nur, wie vorauszusehen gewesen war, jede unmittelbare oder mittelbare Beteiligung an der »Tat« vom 15. Dezember 1943, sondern von dem Augenblick an, als ihn Nino Bottecchiaris Partisanen den Carabinieri übergaben und ihn diese, nachdem sie ihm Handschellen angelegt hatten, ebenfalls in den Käfig führten, hatte er keine Gelegenheit versäumt, um mit dem größten Respekt vor dem Gerichtshof, der über seine »Handlungsweise« zu urteilen hatte (dem »Herrn Vorsitzenden« gegenüber benahm er sich besonders ehrerbietig, fast unterwürfig), zugleich seine tiefste Verachtung für die Leute zu zeigen, die den dem Publikum vorbehaltenen Platz im Gerichtssaal füllten und an deren Betragen man die schädlichen Auswirkungen des »gegenwärtigen Standes der Dinge« erkennen konnte. Wollte man auf diese Weise, mit Parteienhaß und einem Rachedurst, wie er aus jedem dieser Gesichter sprach (viele davon erkannte er: Gesichter von Menschen, die »gestern noch« ebenso bereit waren, in die Hände zu klatschen und EVVIVA zu rufen, wollte man wirklich mit solchen Mitteln die so oft verheißene und so wünschenswerte Befriedung Italiens verwirklichen? War dies das Klima der Freiheit, das man dem Gericht vorbehalten hatte, um es in die Lage zu versetzen, ein Urteil zu verkünden über einen Mann wie ihn, dessen einzige Schuld es war, ein »Soldat im Dienst einer Idee« gewesen zu sein?

Es waren, wie leicht einzusehen war, nur Ablenkungsmanöver; nur Sand in die Augen, um Zeit zu gewinnen und zu verhindern, daß das Verfahren den Charakter eines reinen Strafprozesses annahm, den er, wie sich versteht, am meisten zu fürchten hatte.

»Ich war nur der Soldat einer Idee«, wiederholte er voller Selbstgefälligkeit, »nicht der Scherge eines Systems und auch nicht der Knecht ausländischer Mächte!«

Oder er erklärte betrübt:

»Jetzt werde ich von allen verleumdet!«

Weiter fügte er nichts hinzu. Aber es war jedesmal so, als ob er damit zu verstehen geben wollte, daß sich seine heutigen Verfolger nicht der Illusion hinzugeben brauchten, sie könnten, indem sie ihn verdammten, ihre eigene Vergangenheit in Vergessenheit bringen. Alle waren wie er mehr oder weniger Faschisten gewesen, und an dieser Tatsache konnte auch kein Gerichtsurteil je etwas ändern.

Was legte man ihm nun eigentlich zur Last? Die Liste der in der Nacht vom 15. Dezember 1943 erschossenen Personen aufgestellt und, wenn er recht verstehe, persönlich die Hinrichtung dieser »Unglücklichen« geleitet zu haben. Aber das sei erst zu beweisen, da genügten gewiß nicht bloße Vermutungen, um ein »seriöses, ordentliches« Gericht davon zu überzeugen, daß er, Carlo Aretusi, wirklich beides getan habe: die Liste aufgestellt und die Erschießung geleitet. Einige Tage nach den Erschießungen sollte er, er wußte nicht mehr, in welcher Versammlung der Aktionäre der Landwirtschaftskasse, gesagt haben: »Laßt das Gerede von einem Blutbad, denn dafür übernehme ich voll und ganz die Verantwortung!« Und vielleicht waren das auch wirklich, ob nun bei dieser oder einer anderen Gelegenheit, seine Worte gewesen! Und was bedeutete das? Noch einmal: man brauche Beweise, Beweise. Denn diese Worte, die er damals vielleicht gesagt habe, waren doch »wahrscheinlich« nur zu dem Zweck gesagt worden, die Deutschen von der bedingungslosen Aufrichtigkeit und Loyalität ihres südlichen Verbündeten zu überzeugen. Nach dem 8. September – jetzt durfte man es ja sagen! – waren die Deutschen die eigentlichen Herren des Landes geworden, und ihnen hätte es, wie man weiß, gar nichts ausgemacht, jeden bewohnten Ort in einen Trümmerhaufen zu verwandeln. Es kam also nicht auf die Worte an, zumal sie in der Öffentlichkeit gesagt worden waren, *damit* andere sie hörten und weitertrugen. Worauf es ankam, das waren Tatsachen und Beweise. Worauf es ankam, das waren die Orden, die ihm im Ersten Weltkrieg verliehen worden waren, als er gegen dieselben Deutschen gekämpft hatte, gegen die er sich, wie man ihn jetzt beschuldigte, unterwürfig benommen haben sollte, – er, ein *Ardito*[24] vom Piave! Und da man schon von der Aktionärsversammlung der Landwirtschaftskasse sprach, warum erinnerte man dann nicht auch daran, daß der ehrenwerte Bottecchiari, der sozialistische Rechtsanwalt Mauro Bottecchiari, der, wie wohlbekannt, dem Aufsichtsrat der Landwirtschaftskasse angehörte, auf seine, Carlo Aretusis, persönliche Intervention zu Weihnachten aus dem Gefängnis in der Via Piangipane entlassen worden war? Auch die Lehrerin Trotti – was für eine beinahe heilige Frau! – war bei der gleichen Gelegenheit befreit worden (es war nicht seine Schuld, wenn sie die deutsche SS ein paar Monate danach wieder verhaftet und in das Gefängnis von Codigoro geworfen hatte, wo sie dann starb). Schade, daß sie heute nicht zu seinen Gunsten aussagen konnte. Aber der Abgeordnete Bottecchiari lebte ja noch! Nun, warum veranlaßte man nicht unverzüglich seine Vorladung (ein ordentlicher Kerl, der Abgeordnete Bottecchiari, durchaus loyal, weswegen auch er, Carolo Aretusi, immer den größten Respekt vor ihm gehabt habe, schon damals in den nun weit zurückliegenden Jahren 1920 und 22) und forderte ihn auf, ehrlich zu sagen, was er wußte? Die

Wahrheit jedoch war, daß die heutigen politischen Gepflogenheiten – und bei diesen Worten blickte Sciagura bedeutungsvoll auf Nino Bottecchiari, den Neffen des Abgeordneten, der den Saal keinen Augenblick verließ – bei weitem schlechter waren als damals! Und noch eine Wahrheit mußte gesagt werden: daß, wenn man ihn jetzt verurteilen wollte, dann hauptsächlich, weil er am Tage nach der Ermordung des Konsul Bolognesi die Führung der *Segreteria Federale* übernommen hatte, und aus keinem anderen Grunde. Aus diesem »eminent politischen Motiv« forderte man heute seinen Kopf. Nur daß, wie er überzeugt war, ein »seriöses und reguläres Gericht«, das von Parteileidenschaften unbeeinflußt blieb, leicht verstehen würde, daß er dieses verwünschte Amt damals nur angenommen hatte, um so und so viele Extremisten und unverantwortliche kriminelle Elemente daran zu hindern, eine Schreckensherrschaft aufzurichten. Und war dann nicht seine erste Maßnahme nach Übernahme des Amtes die gewesen, unverzüglich die Leichen der Opfer ihren Familien zu übergeben?
Ab und zu – um der Wahrheit die Ehre zu geben – fiel es dem Vorsitzenden ein, ihn zu unterbrechen und gelinde zur Ordnung zu rufen. Er gehorchte dann sofort, löste die Hände von den Gitterstäben, an die er sich, während er sprach, zuletzt immer krampfhafter klammerte, löste den flammenden Blick vom Hintergrund des Saals und setzte sich wieder auf die Anklagebank zu den andern; und nie vergaß einer von ihnen, ihm schweigend die Rechte zu drücken. Aber das waren nur Pausen von kurzer Dauer. Denn beim ersten Wort des Staatsanwalts, das ihm nicht paßte, oder bei einer Zeugenaussage, die nach seiner Meinung dem wahren Sachverhalt widersprach, oder auch nur bei einem Murmeln im Publikum und, vor allem, bei der leisesten Andeutung, daß er an den Erschießungen in der Nacht vom 15. Dezember 1943 aktiv teilgenommen habe, sprang er wieder auf und klammerte sich von neuem mit wildem Aufbegehren an die Gitterstäbe und erhob seine schwerfällige, unangenehme Stimme in diesem

Saal als der einstige Hausherr, eine Stimme, die die Lautsprecher draußen sogleich in weitem Umkreis in die Stadt trugen.
»Heraus mit den Zeugen!« brüllte er dann wie toll geworden. »Wir wollen doch mal sehen, wer es wagt, mir ins Gesicht hinein so etwas zu behaupten!«
Aber jählings schwieg er, als er sah, wie sich durch die Menge, mit der einen Hand sich an den Arm seiner Frau klammernd, mit der andern sich stützend auf einen schweren, knorrigen Stock mit Gummizwinge, Pino Barilari drängte. Seine Beine, mager wie Stöcke in den Stutzen, die er zu seinen Knickerbockers trug, vollführten bei der Anstrengung, die ihm das Gehen bereitete, unwillkürliche Bewegungen, die wie sonderbare Fußtritte oder seitlich ausgreifende Sichelhiebe anmuteten. Sein Erscheinen war Nino Bottecchiari zu danken, der in einem Brief an den Gerichtshof angeregt hatte, ihn zu verhören, nachdem so etwas wie eine Abordnung, aus ihm selbst, der Bürgermeisterin Bettitoni, dem kommunistischen Parteisekretär für Ferrara, Alfio Mori, und dem Ingenieur Sears von der Aktionspartei bestehend, sich eigens in die Apotheke begeben hatte, um ihn zu überreden, vor Gericht zu erscheinen. Wie einst die Logenbrüder des seligen Doktor Francesco hatten auch sie vor der Schwelle des Hinterzimmers haltmachen müssen. »Mein Mann liegt mit Influenza im Bett«, hatte Frau Anna gesagt und sich dabei müde an den Pfosten der kleinen Tür gelehnt, hinter der man in einem kellerhaften Dämmerlicht die eiserne Wendeltreppe gewahrte, die nach oben führte – allerdings hatte sie dabei einen Ausdruck, als wollte sie sich entschuldigen, als täte es ihr leid, diese Ausrede gebrauchen zu müssen. (Großer Gott, wie war sie heruntergekommen in der letzten Zeit – nachlässig gekleidet, das Gesicht nicht zurechtgemacht, unter den Augen Ränder, als hätte sie zu wenig Schlaf – wie eine Frau von vierzig Jahren!) Und plötzlich, wie stets überzeugt, die Zusammenhänge begriffen zu haben, lächelte Nino Bottecchiari.

Das gleiche ironische Lächeln des Diplomaten, der es erlebt, wie die Ereignisse seinen Erwartungen recht geben und den gewünschten Verlauf nehmen, spielte auch jetzt um die Lippen des jungen Provinzialsekretärs der Partisanenvereinigung, als er im Gerichtssaal von einem vorteilhaften Beobachtungsposten aus die Wirkung beobachtete, die der Einzug Pino Barilaris auf Sciagura machte. Er verhielt sich still: bewegungslos, wie gebannt, ließ er den Blick nicht eine Sekunde von dem Apotheker, für den und dessen Frau man in dem für die Zeugen reservierten Teil des Saals Platz suchte. Alles, was er tat, war, sich mit einer langsamen, gleichförmigen, mechanischen Bewegung seiner Rechten glättend über das eisengraue Haar zu fahren. Und bei alledem dachte er nach; nicht einen Augenblick hörte es auf, in ihm zu arbeiten.

Dann war Pino Barilari an der Reihe. Von seiner Frau gestützt, trat er vor.

Er leistete ordnungsgemäß, wenn auch mit gehauchter Stimme, den Eid.

Aber noch bevor er auf die Frage des Vorsitzenden deutlich, die Silben fast skandierend, mit den beiden Worten antwortete: »Ich schlief«, worauf sich dann mit einem Schlag die gewaltige allgemeine Spannung zu nichts verflüchtigte, so als wenn man mit einer Nadel in eine mit Luft gefüllte Blase sticht – nur einen Augenblick, bevor der Gelähmte den Mund aufmachte und aus aufgerissenen Augen um sich blickte (es herrschte vollkommenes Schweigen, jeder hielt den Atem an; selbst seine Frau neben ihm hatte sich zu ihm gewandt und blickte ihm forschend ins Gesicht), konnte Nino Bottecchiari deutlich beobachten, wie Sciagura dem Pino Barilari – dem einzigen Menschen in Ferrara, der vielleicht die Wahrheit wußte, dem einzigen Zeugen, von dem jetzt seine Freiheit, ja, vielleicht sein Leben abhing – rasch, verstohlen, einen Blick zuwarf, der um Wohlwollen bat, und ihm mit einem kaum wahrnehmbaren Zwinkern des Einverständnisses zublinzelte.

5

Bevor allerdings das letzte Wort zu dieser Frage gesagt werden konnte, mußte man noch ein paar Jahre warten. Mittlerweile fand jeder die Möglichkeit, wieder seinen alten Platz einzunehmen. Pino Barilari den an seinem Fenster; doch er war aggressiv und ironisch geworden; ein Fernglas immer bei der Hand, überwachte er unerbittlich den Verkehr auf der gegenüberliegenden Straßenseite – einer Pflicht genügend, die er sich selbst auferlegt zu haben schien. Und alle andern, die Alten wie die Jungen (Sciagura nicht ausgenommen, natürlich, für den der Prozeß mit dem unvermeidlichen Freispruch geendet hatte), unter diesem Fenster, wo sie sich wieder an den Tischchen des Caffè della Borsa verteilten.

1948, es war kurz nach den Wahlen vom 18. April, verließ Anna Barilari das Haus ihres Mannes und begann, die gesetzliche Trennung ihrer Ehe zu betreiben. Man nahm an, sie wollte zu ihrer Familie, in das Haus des Wachtmeisters Repetto, zurückkehren. Aber das war ein Irrtum.

Sie nahm sich eine kleine Wohnung unten am Corso Giovecca, in der Gegend der *Prospettiva*, mit zwei Fenstern im Erdgeschoß, die, nur von einem bauchig vorgewölbten schmiedeeisernen Gitter geschützt, unmittelbar auf die Straße gingen. Und obwohl sie nun fast dreißig Jahre alt war, sogar noch älter wirkte, begann sie wieder mit dem Fahrrad hin- und herzufahren wie damals, als ihr ihre Mitschüler wie ein Fliegenschwarm gefolgt waren, und es waren noch viele in der Stadt, die sich daran erinnern konnten. Sie belegte einen Kursus an der Zeichenakademie (sie erschien dort zwei- oder dreimal), sie trug enganliegende Pullover, die ihre auffällige Büste noch mehr hervorhoben; das strohblonde Haar fiel ihr über die Schultern, und mehr denn je malte sie sich ihr Gesicht an. Wahrscheinlich wollte sie mit den Existentialistenmädchen von Paris und Rom wetteifern. In Wirklichkeit lebte sie sich nur aus – wie Leute, die es wissen mußten, versicherten – und nahm es dabei nicht allzu genau. Wie es hieß, verschmähte sie es nicht einmal, sich mit Männern vom Lande, die zum Montagsmarkt nach Ferrara gekommen waren, einzulassen, und wirklich besuchte sie wegen dieses Marktes so gern die Restaurants und Trattorien in der Via San Romano! Sie pflegte hin und wieder eine zeitlang zu verschwinden, eine Woche, drei Wochen; zuweilen aber erschien sie auch mit irgendeiner Freundin, die nicht aus Ferrara war. Acht oder vierzehn Tage lebten sie dann zusammen, spazierten Arm in Arm auf dem Corso Giovecca und dem Corso Roma auf und ab, von morgens bis abends, und erregten jedesmal, wenn sie unter den Arkaden am Café vorbeikamen (den gegenüberliegenden Bürgersteig überließen sie offenbar Maria Ludargnani und den professionellen Damen aus der Via Sacca und Via Colomba), ein sich ständig erneuerndes Interesse. Wer war nur die Brünette mit den verschmitzt blickenden Augen, mit der Anna da herumzog? So hörte man von allen Seiten fragen. War sie aus Bologna? Oder aus Rom? Aber die andere, mit den blauen Augen und den feinen, blassen Zügen, die Halbschuhe trug ohne Absatz und, wie es schien, beinahe auch ohne Sohlen, konnte nur – falls sie nicht Ausländerin war, Französin, Engländerin oder Amerikanerin – eine Florentinerin sein! Und es fehlte nie an Mutigen, die, um sich zu vergewissern, noch am gleichen Abend bis zum Ende des Corso Giovecca vordrangen und diskret an die Fensterscheiben der bewußten Wohnung klopften. Nicht immer traten sie ein, zumal nicht im Sommer; oft unterhielten sie sich von der Straße aus durch das Fenstergitter. So daß man, wenn man um Mitternacht dort vorbeikam, nicht selten drei oder vier Männer vor den Fenstern der einstigen Signora Barilari stehen sah (das Licht der nächsten Straßenlaterne reichte nicht bis zum Fensterbrett, auf das sie sich mit den Ellenbogen stützte, doch ihr immer blonder gefärbtes Haar leuchtete in der Dunkelheit wie mit eigenem Licht), die sich dort mit ihr und ihrer jeweiligen Freundin im Flüsterton unterhielten.

Meistens waren es Männer zwischen dreißig und vierzig Jahren, und nicht wenige von ihnen waren verheiratet und Familienväter. Sie kannten Anna aus ihren Jugendjahren, und einige waren mit ihr zusammen zur Schule gegangen. So sprachen sie denn, wenn sie gegen ein oder zwei Uhr wieder im Caffè della Borsa erschienen und sich, müde, erhitzt, die Ärmel ihrer Leinenjacken aufgekrempelt, in die Sessel um einen der kleinen Tische fallen ließen, um sich die Zeit bis zum Schlafengehen zu vertreiben, vor allem von ihr und weniger von ihrem jeweiligen Gast.

Sie war ja wirklich kein einfacher Charakter, bekannten sie seufzend.

Vielleicht kam es daher, daß sie bis vor kurzem noch eine anständige Frau gewesen war und sich deshalb schämte, sich für Geld hinzugeben. Oder vielleicht konnten nur sie den Grund nicht erkennen, aus dem sie sich so sehr zu demütigen suchte (wollte sie wirklich eine berufsmäßige Prostituierte werden?). Aus dem einen oder anderen Grunde, erklärten sie, wußte man bei ihr nie, welchen Ton man anschlagen sollte. Wegen einer Kleinigkeit war sie beleidigt. Sprach man mit ihr von der Straße aus, schlug sie einem jeden Augenblick das Fenster vor der Nase zu, nur daß sie es nach wenigen Minuten wieder öffnete, wenn der Besucher, anstatt sie mit einem Achselzucken zum Teufel zu wünschen und sich um seine eigenen Angelegenheiten zu kümmern, von neuem an die Scheibe klopfte und pfiff. Aber auch wenn man zu ihr hineinging, blieb es das gleiche. Am Ende wußte man zum Beispiel nie, ob man sie drängen durfte, ein Geschenk anzunehmen, oder nicht. Und was sollte man von dem langen sentimentalen Vorspiel sagen, zu dem jeder Mitbürger und insbesondere jeder ehemalige Mitschüler gezwungen wurde? (Man konnte nur hoffen, daß sie mit den Grundstücksmaklern und Händlern vom Montagsmarkt etwas fixer war!) Was sagen von dem Unbehagen, das ihr ständiges, unermüdliches Geschwätz bereitete? Sie zog sich vielleicht gerade erst wieder an, und da begann sie schon, von sich und Pino Barilari zu sprechen (sie hatte ihn verlassen, gewiß, aber nicht, bevor sie ihn einer Haushälterin anvertraut hatte!), von den Jahren, in denen sie mit ihrem Mann in der Wohnung über der Apotheke gelebt hatte, von den Gründen, warum sie ihn geheiratet, und von denen, die sie zu der legalen Trennung veranlaßt hatten. Sie und ihr Mann, ihr Mann und sie: das war ihr einziges Thema. Nachdem er Paralytiker geworden war, hatte sie allerdings begonnen, ihn mit dem und jenem zu betrügen. Er war so etwas wie ein Kind, ein krankes Kind; oder auch wie ein alter Mann. Sie dagegen war noch jung gewesen, kaum mehr als zwanzig Jahre alt. Den Rest besorgten die Aufregungen des Krieges mit Fliegeralarm, Bombenangriffen und Ängsten jeglicher Art. Aber sie hatte ihn immer gern gehabt, wie einen kleinen Bruder. Wenn sie ihn betrog, dann nur insgeheim, unter allen nur denkbaren Vorsichtsmaßnahmen, damit er es nicht merkte, und auch nicht sehr oft.

Es war bereits so spät in der Nacht, wenn sie diese Worte Anna Barilaris wiedergaben, und die Stille auf dem menschenleeren Corso Roma war inzwischen so tief geworden, daß ihre Stimmen wie in einem Saal hallten. Das Pfeifen einer Lokomotive in der Ferne, und jede Viertelstunde die Glockenschläge der Burguhr, die von der Höhe des Turms ihnen gegenüber fielen, das war alles, was man hörte.

Eines Nachts, Ende August 1950, erzählte einer von ihnen einmal etwas Neues; aber diesmal sprach er leise und blickte alle Augenblicke nach oben, als ob er fürchtete, belauscht zu werden.

Kürzlich, so berichtete er, hatte er mit zwei gemeinsamen Freunden Anna Barilari besucht. An diesem Abend war Anna besonders lästig gewesen. So daß er sie schließlich, in seinem Ärger, immer wieder dieselben Geschichten von ihr hören zu müssen, unterbrach:

»Eine feine Art hattest du, deinen Mann zu lieben! Du hast ihn gern gehabt, aber gingst mit wem es dir paßte. Du bist immer eine große Schwindlerin gewesen, hör mir doch auf!« Da brach ein Donnerwetter über sie alle herein. »Ihr Schufte! Unverschämte Kerle! Macht, daß ihr aus meinem Hause kommt!«

Sie wurde zur Furie. Auch das andere Mädchen – aus Modena – schrie, wer weiß warum, wie am Spieß. Aber als man sich bei ihnen entschuldigte, beruhigten sich beide ziemlich rasch. Und das folgende ist mehr oder weniger genau das, was Anna ihnen nun erklärte.

Sie hatte Pino immer liebgehabt, begann sie in ihrem gewohnten wehleidigen Ton. Ja, bis zu einem gewissen Zeitpunkt war ihr Einvernehmen sogar vollkommen gewesen.

Seitdem er nicht mehr gehen konnte, verbrachte er seine Tage am Fenster des Speisezimmers, wo er nacheinander alle Rätsel aus der »Rätselwoche« und anderen kleinen Zeitschriften dieser Art löste, auf die er so sehr erpicht war. Er hatte nichts zu tun, und das erklärte, warum er in kurzem dank seiner großen Übung eine ungemeine Begabung für all diese Arten des Zeitvertreibs entwickelte, besonders für Kreuzworträtsel und Rebusse ... Um ihr zu zeigen, wie tüchtig er darin war, schleppte er sich zuweilen auf seinen Krücken bis zur Wendeltreppe, die zu dem Raum hinter der Apotheke hinunterführte, und rief von dort oben, über die Falltür gebeugt: »Anna, Anna!« und zwar so ungeduldig und drängend, daß sie, nur um ihn zu beruhigen, sofort die Kasse im Stich ließ, die Treppe hinaufstieg und, nachdem er ihr die Aufgabe gezeigt hatte, geduldig wartete, bis er mit vor Stolz blitzenden Augen sich entschloß, ihr die Lösung zu verraten. Sie war es auch, die ihm die lange Serie von Injektionen gab, die er wegen seiner Krankheit bekommen mußte. Sie brachte ihn allabendlich gegen neun Uhr zu Bett. Was bedeutete es da, wenn sie nicht mehr zusammen schliefen? Mußte man wirklich zusammen schlafen, um sich gern zu haben? Er hatte übrigens nie viel Wert darauf gelegt, auch vor seiner Krankheit nicht, so daß man denken konnte, daß er in gewisser Weise zufrieden war, wieder in dem Kämmerchen zu schlafen, in dem er als Junge geschlafen hatte ... Ach nein, zwei Menschen konnten sehr wohl miteinander schlafen und sich doch keineswegs lieben!

Wie auch immer, seit der Nacht vom 15. Dezember 1943, der berühmten Mordnacht, änderte sich mit einem Schlag alles zwischen ihnen.

Nachdem sie ihn wie jeden Abend zu Bett gebracht hatte, verließ sie das Haus, überzeugt, spätestens in einer Stunde wieder zurück zu sein (mit dem Vorwand der Apotheke hatte sie sich einen Passierschein auch für eventuelle Ausgehsperren ausstellen lassen). Aber es war noch keine halbe Stunde vergangen, als auf den Straßen die große Schießerei begann, die sie zwang, in dem Hause zu bleiben, in dem sie sich gerade befand – der Name spielte keine Rolle! – und zwar bis vier Uhr früh.

Sobald die Schüsse aufhörten, stürzte sie augenblicklich auf die Straße. Im Laufschritt eilte sie über den vollkommen menschenleeren Corso Giovecca. Erst an der Ecke des Corso Roma hielt sie einen Augenblick inne, um Atem zu schöpfen. Und wie sie keuchend unter den Arkaden vor dem Städtischen Theater stand, sah sie mit einemmal auf dem Bürgersteig gegenüber der Apotheke die Toten liegen.

Sie erinnerte sich genau an jede Einzelheit der Szene, so als sähe sie sie noch heute. Den leeren Corso Roma im Schein des Vollmonds; den hartgefrorenen Schnee, der wie glitzernder Staub über allem lag; und eine so klare, transparente Atmosphäre, daß man die Stunden auf dem Zifferblatt der Burguhr lesen konnte – es war vier Uhr einundzwanzig genau –; und dann die Leichen, die von dort, wo sie stand, ein wenig wie Lumpenbündel aussahen, aber doch – sie begriff es sofort – Menschen waren. Ohne zu wissen was sie tat, wie unter einem Bann stehend, war sie unter den Arkaden des Städtischen Theaters hervorgetreten und schräg über den Damm auf sie zugegangen.

Auf halbem Wege – sie stand nun im vollen Mondschein,

nur noch fünf oder sechs Meter von der ersten Gruppe der Erschossenen entfernt – kam ihr plötzlich der Gedanke an Pino. Jäh wandte sie sich um. Und da stand Pino, bewegungslos hinter den Fensterscheiben des Speisezimmers: ein kaum sichtbarer Schatten, der sie beobachtete.

Ein paar Sekunden blieben sie in der gleichen Haltung und starrten einander an. Er aus der Dunkelheit des Zimmers, sie von der Straße aus nach oben blickend. Und währenddessen dachte sie: was tue ich jetzt?

Endlich entschloß sie sich, ins Haus zu gehen.

Während sie die Wendeltreppe hinaufstieg, suchte sie sich auf das zu konzentrieren, was sie ihm nun sagen wollte. Es war ja nicht schwierig, irgendeine Ausrede zu erfinden und sie so zu erzählen, daß Pino sie glaubte. Im Grunde war er ein kleines Kind und sie seine Mama.

Nur daß ihr Pino diesmal keine Möglichkeit ließ, ihm irgendeine Lüge zu erzählen. Als sie in das Eßzimmer trat, war er nicht mehr dort. Er war vielmehr in seiner Kammer, im Bett, das Gesicht zur Wand gedreht und die Decken bis über die Ohren gezogen; und nach seinem Atem zu urteilen, konnte man glauben, daß er schlief. Gewiß, sie hätte ihn aufwecken sollen. Aber wenn er nun wirklich schlief, und sie soeben auf der Straße nur eine Halluzination gehabt hatte? Das war möglich.

Im Zweifel hatte sie sachte die Tür wieder geschlossen, war in ihr Zimmer gegangen und hatte sich aufs Bett geworfen. Sie glaubte, sie würde in wenigen Stunden die Wahrheit erfahren, wenn schon nicht aus seinem Munde, so doch zumindest aus seiner Miene. Doch es kam anders. Kein Wort, kein Blick von ihm ließen sie die Wahrheit erraten. Weder an jenem Morgen noch später.

Und warum das alles? Warum? Wenn er in jener Nacht wach gewesen war, warum wollte er es nicht einmal vor Gericht zugeben? Hatte er Furcht? Aber vor wem oder wovor? Äußerlich hatte sich an ihrer Beziehung nichts geändert. Außer daß er nach dem Prozeß diese Manie mit dem Fernglas angenommen hatte und seine Tage damit verbrachte, den gegenüberliegenden Bürgersteig zu überwachen, wobei er vor sich hin brummte und grinste, ohne sie je wieder von oben zu rufen, wie er es früher getan hatte, um ihr zu zeigen, wie gut er Kreuzworträtsel und Rebusse zu lösen verstand.

War er verrückt geworden? Möglich, bei seiner Krankheit. Aber andererseits: wie hätte sie weiterhin mit ihm zusammenleben können, ohne daß auch sie schließlich nach und nach wahnsinnig geworden wäre?

Anmerkungen des Übersetzers

Lida Mantovani

1 *Die Zeit der Sanktionen:* Der Völkerbund beantwortete den Angriff Italiens auf Äthopien 1935 mit Wirtschaftssanktionen.

Der Spaziergang vor dem Abendessen

2 *»wie Pfähle in den Weinberg« gestellt:* Anspielung auf die Zeile »Posti qui nella vigna a far da pali« aus »Sant' Ambrogio« von Giuseppe Giusti (1809–1850). Gemeint sind die Österreicher in Italien.

Eine Gedenktafel in der Via Mazzini

3 *Segretario Federale:* faschistischer Parteifunktionär, dem nationalsozialistischen Gauleiter entsprechend.

4 *Bassa:* die dem Delta nahe Niederung der Po-Ebene.

5 *Repubblica Sociale:* der von den Alliierten unbesetzte Teil im Norden Italiens, den Mussolini mit deutscher Unterstützung staatlich zu organisieren versuchte. Auch die *Republik von Salò* genannt.

6 *ANPI:* die Vereinigung der italienischen Partisanen *Associazione Nazionale Partigiani Italiani.*

7 *Waffenstillstand:* Gemeint ist der Waffenstillstand der Regierung Badoglio vom 8. September 1943, auf den in den von den Alliierten nicht besetzten Teilen des Landes die deutsche Besetzung folgte.

8 *Die Zeit der ghibellinischen Signoria:* Ferrara wurde, bevor es 1598 an den Kirchenstaat kam, von dem Fürstenhaus der Este beherrscht, an deren Hof sowohl Ariost als auch Torquato Tasso lebten.

Die letzten Jahre der Clelia Trotti

9 *Salò-Republikaner:* Vgl. Anm. 5.

10 *Konfinierung:* Die Anweisung eines Zwangsaufenthalts innerhalb Italiens als Repressalie gegen politische Gegner bestand zumeist in der Verbannung auf eine kleine Insel, z. B. Ponza.

11 *drôle de guerre:* So nannte die französische Presse die Monate zwischen dem Ende des polnischen Feldzugs und dem Beginn der deutschen Offensive im Westen.

12 *Nonbelligeranza:* die militärische Neutralität, die das faschistische Italien vom September 1939 bis zum 10. Juni 1940 wahrte.

13 *Dei Sepolcri* (Von den Gräbern): Dichtung von Ugo Foscolo (1778–1827).

14 *GUF:* die faschistische Studentenorganisation *Gruppo Universitario Fascista.*

In einer Nacht des Jahres 1943

15 *Sciagura:* bedeutet soviel wie »Unheil«.

16 *Federale:* Vgl. Anm. 3.

17 *Tom Mix:* Figur aus amerikanischen Westernheften.

18 *Federale:* Vgl. Anm. 3.

19 *Topolino:* Miniauto.

20 *Repubblica Sociale:* Vgl. Anm. 5.

21 *8. September:* Vgl. Anm. 7.

22 *»autarke« Stoffe:* Die »Autarkie« (wirtschaftliche Selbstgenügsamkeit) gehörte zur Wirtschaftsform des Faschismus und bedeutete praktisch vor allem den größtmöglichen Verzicht auf Einfuhren aus dem Ausland. Zumal auf Textilien angewandt, war »autark« schon fast ein Synonym für schlechte Qualität geworden.

23 *Republik von Salò:* Vgl. Anm. 5.

24 *Ardito:* Angehöriger der italienischen Sturmtruppen im Ersten Weltkrieg, die den österreichischen Vormarsch im Juni 1918 am Piave zum Stillstand brachten.

Giorgio Bassani

Die Brille mit dem Goldrand

Erzählung. Aus dem Italienischen von Herbert Schlüter.
1985. 106 Seiten. Serie Piper 417

Im Mittelpunkt der Erzählung steht der kultivierte, von seinen Ferrareser Mitbürgern respektierte Arzt Fadigati. Als seine homosexuellen Neigungen bekannt werden, bleibt er weiterhin von der Gesellschaft geduldet. Erst als er sich mit einem schönen skrupellosen Studenten einläßt, der ihn in aller Öffentlichkeit bloßstellt, zieht sich die achtbare Gesellschaft von ihm zurück. Der einzige, der ihm mit Verständnis und Menschlichkeit begegnet, ist der Ich-Erzähler, der als Jude in eine ähnliche Isolation gedrängt wird.

Ferrareser Geschichten

Aus dem Italienischen von Herbert Schlüter. 1985. 250 Seiten.
Serie Piper 430

»Bassani beherrscht die Kunst, seine Personen von sich wegzuschieben und sie quasi in einen Spiegel zu stellen.« Eugenio Montale

Die Gärten der Finzi-Contini

Roman. Aus dem Italienischen von Herbert Schlüter.
3. Aufl., 19. Tsd. 1985. 358 Seiten. Serie Piper 314

Schauplatz des berühmten Romans ist Ferrara, Zeit der Handlung sind die Jahre vor dem Zweiten Weltkrieg. Im Mittelpunkt steht die reiche, kultivierte Familie der Finzi-Contini, die nach dem Erlaß der faschistischen Rassengesetze ihre vornehme Zurückhaltung aufgibt und ihren jüdischen Mitbürgern Zutritt in ihren verwunschenen Park gestattet. Eine neue Welt eröffnet sich dem Ich-Erzähler, der bald zum Freund der Familie wird. Vor allem aber gelten seine Besuche Micòl, der rätselhaften, kapriziösen Tochter, in die er sich leidenschaftlich verliebt. Verwirrung und Eifersucht führen zum Abbruch der Beziehung, und er hört erst wieder von den Finzi-Contini, als Micòl und die übrige Familie nach Deutschland deportiert werden, einem namenlosen Tod entgegen.

Giorgio Bassani

Hinter der Tür

Roman. Aus dem Italienischen von Herbert Schlüter.
2. Aufl., 12. Tsd. 1986. 174 Seiten.
Serie Piper 386

»In einer seltenen Verbindung von Zartgefühl und (scheinbar) unbemühter Schlichtheit« (Günter Blöcker) erzählt dieser Roman von dem Verlust kindlicher Unschuld. Schauplatz ist ein Gymnasium – für viele eine Hölle mit Auserwählten und Zurückgewiesenen. Dem Ich-Erzähler gelingt es nicht, in die magische Welt der Auserwählten vorzudringen, und er schließt sich einem unsympathischen Mitschüler an. Luciano, ein doppelgesichtiges, rätselhaftes Wesen, verstrickt ihn schrittweise in Intimitäten und verrät dies an die »Auserwählten«. Auf diese Weise verliert der Ich-Erzähler den Freund und den Glauben an die Umwelt.

Der Reiher

Roman. Aus dem Italienischen von Herbert Schlüter.
2. Aufl., 10. Tsd. 1986. 240 Seiten.
Serie Piper 630

»Der Reiher erzählt vom letzten Tag im Leben des 45jährigen Gutsbesitzers Edgardo Limentani. Während eines Jagdausflugs kommt ihm die Sinnlosigkeit seiner Existenz lähmend zu Bewußtsein.
Der Reiher, den sein Begleiter abschießt – sein Flug, sein Sturz und sein langsames, sinnloses Verbluten –, erscheint Limentani wie ein Bild seiner selbst. Nur im Selbstmord glaubt er den Ekel vor dem Leben überwinden zu können. Präzise und einfühlsam zeichnet Bassani das Porträt eines Mannes, der mit seinen Schwierigkeiten und Existenznöten typisch ist für den Menschen von heute.

»Ein Meisterwerk« Die Zeit

Federigo Tozzi

Das Gehöft

Roman. Aus dem Italienischen von Ragni Maria Gschwend.
3. Aufl., 8. Tsd. 1985. 179 Seiten. Geb.

Remigio Selmi, einem jungen Bauernsohn aus der Gegend um Siena, ist für kurze Zeit die Flucht in die Stadt gelungen. Doch schon bald wird er an das Sterbebett seines Vaters zitiert, eines tyrannischen, rabiaten Grundbesitzers, um den sich nun, da es zu Ende geht, die Erben scharen: die Stiefmutter Remigios, ein verängstigtes, verbittertes Geschöpf, die unter der Gewaltherrschaft des Alten ebenso gelitten hat wie der Sohn, und die 20jährige Magd, eine verschlagene, habgierige Person, die Geliebte des Vaters, die sofort nach dessen Tod das Testament anficht. Remigio übernimmt die Verwaltung des Guts, bemüht, sein Bestes zu geben. Doch in seiner Unsicherheit ist er einmal zu streng, dann wieder zu milde, er vertraut sich den Taglöhnern an, die ihm noch das Obst vom Baum stehlen, verstrickt sich in aussichtslose Rechtshändel, ist zu mißtrauisch, um sich mit der Stiefmutter zu verbünden und dem einzigen Knecht, der zu ihm hält. Er legt sich selbst die Steine in den Weg. Unausweichlich bahnt sich die Katastrophe an, verschuldet von ihm, dem Träumer, dem Lebensuntauglichen, und einer erbarmungslosen Umwelt. Tozzi kennt die bäuerliche und kleinbürgerliche Welt, die er beschreibt. Er steht nicht über, sondern mitten unter seinen Personen. Diese Haltung sowie die Lakonik seiner Sprache, der Verzicht auf stilistische Schnörkel, lassen ihn heute so unerhört modern erscheinen, so viel radikaler als die meisten jüngeren Autoren.

»Ein Meisterwerk der erzählenden Literatur, dessen gestaltete Intensität sich dem Leser mehr und mehr aufdrängt und ihn nicht entläßt, bevor er das Buch beendet hat. Die Faszination beruht vor allem auf der zeitlosen Thematik und dem Verzicht auf jede Modernismen, die uns das mehr als sechzig Jahre alte Werk wie ein Buch aus diesen Tagen lesen läßt.«

Hannoversche Allgemeine Zeitung

Drei Kreuze

Roman. Aus dem Italienischen von Ragni Maria Gschwend. 1986. 158 Seiten. Geb.

»Drei Kreuze« gehört neben dem »Gehöft« und dem noch nicht auf deutsch veröffentlichten Roman »Con gli occhi chiusi« zu den Meisterwerken des sienesischen Schriftstellers. Im Mittelpunkt der Geschichte, die auf eine wahre Begebenheit zurückgeht, stehen die drei Brüder Gambi, Besitzer eines kleinen Antiquariats in Siena. Giulio, Niccolò und Enrico, alle drei lebensuntüchig und nur auf die Befriedigung ihrer Freßgier bedacht, haben ihr Geschäft an den Rand des Ruins gebracht. Im Einverständnis mit den anderen fälscht Giulio, der Älteste, die Wechsel, die er von einem reichen Cavaliere erhält – nicht so sehr, um die Katastrophe zu verhindern, sondern um sie hinauszuzögern.
Als der Betrug aufkommt, nimmt Giulio um der Brüder willen die Alleinschuld auf sich und erhängt sich in der Buchhandlung. Niccolò, der sarkastische Choleriker, geht bald darauf an einer Krankheit zugrunde, und der nur auf sein Vergnügen bedachte Enrico stirbt, heruntergekommen, im Armenhaus. Von ihrer armseligen, verbitterten Existenz künden die drei gleichen Holzkreuze, die auf ihren Gräbern errichtet werden.
Das eigentliche Thema des Romans, der erzählt, wie man das Leben verraucht, verfrißt, verschläft »und es dreimal verachtet«, ist die Problematik von Gut und Böse, die Verstrickung in Schuld – Motive, die Tozzi von Verga und Dostojewski übernommen hat. Zugleich ist »Drei Kreuze« die unerbittliche Röntgenaufnahme einer heuchlerischen Gesellschaft, die nur auf die Fassade achtet. Nicht wegzudenken aus dem Roman ist schließlich Siena, die gotische Stadt, die den Hintergrund dieser düsteren Geschichte bildet und von der Tozzi sagte, er werde auf ewig traurig sein, weil er dort habe leben müssen.

Italienische Autoren

Stefano Benni
Terra!
Roman. 2. Aufl., 20. Tsd. 1985. 430 Seiten. Geb.

Carlo Fruttero/Franco Lucentini
Der Palio der toten Reiter
Roman. 3. Aufl., 15. Tsd. 1986. 200 Seiten. Geb.

Carlo Fruttero/Franco Lucentini
Wie weit ist die Nacht
Roman. 1981. 572 Seiten. Geb.

Carlo Emilio Gadda
Die Erkenntnis des Schmerzes
Roman. 1985. 254 Seiten. Serie Piper 376

Carlo Emilio Gadda
Die gräßliche Bescherung in der Via Merulana
Roman. 1986. 410 Seiten. Serie Piper 466

Italienische Erzählungen des 20. Jahrhunderts
Hrsg. von Klaus Stiller. 1982. 468 Seiten. Leinen

Eugenio Montale
Glorie des Mittags
Ausgewählte Gedichte. Italienisch Deutsch
Übertragen und mit einem Nachwort von Herbert Frenzel.
3. Aufl., 9. Tsd. 1986. 176 Seiten. Serie Piper 570

Eugenio Montale
Satura/Diaro
Aus den späten Zyklen. Italienisch Deutsch. 1976. 190 Seiten. Geb.

Italienische Autoren

Eugenio Montale
Die Straußenfeder
Ausgewählte Prosa. 1985. 146 Seiten. Serie Piper 145

Pier Paolo Pasolini
Accattone
1984. 124 Seiten mit 19 Abbildungen auf Tafeln. Serie Piper 344

Pier Paolo Pasolini
Mamma Roma
1985. 118 Seiten. Serie Piper 302

Pier Paolo Pasolini
Teorema oder Die nackten Füße
3. Aufl., 14. Tsd. 1983. 191 Seiten. Serie Piper 200

Pier Paolo Pasolini
Vita Violenta
Roman. 4. Aufl., 21. Td. 1985. 444 Seiten.
Serie Piper 240

Umberto Saba
Ernesto
Roman. 1985. 160 Seiten. Geb.

Giuseppe Tomasi di Lampedusa
Der Leopard
Roman. 19. Aufl., 233. Tsd. 1986. 198 Seiten. Serie Piper 320

Giuseppe Tomasi di Lampedusa
Die Sirene
Erzählungen. 1985. 191 Seiten. Serie Piper 422

Zeitschrift für italienische Kultur der Gegenwart

ZIBALDONE

Herausgegeben von Helene Harth
und Titus Heydenreich

»Zibaldone« (das Notizbuch) will eine »Zeitschrift für italienische Kultur der Gegenwart« im weitesten Sinne sein: gegenwartsbezogen, jedoch Aktuelles auch im Vergangenen hervorheben, primär literarisch und historisch orientiert, aber auch Themen zugewandt, die die Einbeziehung verwandter Bereiche wie Politik, Religion, bildende Kunst, Philosophie, Wirtschaft u. a. herausfordern.

»Zibaldone« will die Begegnung zwischen der deutschen und der italienischen Kultur pflegen und intensivieren. Ziel der Zeitschrift ist es, Leser zu erreichen, die, ohne Spezialisten zu sein, ihre Kenntnisse von Land, Kultur und Leuten vertiefen und auf dem aktuellen Stand halten möchten.

»›Zibaldone‹ erweckt den Eindruck eines offenen Forums, das dem Leser nicht mit akademischer Trockenheit kommt, sondern mit der subjektiven Frische sehr verschiedener Mitarbeiter.«
Die Presse, Wien

Piper 1/11
PIPER